KB136823

국화꽃 향기

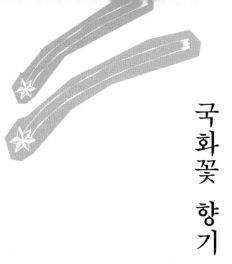

국화꽃 향기

김하인 장편소설

팩토리나인

차
례

꽃잎 아기를 기다리며 ·· 7

국화꽃 향기 ·· 13

벼랑 ·· 25

바다 ·· 36

첫 키스 ·· 53

결빙의 시간들 ·· 78

은빛 겨울 속의 한여름 ·· 86

은사시나무, 사랑, 가을 ·· 103

프러포즈 ·· 111

바다가 들어오는 방 ·· 122

세월 ·· 138

느닷없이 들이닥치는 것들 ·· 151

선택 ·· 173

폐교 ·· 194

태아 ·· 216

흐르는 강물 ·· 233

절망이 슬픔에 닿기까지 ·· 244

주문 ·· 264

그들만의 가을 ·· 271

주단 인형 ·· 286

은행나무 아래에서의 댄싱 ·· 300

전투 ·· 316

오리온자리 ·· 335

여심 ·· 349

겨울이 낳은 봄 ·· 361

미소 ·· 374

작가의 말 ·· 386

봄, 여름, 겨울, 그리고 가을

봄, 여름, 겨울 그리고 가을

봄, 여름 겨울 그리고 가을은

세상을 적절하게 지켜주네요

다시는 풀어지지 않을 공처럼 맴돌며

봄, 여름, 겨울 그리고 가을은 모든 것이에요

나는 사랑 속에 우리가

그 모든 것들을 갖고 있다는 것을 알아요

이제 우리의 사랑은 떠나가 버렸어요

우리의 마지막 사랑이 지나가고 있어요

봄에서 여름으로 바뀌듯이

사랑이 나를 깨워서 데려가요

마치 계절처럼 나는 변하고 또 새롭게 변할 거에요

— 〈Spring, Summer, Winter, And Fall〉, Aphrodite's child

* 승우와 미주가 좋아했던 팝송

꽃잎 아기를 기다리며

1999년 3월 13일

오전 10시 41분. 수술복 차림의 임산부가 누워 있는 이동식 침대를 간호사와 남자가 뛰듯이 밀고 있었다. 푸른색과 흰색이 반반 칠해진 긴 복도 끝 수술실을 향해서.

어디서나 주위의 시선을 끌 만큼 준수한 용모를 가진 남자는 큰 키 때문에 더욱 힘들고 초췌해 보였다. 그는 메마르고 갈라진 입술로 침대에 누운 여자를 내려다보며, 쉬지 않고 낮은 소리로 무엇인가 외치고 있었다. 여자는 만삭인 배를 감싸고 간간이 고통에 겨운 신음을 흘렸다. 눈꺼풀이 자꾸 까무룩 감기는 것으로 보아 이미 반쯤 정신을 잃은 듯했다.

남자의 가늘고 긴 손가락이 여자의 손을 꽉 움켜잡고 있었다. 파리한 얼굴의 여자가 언뜻 정신을 차리고 무슨 말인가를 하려 하자 남자는 허둥거리며 그녀의 입술 가까이에 귀를 가져갔다.

"거…… 걱정하지 말라구? 그래, 걱정 안 해. 당신은 잘 해낼 거야. 난 믿어. 당신과 우리 아기 모두 잘 해낼 거야!"

남자는 글썽거리는 눈빛으로 자신을 올려다보는 여자를 향해 고개를 끄덕였다. 삭정이처럼 마른 여자는 자신의 뼈마디만 남은 손을 움켜잡은 남자의 손등을 다른 손으로 쓰다듬었다.

여자는 깊은 눈빛으로 말없이 남자를 올려다보며 희미한 미소를 지었다. 하지만 이내 극심한 고통이 온몸을 납작하게 짓누르는지 허리와 어깨를 뒤틀고 미간을 찌푸리면서 비명을 질렀다.

수술실 문을 여느라 잠시 침대가 멈췄다. 남자는 떨리는 손으로 여자의 뺨을 감쌌다. 그 손바닥 안으로 여자의 눈물이 흘러내렸다.

남자는 마른침을 삼켰다.

"미주야! 나, 나, 여기 있을게. 잊지 마. 내가 지키고 있는 한 모든 게 잘될 거야. 내 말 무슨 뜻인지 알지?"

여자는 바싹 말라 타들어 간 입술을 깨물며 고개를 두어 번 끄덕였다.

침대가 수술실로 들어가는 그 짧은 찰나에 그녀는 안타까이 자신의 손을 놓는 남자를 희미한 시선으로 바라보았다. 어금니를 깨문 채 자신만만한 표정을 지으며 서 있던 남자는 엄지손가락을 펴들고는 여자를 향해 활짝 웃었다. 그러나 여자는 너무나 다급한 표정으로 반쯤 허리를 일으키며 남자를 향해 손을 뻗었다.

남자도 여자의 손을 향해 몇 걸음을 황급히 달려들었다. 그러나 그녀를 실은 침대는 이내 수술실 문 너머로 사라졌다. 코앞에서 문이 닫히자 그는 황망한 표정을 지었다. 수술실 안에서 바삐 움직이는 사람들의 소리가 새어 나왔다. 그는 한동안 얼어붙은 듯 그 앞에 서 있다가 천천히 벽에 기댔다.

그는 조금 전과는 달리 금방이라도 무너져 내릴 것 같은 표정으로, 기도하듯 두 손을 모아 쥔 채 복도 천장을 향해 소리 없이 입술을 달싹거렸다.

"마취 시간은 40분이야."

"너무 짧은데요. 1시간은 돼야 하잖아요."

"산모의 부탁이야. 그러니까 빨리 정확히 체크하고 시작해야 돼. 오 간호사, 내 말 알겠어?"

다급하면서도 준엄한 의사의 목소리가 가까이 들리더니

9

잠시 후 문이 열렸다. 수술 집도복을 입은 의사가 반쯤 열린 문을 잡고 복도를 내다보자 남자는 용수철처럼 튀듯이 다가갔다.

"허 선배!"

"그래. 최선을 다할게."

"네…… 네."

"자리 비우지 말고 여기서 기다려."

"무…… 물론이에요. 미주 잘 부탁해요."

"그래, 승우 씨. 그래……."

그녀는 무거운 어조로 같은 말을 반복했다.

의사는 한쪽 귀에 걸어둔 푸른 마스크를 썼다. 그러고는 말의 의미를 되새김질하며 혼자 고개를 끄덕였다. 의사는 초조함으로 가득한 남자의 눈동자를 유심히 바라보다가 고통스러운 듯 눈을 즈려 감으며 황급히 돌아섰다.

남자는 비틀거리는 걸음으로 몇 발자국을 걸었다. 반대편 벽의 아치형 창문 앞에 멈춰 선 그는 아래 화단을 내려다보았다. 푸른빛의 하늘이 아직도 매서운 자락을 숨긴 꽃샘바람에 의해 비스듬히 기울어져 보였다. 그 아래로 희고 눈부신 라일락 꽃봉오리가 몇 송이 나뭇가지 끝에 맺혀 있었다. 대기 중에 퍼진 노란 봄 햇살을 흠뻑 빨아들인 꽃은 잘 매만져진 붓끝처럼 팽팽했다. 이내 꽃망울이 활짝 터져 오를 것이다. 기나긴 겨울을 이겨낸 놀라운 생명력이 천사의 날개처럼 흠 없는 순백의 꽃잎이 되어 피어날 것이다.

나무처럼 미동 없이 서 있는 남자. 그의 젖은 속눈썹이 파르르 떨렸다.

미주야, 오랫동안 힘들게 지녀왔던 꽃을 드디어 피워내는 거야. 저기 라일락 꽃나무처럼. 우리는 라일락 꽃향기보다도 더 향기로운 미소를 가진 아기를 갖게 되는 거지. 하지만…… 괜한 것이 마음에 걸린다. 저 나무가 잎 없이 꽃 먼저 피는 나무라는 사소한 것조차 말이야. 잎과 꽃이 함께 피고 벌도 날아든다면 더 좋았을 텐데……. 저렇게 꽃이 피어 있는 기간만이라도 다 함께 말이야. 그래, 내가 미주 네게 간절히 바라는 게 바로 그거야. '함께'라는 말……. 당신과 아기, 나, 그렇게 함께할 수 있다면……. 그만큼 따스하고 눈물겨운 말은 세상에 없을 거야.

남자는 성근 미소를 지었다.

아가야…… 꽃잎이 피어나듯 곱고 부드럽게 엄마에게서 나와줄 수 없겠니? 지금 네 엄마는 무척 힘들단다. 이 아빠가 두려움에 떨 만큼. 하지만 널 생각하면 한없이 맘이 설렌단다. 배 속에 있는 열 달 동안 우리가 널 얼마나 보고 싶어 했는지 아니? 조금 있으면 네 엄마가 너를 볼 수 있겠구나. 너를 꽃처럼 촛불처럼 배 속에서 10개월 동안 보듬었던 네 엄마……. 사랑하는 아가야, 네가 세상으로 오는 것은 더없이 환영이지만 이 아빠는 네 엄마가 걱정돼서 미칠 것 같구나. 난 네가 엄마를 힘들게 하지 않았으면 바란단다. 꽃처럼 그냥 엄마 몸 바깥으로 피어나길 꿈꾼단다. 아무 일이 없이, 그렇게……. 그냥 그렇게 됐으면 하고 간절히 바라고 싶구나.

남자의 표정은 사막을 건너온 사람 같았다. 유일하게 살아 움직이는 눈빛만이 촉촉하게 젖어 있었다. 그는 이제 나무도, 기울어진 하늘도 보지 않았다. 자신의 속을 들여다보는 듯 고요한 눈동자 주위엔 푸른 그늘이 드리워졌다. 그는 자신의 머리와 가슴 속에 고인 기억과 감정들을 크고 맑은 눈동자 위로 천천히 길어 올리고 있는 것 같았다.

10년도 넘은 장면들을.

1987년 5월 23일

집에서 나온 승우는 신림역에서 전철을 탔다.

승우는 신촌에 있는 대학에 입학한 탓에 늘 2호선을 이용했다. 출근 시간을 넘긴 11시 무렵이어서인지 지하철 안은 한산했다. 승우도 오래간만에 만원 지옥철에 시달리지 않아 여유로웠다.

180cm의 훤칠한 키에 수려한 이목구비, 깨끗한 피부는 보는 이의 시선을 잡아끌었다.

승우는 푸른색 반팔 티셔츠에 청바지를 입고 있었으며, 머리카락이 적당히 흘러내려 자연스럽게 이마를 덮고 있었다. 그는 여유 있는 좌석을 즐기는 듯 장난스럽게 다리를 한껏 벌렸다 폈다 반복했다. 좌석은 3분의 2 정도만이 차 있었다.

입시 지옥에서 풀려나 해방감을 만끽하고 있는 새내기 승우의 얼굴은 연신 싱글벙글했다. 게다가 오늘은 지난달에 가입한 대학교 연합 동아리인 CDS가 한 여대 근처 카페 〈매직 넘버〉에서 처음 모이는 날이기도 했다.

그는 아코디언을 연주하며 지나가는 시각장애인의 플라스틱 바구니에 천 원짜리 지폐 한 장을 넣은 뒤부터는 무릎에 놓아두고 있던 책을 펴서 읽기 시작했다.

《철학과 영상 문화의 만남》이란 원서였다. 해석되지 않는 단어가 나올 때마다 그는 빨간 펜으로 밑줄을 그었다. 가볍기 그지없어 보이는 영상 문화의 시원(始原)이 철학의 본류를 관통하여 궁극적으로는 신화에 맞닿아 있으며, 그 신화가 현대에는 영상이라는 맞춤복으로 바꿔 입은 것이라고 주장하는 한 영화 저널리스트의 저서를 열심히 들여다보고 있었다.

사진이 풍부하게 실린 책 속에 승우는 아예 코를 빠뜨리고 있었다. 외교관이었던 아버지 덕분에 6년 가까이 영미권에 살았던 그는 영어에 꽤 익숙했다. 하지만 아무래도 전문 용어는 나중에 집에 가서 사전의 도움을 받아야 할 것 같았다.

신도림역을 지나면서부터 좌석이 조금씩 채워지더니 당산을 지나고부터는 제법 많은 사람이 손잡이를 잡고 서 있었다.

합정역에 도착하자 승우 가까이에 있는 문이 열리고 3명이 올라탔다. 한 사람은 오전부터 외근을 나온 마냥 피곤한 표정의 회사원이었고, 한 사람은 등이 구부러지기 시작한 할머니였다. 나머지 한 사람은 22살 정도로 보이는 젊은 여자였다. 그녀는 군복에 검정 물을 들인 듯한 바지와 흰색 티셔츠를 입고 운동화를 신고 있었다. 단정하면서도 야무진 눈빛이었다. 그녀는 꽤 무거워 보이는 팸플릿 종이 뭉치 2개를 손에 쥐고 있다가 큰 것을 내려놓았다.

홍대입구역으로 가는 동안 할머니는 손잡이를 잡고 있었지만, 키가 작아 불편한 모양이었다. 손잡이를 놓고 잡을 만한 것을 찾던 할머니는 전철이 신촌을 향해서 출발하자 일순 중심을 잃고 비틀거렸다. 그러자 젊은 여자가 할머니 앞에 버티고 앉은 승우를 보며 눈에 힘을 줬다. 허여멀건 젊디젊은 사내 녀석이 비틀거리는 할머니를 앞에 두고 일어나지 않는 것에 대한 비난의 눈빛이었다. 그러나 사실 승우는 당산역을 지나면서부터 완전히 책에 빠져 책 이외에는 전혀 신경 쓰지 못했다.

젊은 여자는 몇 발자국 옆으로 옮겨 승우 앞에 섰다.

"이봐요!"

"……네? 아, 예에……!"

승우는 여자의 손에 들려있던 종이 뭉치를 들어달라는 줄 알고 황급히 손을 내밀었다. 하지만 젊은 여자는 쌀쌀맞은 표정으로 그를 내려다보았다.

"그게 아니구요. 앞에 서 계신 할머니 안 보이세요?"

"아……."

승우는 신음도 탄성도 아닌 짧은소리와 함께 황급히 책을 접으며 일어났다.

"죄송합니다, 할머니. 어서 앉으시죠!"

할머니는 말없이 자리에 앉았다. 승우는 그제야 얼굴이 화끈 달아올라 뒷머리를 긁적거렸다. 그 자리가 비록 노약자석은 아니었지만, 할머니가 앞에서 비틀거리는 줄 알았다면 승우는 곧바로 자리에서 일어섰을 것이다. 뭔가에 골몰하면 다른 건 전혀 의식하지 못하는 그의 집중력이 자초한 봉변이었다. 할머니는 괘씸하다는 표정으로 잠시 승우를 바라보더니 '예쁜 학생이 참 예의도 바르지!' 하는 얼굴로 여자의 짐을 받아주겠다며 손을 내밀었다.

"아니에요. 전 다음에 내려요."

전철이 속도를 늦추자 승우는 플랫폼에 박힌 역 이름을 내다보았다. 어느새 신촌이었다. 여자가 말을 걸어오지 않았다면 틀림없이 더 지나쳐 가서 허둥거렸을 게 틀림없었다.

승우는 팸플릿 뭉치를 들고 문 앞에 서 있는 여자 뒤로 가서 섰다. 빈틈없는 자세였다. 전철이 흔들리자 문득 그녀의 머릿결에서 국화꽃 같은 향이 났다. 청명한 날씨의 푸른 들판에 핀 들국화 같은. 분명히 그 내음이었다. 놀라웠다. 지하철은 사람들의 냄새로 뒤섞여 향기란 게 제대로 느껴질 리 만무했다. 미량의 향기를 발산하는 그녀의 뒤에 선 승우는 가슴속에서 일어나는 경이로운 떨림을 느꼈다.

161cm의 알맞은 키에 생머리를 어깨까지 늘어뜨린 그녀는 무거워 보이는 팸플릿 뭉치를 든 채 앞만 바라보고 서 있었다. 면박을 당했던 처지라 '들어드릴까요?'라는 말도 주저되었다.

승우는 그녀의 머릿결 가까이에 코를 대고 숨을 가볍게 들이켰다. 틀림없는 국화 내음이었다. 야생의 싱그러움과 햇빛 분말이 노랗게 날아다니는 듯, 은은하면서도 담백한.

요즘 국화 향이 나는 샴푸가 새로 나왔나? 한 번도 맡아본 적이 없었던 것 같은데.

지하철이 멈추고 문이 열리자 그녀는 총총걸음으로 걸었다. 굳이 그녀를 따라가겠다는 생각은 없었지만, 출구가 같았고 방향도 같았기에 승우는 간격을 유지한 채 뒤따라 걷고 있었다. 승우는 지금까지 몇 블록 근처에 있는 여대 쪽으로는 한 번도 가본 적이 없다. 지하철역을 빠져나와 건널목을 건너자 이내 길이 낯설어졌다. 그는 동아리 방 칠판에 그려져 있었던 약도를 머릿속에서 더듬었다. 〈매직 넘버〉의 입구인 좁은 골목 어귀에 있다는 〈황금 가면〉을 찾아 여기저기 기웃거렸다.

지나가는 사람들에게 물었지만 아는 사람이 없었다. 문득 이십 미터 앞에서 걸어가고 있는 저 여자는 알 것 같은 생각이 들었다. 이 근처에서 일하거나 적어도 이 일대 지리는 환한 것 같은 걸음걸이로 걷고 있었기 때문이었다.

머릿결에서 국화 향이 나는 여자…….

멀대 같이 큰 키에 부지깽이 같이 기다란 다리를 가진 그는 껑충거리는 걸음으로 그녀를 이내 따라잡았다.

"저…… 뭐 좀 여쭤보겠습니다."

"네?"

"이 근처에 〈황금 가면〉이 어디 있는지 아십니까? 생맥줏집이라던데요."

승우는 혹시라도 자신이 지하철 안에서의 면박을 앙갚음하려는 속 좁은 인간으로 보일까 싶어서 얼른 말을 덧붙였다.

"그 집을 낀 골목 끝에 〈매직 넘버〉란 카페가 있는데 오늘 그곳에서 모임이 있거든요."

그러자 그녀의 표정이 묘해졌다. 웃음도 울음도 아닌 표정이었다. 미간과 코의 주름이 살포시 접혔다가 천천히 다림질하듯 펴졌다. 그녀는 들고 있던 짐을 억울하다는 듯 잠시 보더니 갑자기 그에게 던지다시피 바닥에 내려놓았다.

"들어요!"

"……네?"

"신입생이죠?"

"네?…… 아, 그렇습니다."

승우는 그제야 바닥에 놓여 있는 인쇄 뭉치를 자세히 들여다보았다. '시네마 드림 솔저'의 약자인 CDS가 눈에 확 들어왔다. 서울권 대학교 영화 연합 동아리의 공식 명칭이었다.

갑자기 그녀는 옆쪽을 향해 양손 엄지와 검지를 펴 사각형을 만들더니 승우에게 그 안을 들여다보라고 했다. 승우는 어리둥절한 표정으로 그녀의 네모난 손가락 통로를 들여다보았다. 그 네모를 관통하여 시선이 막다르게 닿는 곳에 영어사전 크기로 조그맣게 나무 팻말이 걸려 있었다. 그리고 그 속에 금빛 물을 붓에 찍어 휘갈겨 쓴 듯한 〈황금 가면〉이란 글씨가 들어 있었다.

마…… 맙소사! 바로 이 골목이었군. 코앞에 두고서 헤매다니, 이거 정말 계속해서 구겨지는 날인걸!

승우는 살포시 미소를 머금은 그녀 앞에서 멋쩍은 표정으로 입맛만 다시며 뒷머리를 긁적이는 수밖에 없었다.

활달하게 골목 안으로 걸어 들어가는 그녀의 뒤를 팸플릿 뭉치를 든 승우가 성큼성큼 뒤따랐다. 꽤 무거웠다.

"선배님 되시나요?"

"네. 난 3학년이고, CDS 회장 이미주라고 해요. 이 근처 여대 다녀요."

"그……그러십니까? 전 Y대 경제학과 새내기 김승우라고
합니다. 몰라봬서 죄송합니다."

미주는 당황한 표정이 더욱 역력해진 승우를 곯려주려는
듯 지그시 선웃음을 깨물었다.

"평소에 하던 대로 해요. 전철 안에서 보니까 그리 예의 바
른 사람은 아니던데?"

"오……오해십니다. 그래도 제법 소신 있고 싹수 있게 큰
놈이라고 자부하고 있습니다."

잔걸음을 재촉해서 미주와 나란히 선 승우는 조금 억울하
다는 표정으로 그녀를 돌아보았다. 미주는 소신, 싹수라는 말
에 입술을 내밀고, 흐응? 글쎄……하는 듯 고개를 끄덕거리
더니 픽 하고 가볍게 웃은 뒤 대꾸 없이 앞만 보며 걸었다.

'너 고생길 훤하다. 잘못 걸렸어. 난 후배 한번 찍으면 계속
찍는 나무꾼 스타일이거든.'

미주는 그런 생각만으로도 즐거웠다.

CDS는 연합 동아리지만 일단 가입하고 나면 타 대학 간의
벽을 허물고 철저하게 선후배를 지킨다. 승우도 익히 들어 알
고 있었다. 그는 어이없게 약점 잡힌 기분이 들었다. 벼르고
별러서 가입한 연합 동아리의 선배이자 회장한테. 털털한 옷
차림이지만 딱 부러진 용모에 머리카락에선 야생 국화 향기

가 나는 그녀에게 말이다.

답답한 승우의 마음처럼 골목길은 길게 헝클어져 있었다. 하지만 본 길대로만 쭉 따라가자 회칠한 벽이 있는 막다른 곳이 나왔고, 녹색으로 칠한 허름한 미닫이문 위로 〈매직 넘버〉라고 쓰인 상호가 보였다. 미주는 문손잡이에 손을 갖다 대고는 반대쪽 손목을 들어 시계를 들여다본 뒤 승우를 돌아보았다.

"원서를 읽던데 영어를 잘하나 보죠?"

"네. 회화는 더 자신 있습니다."

"어머, 그럼 잘됐네. 여기 서서 들어오는 회원들한테 팸플릿이랑 책자 하나씩 나눠줘요. 30분 정도……. 할 수 있죠?"

영어 실력과 문지기가 되어 팸플릿을 건네는 일이 도대체 무슨 상관이 있담! 승우는 미주에게 계속 긁히고 있다는 기분이 들자 가볍고도 경쾌한 오기가 발동했다.

"네. 물론입니다. 근데 선배님. 허락하신다면……질문이 하나 있습니다."

"질문? 뭐예요?"

"전철에서 내릴 때…… 선배님 머리카락에서 국화꽃 향이 났습니다. 오늘 어떤 샴푸를 쓰셨는지 알고 싶습니다."

뜻밖의 말에 미주는 잠시 어리둥절했으나, 이내 재미있어하듯 미소를 머금었다.

"그건 왜요?"

"그냥 향기가 좋아서요."

미주는 두 손을 모아 겸손한 자세를 취한 키 큰 후배를 흘끗 올려다본 뒤, 애써 고소함을 참는 웃음을 지은 채 〈매직 넘버〉의 다갈색 나무 문을 옆으로 밀며 말했다.

"실망시켜서 어쩌죠. 난 비누 써요. 그리고…… 내가 머리 감은 지 3일이나 됐다는 걸 말해주기가 어째 좀 쑥스럽긴 하네요!"

미주가 안으로 사라지자 승우는 멋쩍은 표정을 풀며 고개를 설레설레 흔들었다. 그러면서도 자신이 선배에게 다짜고짜 향기를 운운했다는 것에 스스로 놀랐다. 그는 출중한 외모 덕분에 이제껏 자신이 먼저 호감을 표현한 적이 한 번도 없었다.

꼬인 점이 없지는 않으나 기분은 상쾌했다. 그는 무의식중에 팝송 〈Seven Daffodils〉를 흥얼거리다가 선배처럼 보이는 2명의 대학생이 나타나자 절도 있는 목소리로 인사하며 팸플릿과 책자를 건넸다.

"어서 오십시오! CDS 회원 되시죠? 여기 있습니다!"

그들은 '누구지? 처음 보는 친군데?' 하는 표정으로 고맙다고 고개를 끄덕이면서 팸플릿을 받아들고는 미닫이문 안으로 사라졌다.

'……흘러내리는 달빛을 짜서 당신의 목걸이를 만들겠습

니다, 나는 당신에게 보여줄 게 있답니다. 수많은 언덕 사이로 나타나는 아침을, 그리고 드릴 게 있답니다. 일곱 송이의 수선화를!'

승우는 마음속으로 가사를 음미하며 부드럽고도 나지막한 목소리로 팝송을 부르기 시작했다. 그의 목소리는 달콤하고도 섬세했다.

'지금 기분대로라면 수선화 대신 국화꽃이어야 안성맞춤인데……'

승우는 혼자 가볍게 몸을 움직이며 춤을 추었다. 그는 팝송과 영화를 광적으로 좋아했다. 스킨스쿠버와 야구, 농구, 볼링도 수준급이었다. 필리핀 마닐라에서 보냈던 성장기. 그는 아르바이트하면서 번 돈의 70%를 음반 사는 데 썼고 나머지로는 극장표를 샀다. 그가 모은 레코드 LP와 CD는 천 장쯤 되었다. 영사관으로 일했던 아버지 때문에 승우는 일찌감치 외국 문화를 접했고 거기에 익숙해졌다. 틈틈이 아르바이트한 이유는 자신이 번 돈으로 앨범을 늘려나간다는 기쁨 때문이었다.

팝은 특히나 노래를 받치고 있는 연주 솜씨가 좋았다. 악기들이 제 색깔의 깊이와 화려함으로 통쾌하게 가수의 성량과 음악성을 받친다는 점. 승우는 그 점 때문에 우리 대중음악보다 팝 음악을 더 좋아했다.

승우의 아버지는 몇 년 전부터 20여 년간의 외교관직을 그만두고 언론 기관에 몸담고 있었다. 그는 승우를 자신의 울타리 안에 가두지 않고, 아들이 스스로 독립적인 삶을 개척할 수 있도록 조심스레 유도해왔다. 외동아들이기에 때로는 마음이 아프더라도, 가능하다면 조금은 더 거칠고 자유롭게 아들이 하고 싶어 하는 대로 놓아 길렀다. 다행히 승우는 쾌활하게 성장해주었다. 독립적인 성향이 강한 승우가 가부장적인 권위를 가진 아버지와 마찰이 없었던 건 아니지만, 분명한 건 승우는 아버지를 존경하고 아버지는 아들을 사랑한다는 점이었다.

군이 외모에 신경 쓰고 멋을 부리지 않아도 내면에서 우러나온 자신감과 반듯한 성품이 그의 깨끗한 얼굴과 표정에 잘 드러나 있었다.

"처음 뵙겠습니다. 잘 부탁드립니다."

한 무리의 대학생들이 골목 끝으로 몰려오자 승우는 춤과 노래를 멈추고 경쾌한 손놀림으로 팸플릿과 책자를 나누어주었다.

1999년 3월 31일

오전 10시 51분. 수간호사와 간호사 2명이 수술
대 위에 누워 있는 미주의 몸을 숙련된 손짓으로
처치하고 있었다. 간호사들은 베타딘과 알코올이
묻은 두툼한 거즈로 미주의 가슴부터 무릎 위까지
빠르고 정갈하게 닦아냈다.

미주의 심장 박동을 알려주는 심전도 그래프가
화면으로 떴다. 헉헉거리는 거친 숨결과 고통에 짓
이겨진 신음 소리와 함께, 옅은 가래 같은 타액이
미주의 목구멍에서 끓자 간호사가 황급히 이물질
을 뽑아내는 석션을 해주었다.

의사는 어렵다고 판단했지만 그래도 자연분만을
시도했다. 하지만 역시 미주는 무시무시한 산통에

속수무책으로 당하면서도 전혀 힘을 주지 못했다. 그녀의 체력은 이미 소진된 지 오래였다. 방법은 제왕절개 수술뿐이었다.

하지만……, 하는 망설임이 일순 의사의 눈동자에서 동요를 일으켰다. 그러나 더 이상 시간을 지체하면 돌이킬 수 없는 상황을 맞을 수도 있었다. 산모와 아이, 둘 다 잃게 될지도 모르는 것이다.

의사는 미주의 눈빛에서 뭔가를 읽어내고는 옆에 있던 수간호사에게 황급히 어딘가로 전화 넣으라는 지시를 내렸다.

"저…… 저…… 정란…… 아!"

미주는 힘들게 친구이자 담당의사인 정란의 이름을 불렀다. 정란은 수술용 장갑을 낀 손으로 미주의 손을 보듬어 쥐며 고개를 끄덕거렸다. 미주가 지금껏 견뎌낸 초인적인 인내와 노력, 사랑에 정란은 목이 메는지 계속해서 고개만 끄덕였다.

"우…… 우리 아기! …… 그 사람, 스…… 승우 씨!"

"알아. 네 맘 잘 알아! 미주야, 힘들더라도 잘 견뎌내야 해. 이제 좋은 일들만 남았어. 금방 끝날 거야."

"그…… 그렇겠지?"

"그럼!"

그 사이 간호사들이 미주에게 전신 마취약 성분인 펜토탈이 들어간 혈관 주사를 놓았다. 후욱 후욱, 미주는 공기를 펌

프질하듯이 간격을 두고 숨을 들이켰다. 마치 몸속에 천국과 지옥이 있어 두 세력이 쉼 없이 영토 확장을 위해 싸우는 듯했다. 미주의 이마에 송골송골 땀이 맺히고 가느다란 목에도 땀방울이 흘러내렸다.

정란은 간호사 대신 친구의 땀을 꼭꼭 정성스레 눌러 닦아 주었다. 마취가 빠르게 퍼지는지 미주의 눈은 몽롱하게 초점이 흐려지고 있었다. 미주는 무엇인가를 천천히 그려보는 듯 미소를 지었다. 이미 근육 이완제도 투여된 뒤였다. 오 간호사가 다시 미주의 입을 처치하기 시작했다. 석선을 하고 산소가 공급되는 튜브를 입속에 밀어 넣었다.

그러는 동안 수술 집도복을 입은 의사 2명이 기다렸다는 듯이 들어왔다. 은테 안경을 쓴 40대 의사와 30대 후반으로 보이는 의사가 정란과 짧게 얘기를 나눈 뒤 심장 박동 그래프와 혈압 수치, 에어 공급을 확인했다.

"언제 혈관 주사를 났나?"

"3분 지났습니다."

수간호사가 대답했다.

은테 안경은 시계를 한 번 본 뒤 턱 밑에 손을 갖다 댔다. 절벽 아래로 추락하듯이 마취 상태에 빠져들고 있는 미주의 얼굴과 솟아오른 만삭의 배를 본 다음 정란을 돌아보았다.

그의 눈빛에는 착잡함이 실려 있었다. 그의 생각을 충분히 읽은 정란은 마스크 속에서 가벼운 한숨을 거푸 내쉬었다. 정란은 미주에게 최선을 다하고 싶었다. 그래서 메스를 다루고 꿰매는 기술에는 따를 자가 없다고 알려진 2명의 동료에게 간절히 부탁해 시간을 맞추어 대기시켰다. 간호사들이 다시 날렵한 손길로 나신인 미주의 몸에 남은 소량의 알코올을 탈지면과 거즈로 닦아내었다.

흐음, 어디 한번 해보자구!

서두르는 기색이 역력한 은테 안경이 환자 앞으로 다가서며, 초조감을 감추지 못하는 정란을 다시 돌아보았다.

"허 선생! 수혈할 피는 충분히 확보해뒀습니까?"

"네…… 하지만……."

"압니다."

"역시 선택의 여지가 없다는 말씀이시군요."

"태아 상태는 어때요?"

30대 후반으로 보이는 의사가 정란에게 물었다.

"염려됩니다."

"자넨 환자 상태를 보고도 모르겠나? 1초라도 빨리 절개해서 꺼내지 않으면 태아에게 심각한 사태가 일어날 수도 있어. 이미 진행됐는지는 열어봐야 아는 거고. 아이가 좀 자란 뒤까지도 두고 봐야 해."

은테 안경의 말에 산부인과 전문의인 정란도 할 말이 없었다. 정란은 미주만큼 아기의 건강 상태도 염려됐다. 현재로선 그 어떤 말이나 진단도 섣부른 언급이고 속단일 터였다.

환자의 얼굴을 잠시 묵묵히 내려다보고 있던 은테 안경이 곁에 선 의사를 돌아보았다.

"이런 상황을 가능하게 하다니, 정말 대단한 여자야……."

정란이 무겁게 고개를 끄덕였다.

은테 안경은 시계를 한 번 들여다본 뒤 두 팔을 들어 어깨를 가볍게 휘둘렀다. 수술을 집도하기 전 어깨 근육을 간단히 푼 그는 수간호사에게 메스를 건네받았다. 마취가 시작된 지 8분 정도가 지났다. 한 손에 메스를 치켜든 은테 안경은 긴장한 눈빛으로 자신에게 바짝 붙어 서는 정란을 돌아보았다.

메스를 다루기에 불편할 정도로 가까운 거리였다.

"허 선생! 좀 떨어져요."

"죄…… 죄송합니다."

"허 선생이 허둥거리는 건 처음 보는군. 참, 마취는 몇 분짜립니까?"

"…… 40분입니다."

"뭐라고요? 허 선생, 지금 제정신이에요?"

"죄송합니다. 환자의 부탁을 도저히 거절할 수가 없었습니다. 정말 죄송합니다."

"이런, 나 원 참!"

은테 안경은 곤혹스러운 듯 미간을 잔뜩 찌푸리며 고개를 절레절레 흔들었다. 보통의 임산부라면 은테 안경의 능숙한 실력으로 20분 안에 제왕절개 수술을 마칠 수 있다. 그러나 이렇게 극도로 상황이 나쁜 임산부라면 최소한 1시간 마취는 해야 했다. 이중 절개한 부위를 완전히 꿰매지 않은 상황에서 환자가 마취에서 깨는 상황도 충분히 예상해야 했다. 은테 안경은 몹시 마땅찮은 표정이었지만 환자에 대해 미리 들었던 탓에 어느 정도 이해는 할 수 있었다.

자신의 몸이 아무리 고통스럽고, 목숨이 위험하다고 해도. 단 한 순간이라도 자신의 아기를 자신의 눈으로 확인하고 자신의 품에 안아보려는 그 강인하고 놀라운 모성애.

은테 안경은 미주의 솟아오른 배 부위의 돌출된 배꼽에서 옆과 아래로 손마디 세 개 거리의 지점에 날카롭게 빛나는 메스를 갖다 대었다.

그는 세로 절개를 택했다. 제왕절개를 받는 산부들은 흉터 자국을 되도록 덜 남기기 위해서 가로 절개를 하는 것이 보통이었다. 하지만 가로 절개는 용출되는 피가 많아 상대적으로 봉합이 어렵고 시간이 더 걸렸다. 세로 절개는 빠르고, 무엇보다도 피의 소모량을 줄일 수 있다는 장점이 있었다. 자신의 의도가 전혀 먹혀들지 않을 거라는 짐작이 들긴 했지만 어쨌든 현재 상황으로선 그나마 유일한 선택이었다.

수술실 안에 있는 6명 모두의 시선이 미주의 커다란 배와 메스 날에 집중되어 있었다. 정란은 그 순간 눈을 감고 하늘을 우러러 간절한 마음으로 기도를 올렸다.

'기적을 일으키는 분이 계신다면 도와주십시오. 미주가 여기까지 오는 데 얼마나 많은 고통을 겪었는지 잘 알고 계신다면 도와주셔야 합니다. 제발 그렇게 해주십시오.'

메스 날의 끝이 살갗을 파고들었다. 아주 잠깐 하얀 속살이 열리는 듯싶더니 이내 붉은 빛이 온도계 눈금처럼 메스 날을 뒤쫓았다.

수술실 밖 복도. 승우는 희고 서늘한 이마를 벽에 대고 서 있었다. 닫힌 수술실 문을 거듭 돌아보면서 그는 손으로 가슴을 누르며 애써 무엇인가를 참아냈다.

"승우야……!"

아버지 목소리였다.

승우는 대기인을 위한 주황색 의자가 놓여 있는 입구 쪽으로 고개를 돌렸다. 아버지 뒤로는 서늘한 표정의 어머니가 말없이 서 계셨다. 어떻게 알고 오셨을까. 아무에게도 알릴 여유가 없었는데. 어쩌면 허 선배가 연락을 취한 것인지도 몰랐다. 그러나 그것은 중요하지 않았다. 그의 마음은 온통 굳게 닫힌 수술실 안쪽에 가 있었다.

점잖은 회갈색 아르마니 양복과 프라다 투피스를 입은 승우의 부모는 그동안 지독한 지옥의 터널을 통과해온 아들을 향해 천천히 걸어왔다.

"아기는……?"

아버지가 물었다.

승우는 순간적으로 혼란이 왔다. 산모인 아내를 묻는 것인지 아내 배 속에 있는 아기를 묻는 것인지 알 수 없었다.

"…… 수술 중이에요."

어머니는 무슨 말인가 꺼내려다가 고개를 모로 꺾었다. 물기가 빠지고 탈색된 귤껍질같이 파삭해진 아들의 낯빛과 야윈 모습에 억장이 무너지는지 입술을 질끈 깨물었다.

하지만 승우는 어머니를 보지 않았다. 처음부터 지금까지 미주와의 결혼을 완강히 반대하고 탐탁지 않게 여겼던 어머니였다. 식장에도 나타나지 않았을 뿐만 아니라 그 뒤에도 미주를 며느리로 인정해주지 않던 어머니였다. 자상하고 교양 있는 어머니의 얼굴 뒤에 그토록 완강한 분노가 자리 잡고 있었다니. 아들에 대한 기대를 이해하지 못하는 것은 아니지만, 사랑하는 여자와 결혼했다는 이유로 부모와 자식 간에 의절하다시피 하고 살아야 할 이유는 찾기 힘들었다.

아버지는 고요한 눈빛으로 아들을 응시하고는 툭툭 어깨를 두드렸다.

"희망을 가지고 기다려보자."

아버지의 말에 승우는 하얗게 분말이 날리는 듯한 미소를 슬며시 머금었다. 그의 얼굴은 깊은 슬픔으로 금이 가 있었다.

희망요? 어떤 희망을 말씀하시는 건가요? 미주와 제가 지난 반년을 어떻게 살았는지 아세요? 절망과 희망이란 말에 골백번도 더 상처를 입었어요. 제발, 아무 말씀 마세요.

눈빛으로만 그렇게 외쳤을 뿐 승우는 마른 입술을 굳게 다물고 있었다. 고개를 떨구고 있던 어머니는 마땅히 시선 둘 곳을 찾지 못한 채 허허로운 눈길로 병원 천장이며 벽을 휘돌아보았다. 그러더니 돌아서서 손수건으로 눈꼬리를 찍었다.

어머니는 지금 무슨 생각을 하실까? 매몰차게 미주를 대했던 일? 아들에게 다시는 집 안으로 발을 들여놓지 말라고 했던 일? 아니면…… 수술실에 들어가 있는 며느리에게 가책을 느끼는 걸까? 그것도 아니라면…… 녀석아, 지금 처한 상황을 봐라. 네 꼴을 봐. 애미가 돼서 자식이 잘못되기를 바라는 부모가 어디 있겠니? 다 그럴 만해서 반대했던 것 아니냐! 어느 부모가 아들보다도 3살 연상의 여자, 그것도 30살을 훌쩍 넘긴 며느리를 맞고 싶어 하겠니? 결혼한 지 4년이 되도록 아이가 생기지 않더니 이게 무슨 꼴이란 말이냐. 내가 뭐랬니? 여자가 건강한 자식을 낳으려면 20대가 좋은 법이라고 하지 않던. 그게 자연의 섭리야. 지금껏 너를 이만큼 키워 온 부모로서 그 정도 욕심을 부리는 건 당연하다고 생각한다. 세상이 아무리 달라졌어도 본질적인 건 변하지 않는다. 가족의 본질은 바로 보수성이야. 그 보수성이 지금껏 가족과 이 사회를 지탱해온 힘이라는 걸 너도 깨달아야 해.

사실 어머니에게는 일찌감치 승우의 배필로 점찍어놓은 며느릿감이 있었다. 승우의 아버지가 필리핀 영사로 근무할 당시 상관이었던 대사의 둘째 딸 영은이. 승우보다 한 살 아래인 영은은 처음 만났을 때부터 승우를 좋아해서 10년 넘도록 해바라기처럼 승우의 주변을 맴돌았다. 영은은 발랄하고 건강한 데다 애교도 있었고 붙임성도 좋았다. 마닐라 대학에서 치의학을 전공한 영은은 1년에 두어 번씩 한국에 들어와 승우의 마음을 얻고 싶어 했지만, 승우는 그녀를 언제나 동생으로만 대할 뿐 끝끝내 받아들이지 않았다.

영은은 승우가 결혼한 지 1년 뒤 필리핀의 교포 교수와 결혼했다. 아들 하나, 딸 하나를 낳고 잘살고 있다는 소식을 들을 때마다 어머니로서는 복장이 터질 노릇이었다.

아버지는 중간 입장이었다. 양쪽에서 팽팽하게 맞선 아내와 다 커 버린 아들 사이에서 그동안 정신적인 고통이 컸었다. 아버지와 어머니, 아들 모두가 상처 입은 사람들이었다. 그리고 그 삼각형의 정점에 미주가 있었다.

다
이
애
나

그녀는 나보다 나이가 더 많지요

사람들은 나를 두고 수군거리지만

난 그런 것에 신경 쓰지 않아요

다이애나, 내 곁에 있어 줘요

그대가 근처에만 와도 온몸이 얼어붙어요

이런 내 마음을 그대는 왜 몰라주나요

나에겐 당신뿐이에요

지금껏 누구도 내 마음을

이처럼 빼앗아 간 적이 없었어요

오직 당신만이 내 모든 것을 빼앗아 갔어요

그대가 한 번만 나는 안아준다면

나는 더 이상 바랄 게 없어요

— 〈Diana〉, Poul Anka

* 폴 앵커가 열다섯 살 때 부른 곡으로, 1987년 여름 경포대 근
  처 안목 백사장에서 승우가 미주에게 불러줬다

바
다

1987년 8월 7일

32명의 젊은 무리는 강릉행 기차를 탔다. 시네마 드림 솔저, 영화 동아리 CDS 회원들이었다. 그들은 완전군장을 한 군인들처럼 커다란 배낭과 단편 영화를 찍을 수 있는 촬영 장비를 갖추고, 청량리 역에서 강릉행 무궁화호 기차에 몸을 실었다.

영화 촬영을 겸한 MT였다.

학교를 졸업한 OB(Old Boy) 멤버들도 3명이나 참가했다. CF 조연출 일을 하는 성호, 방송국에서 구성 작가로 일하고 있는 민선, 충무로 영화판에서 기반을 닦고 있다는 기출이었다.

"날씨도 후덥지근한데 모두들 한 캔씩 때리자!"

무궁화호가 속도를 내기 시작하자 미주는 쥐고

있던 볼펜으로 승우를 지목한 뒤 일행을 가리키며 한바퀴 원을 그렸다.

"오케이! 탁월한 명령이심다!"

승우는 선반에서 비닐로 밀봉된 캔맥주 박스를 바닥에 내려놓고 민첩하게 뜯었다. 일행 모두 야단들이었다.

"야! 김승우! 이쪽부터 던져!"

"읍후후, 어찌 감히 선배님께 던질 수 있겠습니까. 두 손으로 공손히 갖다 바쳐야지."

"암마! 통째로 갖다주든지 던지든지 해. 그렇게 천천히 돌리다간 여기 끄트머리에 있는 사람들 전부 다 목말라 죽는다."

그러자 근처에 있던 두 사람이 달려들었다. 야구공처럼 캔맥주가 허공에서 마구 날아다녔다. 승우는 캔맥주 2개를 가져다가 회장인 미주와 자칭 영화 광고 감독이라고 소개한 선배 성호에게 내밀었다.

"고마워. 역시 승우밖에 없어."

"일꾼으로 말입니까? 아님, 남자로 말입니까?"

"얘가…… 술도 안 마시고 취한 모양이네. 말할 필요 있냐? 선택의 여지없이 전자야."

"그래요? 쩝……. 저한테는 그 말씀이 마치 술을 부르는 주문 같은데요? 여지가 없다는 말씀은 너무나 가혹하십니다."

"그런가? 그럼 여지는 있어. 됐지?"

"감사합니다"

"어이구, 못 살아요! 하지만 우리 귀염둥이 승우가 없으면 난 정말 못 살지."

"너무나 타당하신 말씀인 줄 아뢰오."

"에구, 그만 됐네요. 가보슈. 난 성호 형과 상의할 게 많으니까 말이야."

미주는 캔맥주를 기울여 마셨다. 덥수룩하게 턱수염을 기른 성호 역시 캔맥주를 땄다. 성호는 미주가 들이민 단편 시나리오 대본을 받아 무릎에 놓았다. 제목은 프랭클린 J. 스캐프터 감독의 《혹성 탈출》과 닮은 《지구 탈출》이었지만, 《혹성 탈출》과는 전혀 딴판으로 우주여행이나 외계인과는 관련이 없었다. 내용을 압축해서 말하자면 연인이 바다로 이별 여행을 와 헤어지면서 겪는 해프닝으로 약간은 어두운 결말을 담고 있었다.

"중반부터 좀 칙칙하죠? 산뜻하게 잡고 싶었는데. 어느 신부터 핀트가 나갔는지…… 선배가 한번 자세히 봐봐요."

"아아, 그걸 내가 어떻게 아나?"

"비싸게 굴지 말구요. OB 멤버들을 공짜로 먹여주는 건 다 이런 대가 때문 아니겠어요?"

"하아, 여기도 정말 삭막하게 변했군. 내가 회장 할 때는 선배들 속옷까지 선물로 챙겨줬었다. 깔끔하고 산뜻하게 살라고 말이야. 그런 성의도 없으면서, 이거 오랜만에 만사 잊고 좀 쉬려고 따라왔더니만 오히려 스트레스를 팍팍 주는구면."

"그래도 감각 하면 선배가 최고 아니에요? 앵글 정확하게 맞춰주면 제가 선배 속옷인들 사비로 못 사드리겠어요?"

"흐음, 이제야 좀 당기는군. 누가 쓴 건데?"

"줄거리랑 윤곽은 회의 때 모은 거고 작업은 제가 했어요. 북 치고 장구 치는 우를 범하지 않으려면 따끔한 지적이 필요 하다는 거죠, 뭐."

"좋아. 그럼 이제부턴 내가 널 가슴 좀 아프게 해주지!"

성호는 다리를 꼬더니 그 위에 시나리오를 놓고 읽어가기 시작했다. 미주는 그의 옆에 바짝 붙어 앉아 긴장한 표정으로 캔맥주를 홀짝거렸다.

"나타내려고 하는 게 정확히 뭐야?"

"포커스가 남자 쪽에 맞춰져 있어요. 남자 심리죠. 사랑하 는 여자가 자신을 떠난다. 헤어지자고 한 것도 여자구요. 돌 이킬 여지가 없다. 남자는 사랑을 잃자 지구가 공허하게 변했 다. 삭막해진 별에 살 자신이 없는 남자는 지구를 떠난다. 그 런 내용이에요. 결말은 좀 슬프긴 하지만 코믹하게 그림이 나 오길 바라요."

"그래? 그거 표현하기가 쉽지 않을 텐데? 무슨 우주선 쏘는 걸 촬영할 것도 아니잖아?"

"마지막 신(Scene) 몇 개에 그런 심리적인 장치가 암시되어 있어요. 폭죽, 신발, 발자국, 텅 빈 바다, 반짝이는 별, 남자의 웃음소리 등이죠. 남자가 여자와 함께 마셨던 빈 캔맥주가 바다에 둥둥 떠다니는 장면이 밤하늘과 오버랩되는 거예요. 그런 것들이 의도대로 맞물려 떨어질지 봐달란 말이에요."

"야야, 너무 어렵다. 이거 정말 단단히 잘못 걸려들었군!"

성호는 시나리오의 낱장을 넘기고, 미주는 열심히 문제의 소지가 있는 대사나 장치를 물으며 그의 의견을 구했다.

그들 좌석과 대각선으로 마주한 좌석에는 승우와 정란이 앉아 있었다. 정란은 CDS 멤버들 중 유일하게 의대생이었다. 정란은 고교 때부터 단짝 친구인 미주의 권유로 CDS에 가입하긴 했다. 하지만 영화 활동은 전무하고 행사 때만 간혹 나타나는 정도였다.

뾰족한 턱과 작은 안경 때문에 쌀쌀맞아 보이는 정란은 대인 관계가 원만한 편이 아니었다. 모임에 나와서도 구석에 조용히 앉아 있다가 사라지곤 했다. 그 많은 CDS 회원들 중 그녀가 미주 외에 편하게 생각하는 사람이 바로 승우였다.

승우에게선 햇빛이 느껴졌다. 그에게는 움직이고 말할 때마다 사람을 기분 좋게 만드는 청량한 바람 기운 같은 것이 있었다. 그것은 부유하고 화목한 가정에서 자라난 사람에게서 느껴지는 평화로움 같은 거였다. 어떤 말과 행동을 하던

구김살이 없고 음습한 그림자가 느껴지지 않았다. 그러기 위해선 남들보다 약속을 잘 지키고 남들보다 한 걸음 더 빨리 움직이는 성실함이 요구되는데, 승우는 그것을 썩 잘 해내고 있었다.

상대가 아무리 허점을 보이고 흐트러져도 끝까지 자신의 자리를 떠나지 않고 상대를 위해 뒤치다꺼리를 해줄 것 같은 따스한 성격의 소유자.

승우가 CDS에 가입한 후, 정란은 직선적이고 활동적인 미주를 만나 보는 즐거움에 승우를 보는 기쁨을 추가했다. 정란은 지금껏 주변에서 승우와 같은 남자를 보지 못했다. 실력도 있는 데다 성격도 밝고 매사에 긍정적이면서 노력하는 자세를 끝까지 잃지 않는, 게다가 인간성까지. 좋은 네 박자 골고루 갖춘 남자를 만난다는 건 쉽지 않은 일이었다. 심지어 이런 아마추어 영화판에서조차 고뇌하는 예술인 운운하며 치기와 방만, 섣부른 오만을 부리는 칙칙함이 난무하지 않는가.

승우의 나이가 3살이나 어리다는 게 정란에겐 벽이라면 벽이었다. 하지만 까다로운 성격의 그녀는 남자보다는 아직 공부에 더 집중하는 의학도였다.

정란은 캔맥주를 따지도 않고 만지작거리면서 들판에 쏟아지는 햇살과 녹음으로 우거진 먼 산들이 바뀌는 차창 풍경을 바라보고 있었다. 캔맥주 하나를 다 마시고 2번째 캔도 거의 다 비워가던 승우는 미주 쪽을 연신 건너다보고 있었다.

"정란 선배!"

"으······응?"

"저기 성호 선배라는 사람 잘 알아요?"

"좀 알지. 왜?"

"그냥요. 어떤 사람이에요?"

"졸업한 지 2년 됐고, 대학 재학 시절에 세계대학생 단편영화제에서 우수상을 탔었어. 제목이······ 아마 《바퀴벌레 가족》이었지."

"《바퀴벌레 가족》요? 어떤 내용인데요?"

"글쎄······ 어떻게 얘기해야 하나? 장판 밑에 사는 바퀴벌레들과 천장 밑에 사는 사람들을 대비시켜서 인간이 바퀴와 같은 종류란 것을 증명해내려는 실험 정신이 높게 평가받았었지. 남루한 일상이 대부분을 차지하고 있었지만 꽤나 시적으로 그림이 잘 빠졌어. 연출 실력이 있는 거지."

"그런데 어째서 본격적인 영화 세계로 들어가지 않고 광고판으로 들어갔죠? 바퀴벌레 박멸 광고를 찍기 위해서인가?"

"그건 나도 모르지. 저기 앉아 있으니까 네가 직접 물어보지? 근데······ 너 좀 이상하다. 저쪽에 왜 그렇게 신경을 쓰는 거니? 내가 잘못 본 건가?"

"신경은요 뭐. 핫하하, 술 마신 김에 재미 삼아 한 번 비틀어본 거죠."

"너답지 않다 얘, 이젠 그만 마셔. 저번에 보니까 술도 잘 못 하는 것 같던데!"

"염려 마세요. 캔 3개까지는 끄떡없어요. 더군다나 혼자 사색을 즐기는 허 선배 옆자리에 앉아 가게 되니까 기분이 그만 인걸요."

"사색? 칭찬인지 욕인지 마구 헷갈린다."

"그럴 리가요. 흠, 제 생각엔 사람은 두 부류가 있어요. 순수의 대지에 뿌리를 박은 나무 같은 사람들과 활동성이 강한 동물? 짐승? 아무튼 그런 인간 군상이 있는 것 같아요. 준거는 그 속에 든 마음이죠. 의식과 무의식적인 경향을 통틀어서요. 어느 쪽이 좋다는 흑백논리까진 필요하지 않지만 허 선배는 느낌이 전자예요."

"그래? 그럼, 너는?"

"저요? 전 운동을 꽤 즐기고 잘하는 편이지만 사람에 한해서는 아무래도 나무과인 것 같아요. 한번 누군가에게 뿌리를 박으면 오랫동안 움직이지 않는 나무요."

"오호…… 그럼 우린 같은 과네. 동류항이고."

"맞아요."

승우는 키득키득 장난스럽게 웃었다. 그러면서도 시선은 언뜻언뜻 미주 쪽을 향했는데 시선이 다시 돌려질 때마다 승우의 표정은 서늘해져 있었다. 나무가 은밀히 토해내는 페로몬처럼, 일말의 조바심 같은 게 예민하게 그의 몸에서 뿜어져 나오는 것 같았다.

그때 처음으로 정란은, 승우가 미주를 좋아하는지도 모르겠다는 생각이 들었다.

승우가 아, 하고 짧은 탄성을 내질렀다.

"허 선배님! 선배님은 인체를 공부하죠? 물어보고 싶은 게 있어요."

"뭔데?"

"어떤 여자 머리카락에서 언제나 국화 향이 나거든요. 그런데 샴푸를 쓰지 않는대요. 머리도 3일에 한 번씩 감는다는데, 신기하게 언제나 야생 국화 향기가 나거든요. 비누도 목욕탕에서 흔히 볼 수 있는 평범한 비누를 쓴다는데……. 근데 그게 의학적으로 가능하기는 해요? 아님 제 코 기능이 잘못된 걸까요?"

승우의 질문은 의학과 아무런 관련이 없었다. 차라리 향을 제조하고 취급하는 조향사에게 물어보거나 심리를 전공하는 사람에게 물어야 할 터였다.

"다른 사람들도 그 여자 머리카락에서 같은 냄새가 난다고 그러던?"

"아뇨. 저만 맡아요."

"네가 개코라 그런가?"

"선배님! 저한테는 꽤 심각한 질문이에요."

장난기 없는 얼굴이었다. 정말 그렇다면 그건 인체가 내뿜는, 증명되지 않는 자장력의 파동 때문인지도 모를 일이었다. 이를테면 운명적으로 끌리는 사람들 사이에는 해석이 안 되는 영역이 있다. 남들 눈에 단점으로 보이는 것도 무조건 예뻐 보인다. 남들 귀에는 쇳소리 나는 목소리여서 듣기에 영 거북한데도 터프하고 매력적으로 들리는 것이 그런 류에 속할 것이다. 마음이 빚어내는 마술이라고 하는 편이 옳을 것이다. 특별히 마음에 두고 있는 사랑하는 사람에게만 일어나는. 마음속에 그 사람이 들어와 아름답고 달콤한 환상을 불러일으키는 신비한 마법 말이다.

정란이 그렇게 설명하자 승우는 얼굴이 조금 붉어지며 멋쩍어하는 표정이 되었다.

맞은편 대각선 좌석에 앉은 성호가 볼펜 끝으로 곁에 앉은 미주의 이마를 톡톡 두들겼다. 성호는 원래의 각본에서 시간적인 순서 배열과 몇 개의 신 자체를 없애면 훨씬 간단명료하게 감독이 의도하는 목표까지 갈 수 있다는 판단을 내린 듯했다.

미주는 열심히 문제의 신 넘버를 체크하고 여백에 기록하면서 성호의 조언을 받아들이고 있었다.

"야아, 근데 미주 너 너무 열심이다."

"그럼요. 나 대학 마치자마자 충무로를 바짝 긴장하게 만들 거예요. 그 전에 해외 단편영화제에서 대상 거머쥐는 게 목표구요."

"어이구, 꿈은 야무져요. 한국 영화판이 그렇게 만만하다면 내가 충무로에 가 있지 스냅 사진이나 찍고 있겠나?"

"그야 선배는 단기간에 이루려는 의욕이 앞서기 때문이죠, 뭐. 전 시간이 걸리더라도 하나하나 밟아 나갈 거예요. 밑바닥부터 한 계단 한 계단, 긴장을 늦추지 않고 있다가 언젠가 불시에 내게로 오는 기회를 확 잡는 거죠."

"햐아, 멋지다. 그런 의욕이라면 몇 년 안에 충무로에 굉장한 감독 하나가 짠하고 뜨겠군."

"선배가 카운트다운이나 세줘요."

"내가?"

"선배가 마당발이란 거 다 알아요. 가능성 있는 후배를 소개시키는 정도야 무리한 부탁도 아니잖아요?"

"하하하, 내 코가 석자인데? 어쨌든 좋아. 시나리오와 연출 공부를 충분히 한다면 기꺼이 내가 네 발에 밟혀주지."

"설마 김소월 시를 읊겠다는 건 아니시죠?"

그러고는 승우 쪽을 향해 빈 캔을 흔들었다.

"승우야! 남은 것 없나?"

"없는데요."

"뭐야? 아니, 2박스를 벌써 다 마셨단 말이야?"

"인원이 몇 명인데요. 1인당 2캔씩도 모자라는데. 핫하하하, 하지만 난 3개나 마셨지롱!"

"너 싹수가 보여서 내 조감독으로 데뷔시켜주려고 했더니 이제 보니 여엉 아니올시다야. 윗사람을 위해 목숨 걸고 캔 2개 정도 슬쩍해두는 충성심이 없네. 그런 태도로 영화 팬은 될 수 있을지 몰라도 결코 영화쟁이는 못 된다, 너."

그러자 승우는 실실 웃으며 일어나 "어디…… 속 시원하게 맥주를 내버리고 올까 담아 올까." 하더니 빈 캔 2개를 가지고 양반 걸음걸이로 차량 사이에 위치한 화장실 쪽으로 건너갔다.

쟤, 빈 캔은 왜 가지고 간대? 정말 거기에 소변을 담아 오겠다는 건 아니겠지? 설마…… 괜히 너스레를 떨어보는 거겠지.

정란과 미주는 그가 밉지 않다는 듯 피식 웃었다. 정란이 반쯤 남은 캔을 미주에게 들어 보였다.

"반 남았는데 너 마실래?"

"아냐. 옆에 선배도 참고 있는데, 뭘."

잠시 뒤 승우가 차체의 흔들림 때문에 휘청거리는 걸음으로 다가와 미주의 좌석 옆에 섰다. 체크한 대본을 다시 훑어보던 미주의 눈이 장대처럼 큰 키를 올려다보느라 커다래졌다.

"또 왜?"

"제가 목숨 걸었다는 것을 증명해 보이겠습니다."

"애가 또 왜 이러나? 귀여운 짓도 자꾸 하면 징그럽다."

그 말을 들었는지 못 들었는지 승우는 바지 뒤춤에서 쌍권총을 뽑아 들듯이 캔맥주 2개를 꺼냈다. 서울에서부터 사 들고 온 맥주와는 다른 제품이었다. 짱박아두었던 건 아니고 승우가 일부러 무궁화 열차 판매 칸에서 사온 게 분명했다. 미주는 캔맥주 2개를 흐뭇하게 받아들면서 모른 체했다.

"야아, 역시 승우는 사람을 기쁘게 하는 재주가 있어."

"흐음, 충성심이 있군, 그래."

성호가 턱수염을 쓸며 말했다.

"어쨌든 고마워. 승우야."

"천만의 말씀입니다."

승우는 기분 좋게 정란의 옆자리로 돌아와 앉았다. 미주는 캔 하나를 성호에게 넘겼다. 두 사람은 마치 축포를 터트리듯이 따서 쭈욱 들이켰다. 아이스박스에 들어가 있었던 거라 그런지, 더없이 시원하다는 표정이었다.

승우는 미주와 성호를 보고 키득거렸다.

"선배님들! 제 엉덩이에 달렸다가 나온 맛이 어떻습니까?"

"아, 굿이야!"

"원더풀! 난 승우 엉덩이가 얼음덩어린지 몰랐네?"

"어떻게 아셨습니까? 제가 벗으면 이거 완전히 얼음 조각

상입니다. 다비드상이 절 보면 스스로 자폭할걸요."

"못 말려 못 말려. 정란아, 뭐하니? 쟤 더 이상 날아다니지 않도록 네가 좀 꽉 잡아줘라. 떨어져 부서지면 이거 완전히 아이스케키가 되는 거잖아."

"어째 좀 상상력이 불순한 쪽으로 가는걸!"

성호가 유들유들한 표정으로 미주를 돌아보며 킬킬거렸다.

"에이, 선배도! 참신하기 그지없는 플래시맨을 두고 할 농담이 따로 있지. 성호 선배 체신 좀 지켜요, 지켜!"

몇 마디가 좌석과 좌석 사이에서 오고 갔지만 미주가 시나리오에 눈길을 떨구자 그 열기는 잦아들었다.

차창 풍경을 바라보던 정란이 승우에게로 고개를 돌리며 나지막한 목소리로 말했다.

"승우야, 아까 네가 말한 국화꽃 향기가 난다는 여자가 혹시 미주니?"

승우는 느닷없는 일격을 받은 듯 할 말을 찾지 못했다. 마음을 들킨 사람의 표정. 아직 익지도 않고 발효되지도 않은 마음 일부가 뜯겨 흘러나온 것 같은.

정란 선배가 모를 것이라고 생각하고 물었던 것이 실수였다. 내 속에 이런 조급성이 숨어 있었다니……. 승우는 갑자기 자신에 대해 화가 치밀어올랐다.

"맞구나? 너?"

"……예."

"어머나! 웬일이니?"

정란은 가벼운 탄성을 질렀다. 그 탄성 속에는 예기치 못했던 놀라움과 함께 부러움도 숨겨져 있었다.

털털한 옷차림새 그대로 미주는 외양에 신경 쓰기보다는 불꽃 같은 열정과 열망을 소중히 생각하고 있었다. 20대 초반에 자신이 걸어가야 할 길을 확고히 본 사람의 아름다움. 그것은 성별을 떠나 신념 있게 길을 걸어가는 사람만이 지닐 수 있고, 발산할 수 있는 광채였다.

정란은 큰 제스처로 뭔가를 열심히 말하고 있는 미주를 건너다보았다.

미주는 부모님 두 분 모두 교사인 집안의 차녀였다. 부유하지도 가난하지도 않은 평범한 분위기에서 성장했다. 그러나 강한 열정의 근원이 과연 어디일까 싶게 고등학교 때부터 확고한 자기 세계를 가지고 있었다. 성별에 갇히지 않고 당당하게 사는 것. 그것이 미주의 신념이었다. 자기가 좋아하는 일에 삶을 불사르겠다는 의욕이 있었다.

미주의 목표는 영화였고 제작자였으며, 우리나라의 영화 간판을 세계 5대 도시의 수백 개 극장에서 한날한시에 올리는 일이었다. 연극영화과에 수석으로 입학한 것도 그런 의지의 첫걸음이었다,

정란은 곁에 앉은 승우와 미주를 번갈아 바라보았다. 승우가 미주를 얼마만큼 좋아하는지 지금은 가늠하기 어렵지만 엇갈린 좌석만큼이나 잘되기 힘들다는 느낌이었다. 미주가 좋아하고 사랑할 타입의 남자는 자신과 똑같은 타입의 남자였다. 현실에 굴함이 없이 밀어붙이는 힘, 좌절을 겪을지라도 결국은 킬리만자로의 봉우리처럼 일어서는 그런 남자 말이다. 나이가 적다는 점을 떠나 남자로서 승우의 장점은 참으로 많지만, 그것으로는 미주가 그를 선택하기에 뭔가 불충분하게 느껴졌다.

정란의 마음을 읽었는지 잠시 침묵을 지키던 승우는 뒷주머니에서 담배를 꺼내 들고는 객차 사이의 승강대가 있는 곳을 향해 걸어 나갔다.

그 사이에도 미주는 눈빛을 반짝거리며 성호와 거의 이마를 맞닿다시피 한 자세로 어떻게든 좋은 작품을 만들어보려고 최후까지 시나리오 수정에 골몰하고 있었다.

당
신
은

나
의

세
계

당신은 나의 세계, 당신은 내가 숨쉬는 모든 숨결

당신은 나의 세계, 당신은 내가 움직이는 모든 것

다른 이들은 하늘 한가운데서 저 별들을 보는 것처럼

나는 당신의 눈 속에서 그 별들을 봅니다

나뭇가지가 태양을 향해 가지를 뻗는 것처럼

당신의 손이 내 손 위에 포개지면

신성한 힘이 솟구치는 걸 느껴요

당신의 나의 세계, 나의 낮과 밤

당신은 나의 세계, 내가 드리는 모든 기도

우리의 사랑에 끝이 온다면

그건 내게 이 세상의 끝을 의미합니다

이 세상의 끝을 의미하지요

그래요, 이 세상의 끝이랍니다

— 〈You're My World〉, Helen reddy

* 경포해수욕장 근처 안목 백사장에서 승우가 미주에게 불러
  준 노래

첫
키
스

여름 해변에 온 남녀의 이별 해프닝을 그린 단편
영화 《지구 탈출》을 촬영하는 데는 꼬박 2주가 걸
렸다. 챙이 넓은 모자에 선글라스를 끼고 반바지와
헐렁한 셔츠만을 걸친 채 쉼 없이 악을 써대던 미
주는 촬영에 돌입한 지 3일 만에 목이 쉬어버렸다.
승우는 작품에 필요한 소품들을 현지에서 조달해
내느라 발바닥에 물집이 잔뜩 생기고 말았다.

미주는 무서운 기세로 빡빡하기 그지없는 촬영
일정을 맞춰 나갔다. 바닷가 해변에 남자가 써놓은
낙서 위에 게가 조그만 소시지 덩어리를 물고 들어
가는 마지막 촬영을 끝으로 미주는 드디어 오케이
사인을 내렸다. 그 한 신을 찍는 데 무려 2시간이
넘게 걸렸다.

오케이 사인과 함께 30명의 스태프와 출연자들 전부는 와 하는 함성을 지르며 파도가 넘실거리는 푸른 바닷속으로 뛰어들었다. 긴장이 확 풀린 미주는 그동안 힘들었는지 모래사장에 큰 대 자로 벌렁 드러누웠다.

"선배님, 모래찜질해드릴까요?"

"승우구나. 야, 너도 바다에 들어가 놀아. 에구, 모르겠다. 네 맘대로 해라. 지금 내 몸이 내 몸이 아니다."

"피로를 푸는 데는 모래찜질이 그만이죠."

승우는 여름 햇빛으로 달구어진 모래를 미주의 몸 위에 덮었다. 모자로 가린 얼굴과 목만을 남긴 채 미주의 몸은 금세 모래로 불룩하게 덮여버렸다.

"아아, 아주 묻어라 묻어. 애가 아주 날 죽이려 드는군."

"기분이 어때요?"

"뜨끈뜨끈한 게 괜찮군. 하지만 좀 무겁네."

"나중에 다른 걸로도 덮어줄 수 있어요."

"다른 거? 뭘로?"

"뭐어…… 장미꽃잎이나 나뭇잎 같은 걸로요. 낭만적일 것 같지 않습니까?"

"네가 그런 얘기 하니까 닭살 돋는다. 그런 건 네 애인한테나 해주는 거야. 넌 가끔가다 오버하는 게 탈이다."

그날 밤은 백사장에서 밤새워 술만 마시는 술 파티였다. 남은 경비를 다 털어 인근 횟집에서 횟거리를 사 오고 소주가 궤짝으로 배달되었다.

미주는 촬영 편집에 대한 조언과 괜찮은 장비를 빌릴 수 있는 업체와 그 위치, 기술진들의 전화번호 등 기출과 성호가 알려주는 정보를 받아 적느라 열심이었다. 밤이 깊어가고 작은 캠프파이어가 놓여질 때쯤 돼서야 미주는 메모 수첩을 가방에 쑤셔 넣고 성호 옆에서 술을 마셨다. 자정 무렵이 되자 신입 학번인 승우는 뒤치다꺼리하느라 다시 분주해졌다.

미주는 취해 있었다. 빙 둘러앉은 OB 선배들과 CDS 임원진들도 영화에 대한 끝없는 난상 토론과 객기 짙은 열변 속에서 하나둘씩 취해 갔다.

미주는 근처를 지나는 승우를 불러 앉히고 소주잔을 건넨 뒤 넘치게 술을 따랐다.

"승우야, 수고했다. 우리 막내 없었으면 소품 함량 미달로 박살 날 뻔했어."

"맞아. 쟤가 제일 열심인 것 같더라구. 이번 기수들 너나없이 몸 사리던데 저 녀석만은 게거품을 물면서 뛰어다니더라니까."

얼마 전 군에서 제대한 뒤 이번 학기에 복학한 남자 선배였다.

미주는 잔을 들고 잠시 멍청하게 서 있는 승우의 등을 손바닥으로 세게 쳤다.

"쭈욱 마셔, 짜샤! 아까 너 저쪽으로 가서 게우는 거 봤다. 원래 한 번 대차게 토하고 난 다음부터 소주 약발이 오르는 거야. 그러고 나면 담부터는 아무리 부어 넣어도 끄떡없다구. 야, 너답지 않게 왜 이래? 긴장 풀어. 팍 퍼질러 앉으란 말이야. 여기가 무슨 조직이니? 하여튼 간에 너란 애는 묘해. 농담 따먹기도 곧잘 하다가 결정적인 순간에 몸을 사리잖아. 그게 유일한 네 단점이야!"

미주는 팔을 들어 승우와 어깨동무를 하려고 했지만, 승우의 앉은키가 훨씬 커서 팔이 둘러지지 않았다.

"승우야!"

"네?"

"어째 눈치가 없냐? 하느님과 동기인 이 선배님께서 기분이 좋아 어깨동무 한번 하려고 했더니만 네 키가 날 완강하게 거부하고 있잖아. 허리 좀 구부려봐."

"어쭈! 우리 회장님은 군에도 안 갔다 오신 사제 인간이면서 군물자에 속하는 용어를 빼돌려 사용하시네."

"에이, 정 선배! 그러지 말아요. 좋은 건 좀 나눠 씁시다요. 닳는 것도 아닌데."

그러더니 승우를 돌아보며 동의를 구했다.

"승우야, 안 그러냐?"

"야, 너 지금 하는 행동은 법에 저촉된다. 직권 남용이야. 어디 다 큰 남자 모가지를 네 쪽으로 끌어당겼다 풀었다 하냐?"

"킥킥킥, 성호 선밴 별소릴 다 하네. 이건 직권 남용이 아니고 역대 CDS 회장들의 신성한 권리이자 의무야. 특히 신입생들의 능력과 의욕을 고무시키기 위해서 가벼운 스킨십은 반드시 필요하다고 열변을 토한 사람이 누구야? 내가 신입생일 때 성호 선배가 했던 말이야. 이거 왜 이래? 승우 애가 3학년만 되면 회장이 돼서 우리 CDS를 세상으로 끌고 나갈 재목감인걸!"

모래사장에 한쪽 손을 받치고 팔베개를 한 채 담배를 피우던 성호가 능글맞은 표정으로 킬킬거렸다.

"미주야, 걔 그만 좀 놔줘라. 자고로 남녀란 살갗을 오래 붙이고 있으면 십중팔구 정분난다는 걸 모르냐?"

"얼씨구! 승우랑 나랑? 말도 안 돼. 애랑 학번은 2개 차이가 나지만 내가 한 해 꿇어서 나이 차이는 3살이야. 이 짜식이 좀 괜찮긴 하지만 내 타입은 아냐."

"네 타입은 어떤 남잔데?"

"승우 애랑 반대인 남자. 왜 있잖아. 손오공에 나오는 저팔계처럼 못생겼는데 저돌적인 남자. 차이가 있다면 저돌성과 용감성에 지적인 면도 포함되어야 한다는 거지."

취해 있었다. 그러나 미주의 솔직한 심정이었다. 그가 원하는 남자는 정글이나 다름없는 영화판을 함께 뚫고 나갈 수 있는 남자였다.

하지만 승우는 검은 밤바다의 파도가 자꾸만 가슴속으로 들이치는 느낌이었다. 미주가 악의 없이 한 말이란 걸 잘 알고 있었다. 그럼에도 자신이 미주의 남자 영역권에서 완전히 벗어나 있다는 것을 확인할 때면 웅담을 날것으로 씹은 것처럼 혀끝이 지독히도 씁쓰레했다. 밤의 짙은 명암 때문에 들키지는 않았지만 승우는 눈물까지 핑 돌았다.

사랑이었다. 깊은 사랑.

승우는 미주가 채워준 잔을 비우고 슬그머니 일어나 아무도 없는 해변가를 향해 걸었다. 바다를 향해 혼자서 조금 떨어져 앉아 있던 정란은 어둠에 묻혀 사라지는 승우의 쓸쓸한 뒷모습을 오래도록 바라보았다. 갑자기 코끝이 파도 한 줄기가 때린 것처럼 시큰거렸다. 남자의 등은 자기의 감정을 숨김없이 드러내는 부위였다. 승우의 등은 사랑에 상처 입은 자가 자기 스스로 가슴을 치유해서 미소를 머금고 돌아와야 하는 푸르디푸른 등이었다.

정란은 안쓰러움과 함께 일말의 질투심까지 느꼈다. 승우가 미주에게가 아니고 자신에게 다가왔다면! 가슴이 설레었다. 정란은 황급히 고개를 저었다. 두렵다기보다는 행복할 것 같았다. 장애물이 있을수록 간절하고 눈물겨울 것 같았다. 그것이 20대의 사랑이 주는 위대하고 아름다운 특권이 아닌가!

정란은 정직한 남자가 가지는 감정의 체취를 느낄 수 있었다. 한 여자를 향한 한 남자의 향일성(向日性)의 마음. 어쩌면 승우의 사랑에는 어떤 굴곡이나 회선이 없을지도 모른다는 생각이 들었다.

강릉으로 오는 기차 안에서 승우가 말하지 않았던가. 자신은 나무과에 속한 사람이라고. 나무는 한번 자리를 정하면 절대로 움직이지 않는다. 스스로 말라 죽을지언정. 정말로 승우는 절대로 돌이킬 수 없는 사랑을 이미 시작한 게 아닐까. 미주는 그를 한 남자로 보기보다는 그저 아끼고 다독거려주어야 할 재능 있는 후배로밖에 보지 않는데.

정란은 가벼운 한숨을 내쉬었다. 지금 시대에 연상 여자와 연하 남자의 사랑은 그리 드문 일도 아니지만, 그래도 고개를 갸웃거리게 하는 부분이 있었다. 결혼은 더더욱. 정상적인 사랑이어도 왠지 불륜과 일말의 금기의 냄새가 배어 나오는……

담배 연기가 뒤에서 훅 뿜어져 나오더니 미주가 정란 옆에 털썩 주저앉았다.

"혼자서 뭐하니?"

"바다 본다."

"바다가 어디 보이냐? 하늘이랑 바다가 시커멓게 한 덩어리가 됐잖아. 밤에 먹혀 있을 뿐인데 뭘."

"넌 이 앞에 잘게 부서지는 파도가 안 보이니? 이 파도가 대양을 건너왔다는 것 정도는 알아야지. 잔등을 쉼 없이 밀리고 밀려서 말이야. 파도의 일생이지 긴 여정 끝에 약간의 거품과 철석, 하는 소리로 한순간에 잦아들고 마는 파도의 끝자락을 우린 지켜보고 있는 거야."

"야아, 정란아, 너 의대 잘못 들어갔다. 철학과가 맞춤인데 말이야."

"농담하고 싶지 않아."

"어이구 센티멘털까지!"

미주는 담배 연기를 후욱 내뿜으며 정란의 목과 어깨에 팔을 둘러 어깨동무를 했다. 평소라면 정란은 자신의 어깨에 둘린 미주의 한 손을 꼭 잡아주었을 것이다. 그러나 정란은 착잡한 표정으로 몸을 동그라니 오므리곤 뼈를 꼿꼿하게 곧추세우고 있었다.

"너 왜 그래? 무슨 일 있어?"

"아니, 그냥 기분이 좀 그래."

"기지배, 누가 전국 고교생 문예대회에서 입상했던 문학소녀 아니랄까 봐."

"……!"

"야, 그러지 말고 우리끼리 한잔 더 하자."

"하고 싶으면 승우랑 해라."

"승우? 걘 또 왜?"

"너 정말 모르니? 아님 모른 체하는 거니?"

"대체 뭘?"

"걔가 너 좋아하는 것 같더라. 아니, 걔가 널 사랑하는 것 같더라구."

"승우가?"

"왜?"

"기가 차서 말이 안 나온다. 걔…… 걔가 너보고 그래? 날 사랑한다구?"

"그런 말은 안 했는데…… 너, 모래찜질까지 해줬잖아. 어쨌든 틀림없어. 어떤 여자의 머리카락에서 나는 국화 향을 얘기했을 때 이미 눈치챘어. 그 여자가 미주 너냐고 물으니까 얼굴에 핏기까지 가시면서 어쩔 줄 몰라 하더라. 너라고 대답도 했구."

"아, 난 또 뭐라고. 그 국화? 우리 첫날 동아리 모임 때 지하철 안에서 우연히 승우와 만났거든. 그때 얘기하더라구. 내 머리카락에서 국화 향기가 난다나? 킥킥킥, 미당(未堂)의 시 같은 걸 거야. 나를 누님쯤으로 여기는. 여하튼 간에 그거 비밀 아냐."

"좋은 영화감독 되긴 너도 애당초 글러 먹었다."

"뭐야?"

"영화는 인간의 감정과 심리를 다루는 거 아냐? 근데 나도 확실하게 느낀 걸 당사자인 네가 못 느꼈다니!"

"정란아 너 오늘 왜 그래? 멀쩡한 관계를 왜 그렇게 삐딱하게 보고 사람을 모는 거야? 걔랑…… 나랑…… 너 그걸 말이라고 하는 거야?"

"관두자. 너 취했어."

"얘 좀 봐, 자기가 먼저 얘기 꺼내놓고선. 너 조금 전에 내가 저기서 승우 앉혀 놓고 성호 선배에게 한 얘기 못 들었어? 그게 내 진심이야."

"그럼 다분히 의도적이었구나. 승우가 널 맘에 두고 있다는 걸 알고 그런 거 아냐?"

"참 기도 안 찬다. 촬영도 마치고 기분 좋기 한량없는 밤바다에 앉아 너랑 이런 영양가 없는 얘기를 하게 될 줄은 정말 '예전엔 미처 몰랐어요'다. 좋아. 솔직히 말할게. 나도 걔 마음이 그렇다는 건 이미 눈치챘어. 바보가 아닌 담에야 내가 그걸 왜 모르겠냐? 하지만 그건 한때야. 우리도 경험했잖아. 대학에 갓 들어와서 동아리나 학과 선배 남자 중에 괜찮다 싶으면 마구 맘이 흔들렸잖아."

"정확히 말해라. 네가 유별나게 그랬지. 난 안 그랬어."

"그래, 까짓것 좋아. 아무튼 캠퍼스 분위기에 익숙해지면 그런 감정들은 씻은 듯이 싹 사라지게 마련이라구. 내가 장담하는데 승우 쟤, 지금 눈에 콩깍지 씌어서 나한테 이러지만 몇 달만 지나 봐라. 또래 여자애를 꿰차고 캠퍼스며 거리를 쏘다닐 테니까. 솔직 말해서 대학 3, 4학년 여자들이 여자냐? 학교 안에서 완전 화석 취급받는다는 거 너도 잘 알잖아."

정란은, 승우 같은 남자는 절대로 그렇지 않다고 말하고 싶었지만 입을 다물었다. 정신이 말짱하다고 떠벌리지만 소주 몇 병을 위에 쏟아부은 미주가 취한 건 틀림없었다.

"하앗, 이 자식 봐라. 맡은 일을 잘 해내서 귀여워해줬더니만. 잘못하면 날 루머판 위에 얹어놓고 구이를 만들 녀석이네. 걔 어디 갔어? 이 자식, 따끔하게 손봐줘야 선배한테 다신 안 기어오르지. 어디 건방지게 하늘 같은 선배의 배 위를 기어오르려고 꿍심을 먹고 있어. 정말 어이가 없어 말이 안 나온다. 멀대 같이 크긴 해도 이마빡에 피도 안 마른 신입생 녀석이 감히 날 넘봐? 못 참아. 걔 어느 쪽으로 갔어?"

미주는 비틀거리며 일어섰다.

"미주야, 정신 차려!"

"왜? 네 말대로 하려는 거야. 좀 전에 네가 걔랑 술 마시랬잖아."

"그만 텐트로 돌아가자. 회장인 네가 흐트러진 모습을 보이면 어떡하니?"

"술 마시고 말짱하다면 그게 이상한 거지. 걱정하지 말고 너나 먼저 텐트로 돌아가 있어. 나 그 녀석이랑 딱 한 잔만 더 하고 올 테니까."

"애! 애! 미주야!"

하지만 미주는 발을 멈추지 않았다. 모닥불이 사그라진 근처에서 나뒹구는 소주병을 집어든 미주는 승우가 사라진 해변가의 어둠 속으로 천천히 지워지듯이 사라졌다.

정란은 불안했다. 승우의 절제력을 믿기는 해도 승우 또한 술을 꽤나 많이 들이켰고 격한 감정이 순식간에 폭발하기 쉬운 나이가 아닌가. 더군다나 대자연인 바닷가의 야심한 밤이었다. 원초적인 어둠과 밤물결 소리가 사람들의 가슴속에 잠들어 있는 원시성을 일깨우는.

승우는 뒤편으로 커다란 해송들이 늘어선 모래언덕에 혼자 비스듬히 누워있었다. 방향 모를 밤바람이 일자 깊은 여름 밤 공기 속으로 솔향이 퍼져 날아갔다. 그는 고개를 젖히고 유난히 큰 해송 나뭇가지에 흰 꽃처럼 걸린 잔별들을 올려다보았다. 파도에 모래가 쓸리듯 별빛이 하늘에서 소리를 냈다.

사랑은 마치 해변을 거닐 때처럼 쿡, 쿡 파인 발자국이 되어 가슴속으로 걸어 들어오는 걸까? 문득 필리핀의 한 바닷가에서 슬픈 목소리로 말하던 영은의 얼굴이 떠올랐다.

'오빠, 나는 매일 밤 꿈을 꿔. 줄거리는 하나도 생각나지 않는데 깨고 나면 막 울고 싶어져. 참을 수가 없어서 엉엉 운 적도 많아. 어떨 때는 다시는 꿈에서 깨어나고 싶지 않아. 오빠, 믿어져? 난 마음이 아플 때는 늘 푸른 꿈을 꾸는 것 같아.'

그때 승우는 16살이었고 영은은 15살이었다. 대사관 직원 가족들이 모두 비췻빛으로 둘러싸인 사바앙이라는 해변에 갔을 때였다.

승우는 영은을 보며 예쁘다고 생각한 적은 있지만, 영은과 뭔가를 함께하고 싶다거나 여자로 느껴진 적이 없었다. 하지만 영은은 반대였다. 테니스를 치거나, 배드민턴을 치거나, 수프를 끓여 먹거나, 토스트를 구워 먹거나, 무엇을 하든 언제나 '오빠와 함께'했으면 좋겠다는 표현을 자주 썼다.

연초에 한국에 잠시 왔을 때 숙녀로 화사하게 피어난 영은은 눈부시게 예뻤다. 덧니가 배꽃 잎처럼 상큼하게 보일 만큼. 하지만 그게 다였다. 영은이 적극적으로 다가올수록 승우는 그 이상으로 뒷걸음질을 쳤다.

승우의 아버지는 영사고 영은의 아버지는 대사라는 직급의 차이 때문은 아니었다. 그렇다고 아무리 자신의 마음속을 뒤져봐도 영은이 싫은 이유가 숨겨져 있지도 않았다. 분명히 승우는 영은을 좋아했다. 좋아하는 것에서 사랑하는 사이로 넘어가는 그사이 간격에는 '언제나 함께하고 싶다'는 간절함이 비밀 카드처럼 끼워져 있어야 했다. 그런데 승우에겐 그것이 없었다.

'영은아, 네 맘을 잘 알지만…… 미안하다. 그래 줄 수가 없어서. 내가 생각하는 사랑이란 어떤 사람을 생각할 때, 우스꽝스럽고 유치한 표현이 되겠지만…… 그래, 마음의 보석함이 열리고 그 광채를 느끼는 거라고 생각해. 그 빛이 사라지고 나면 폐허나 다름없는 가슴으로 변할 수도 있겠지. 정말…… 어찌 됐든 미안하다, 영은아. 난 너의 사람이 못 될 것 같아.'

영은은 얼굴을 꼿꼿이 세운 채 아무 말도 하지 않았다. 승우가 눈길을 피한 사이 그녀는 잠시 고개를 떨구었는데 다시 쳐든 얼굴은 안개비가 내린 것처럼 촉촉이 젖어 있었다.

'내가 얼마나 빛이 오래가는 보석인지 오빠는 잘 알지 못하고 있다는 생각이 들어. 난 누구보다도 오빠를 행복하게 해줄 수 있어. 난 오빠를 위해서라면 기꺼이 목숨을 내놓을 수 있을 만큼 오빠를 사랑하니까. 이 세상에 나처럼 오빠를 깊이 사랑할 수 있는 여자는 없을 거야. 난 기다릴 거야. 나의 사랑이 오빠의 가슴속으로 스며들어 보석이 될 때까지.'

필리핀으로 돌아간 뒤 영은은 승우 앞으로 짧은 편지를 보내왔다. 편지지에는 눈물 자국이 몇 군데나 나 있었다.

남녀 간의 사랑에는 참으로 심술 맞은 구석이 있어서 특별한 이유 없이 엇나가버리는 경우가 종종 있었다. 승우와 영은, 미주의 관계가 그러했다. 누가 봐도 좋은 집안의 예쁘고 총명한 영은이가 낫다고 할 테고 탐내겠지만, 승우는 영은이 여자로 여겨지지 않았다. 그런데 얄궂게도 승우가 사랑하는 여자는 그를 남자로조차 여기지 않았다. 하필이면 3살 연상이고 선배인 여자를 사랑하다니. 정말이지 사랑은, 초보자는 도무지 다룰 수 없는, 핸들 없는 자동차를 모는 것과 같다는 생각이 들었다.

행복의 나라로, 행복의 나라로, 아무리 애써 몰아가려고 해도 사랑의 감정은 그를 점점 더 헤어나기 힘든 슬픔의 수렁이나 고독의 늪 속으로 몰고 가는 기분이었다.

그런데도 손가락 하나 까딱하지 못하고 제대로 입술 한번 달싹일 수 없다니……. 승우는 스스로에 대한 애잔한 슬픔이 명치끝을 찌르는 듯 파고드는 것을 느꼈다.

"승우야! 승우야! 승우 너, 어딨니?"

바다의 끝과 육지의 끝, 아니 바다의 시작과 육지의 시작인 해변가를 한 여자가 비틀거리며 걸어오고 있었다. 미주였다. 신발을 벗어든 미주는 파도의 끝자락에 발목을 적신 채로 승우를 찾고 있었다.

"미주 선배님! 저 여기 있어요."

"야아, 너 멀리도 왔다. 뭐 한다고 예까지 나왔냐? 저기 하늘에 걸린 달이 아니었으면 난 벌써 포기하고 돌아갔을 거다."

금빛 달빛 아래 미주가 희미하게 웃으며 소주병을 흔드는 것이 보였다. 술기운에 지친 미주가 모래사장에 털썩 주저앉자 승우는 빠른 걸음으로 다가가 그녀 옆에 섰다.

미주는 뒤로 벌렁 드러누웠다. 그것은 성별을 떠나 선배이기를 고집하고, 후배를 믿는 미주의 신념에서 비롯된 자유로운 행동이었다. 그런 활달함 속에는 자신이 여자임을 승우에게도 스스로에게도 의식하지 못 하게 하려는 속셈이 버티고 있었다.

"야아, 별도 참 많다. 여름밤은 별들이 마구 새끼를 치는 것처럼 많지 않냐?"

"그렇네요. 별이 떨어질까 봐 무섭다는 표현이 이럴 때 따악 써먹을 만하네요."

승우의 목소리는 유쾌해져 있었다.

미주는 소주병을 놓고 팔을 새의 날개처럼 활짝 펼친 다음 모래알들을 쥐었다 놓았다 반복했다.

"너도 한번 누워 봐. 살에 닿는 모래의 감촉이 좋다. 부드러우면서도 참 시원해."

"남들이 보면 어떻게 해요?"

"야 임마! 보면 어때? 우리가 뭐라도 하니? 우린…… 그저 모래밭에 누워서 별을 올려다볼 뿐이야. 선배와 후배가 누워서 도시에는 없는, 바다가 뒤집혀 하늘에 잔뜩 쏟아낸 소라껍질 같은 별을 함께 올려다보는 거지. 불순한 소린 하덜 말고 어여 눕기나 하소."

"야아."

"어쭈, 야가 전라도 박자도 제법 맞추네잉."

"그라지라?"

"야아, 됐어. 고만해."

"야아."

그들은 나란히 누워 옥수수 알이 태양의 오븐 위에서 평평 튀어 팝콘처럼 별이 되어 터지는 웃음소리를 내며 웃었다. 웃음소리로 움푹해진 어둠 사이로 빠르게 고요가 깃들었고 이어서 파도 소리가 담겼다. 파도 소리가 별 아래 어둠에 점점이 박혀 딱지를 뒤집어쓴 조그만 게의 더듬이처럼 허공에서 움직이는 느낌이었다.

침묵이 갑자기 낯선 얼굴로 바뀌려는 찰나, 미주가 갑자기 키들키들 게가 미역 위를 옆으로 걸어가는 듯한 웃음소릴 냈다.

"왜요?"

"이렇게 너랑 별밭 아래 나란히 누워있으니까 불현듯 어떤 영화 장면이 떠올라서 말이야."

"영화요?"

"《별들의 고향》. 봤니?"

승우에게 묻기 위해 잠시 고개를 옆으로 돌렸던 미주는 다시 하늘을 응시하며 말했다.

"외국 생활을 오래 해서 못 봤구나? 그 영화에 정말 기막힌 대사가 나오지."

"어떤 건데요?"

"주인공이 신성일과 안인숙인데, 아냐?"

"신성일은 알죠."

"아무튼 안인숙은 참한 얼굴이야. 그 영화에 안인숙과 신성일이 한 방에 나란히 누워있는 장면이 나오거든. 그때 신성일이 목소리를 터프하게 깔고 안인숙에게 이렇게 말해. '오래간만에 함께 누워보는군!' 그러자 안인숙이 코맹맹이 소리로…… 뭐라더라? 야 이거 술빨 때문에 저장된 기억이 날아가버렸군. 아무튼 대강 이래. '아 너무나 행복해요. 아…… 삶은 무엇일까요? 좋은 남자를 만나면 행복해지고 나쁜 남자를 만나면 불행해지는……. 선생님은 좋은 사람인가요?' 대충 그런 얘기야. 안인숙 목소리를 더빙한 여자 성우가 고은정인데, 그 여자의 비음 섞인 목소리는 정말 몸서리가 쳐질 정도지. 끔찍해."

"비디오 빌려 봐야겠네요."

"하도 옛날 거라 있을랑가 모르겠네. 아무튼 그 영화 주제 곡인 이장희의 〈나 그대에게 모두 드리리〉란 노래도 정말 죽이지. 그 노래는 아냐?"

"몰라요."

"하긴 너 같은 미성년자에겐 불러주지 말라는 금지곡 딱지가 붙여졌던 노래니까, 내가 불러주진 않겠어. 대신 네가 아무거나 한 곡 불러봐."

대학 신입생이지만 법적 연령을 몇 달 못 채운 승우는 아직 미성년자란 덜떨어진 꼬리표를 떼지 못하고 있었다.

"가요요? 팝송요?"

"글쎄, 아무 노래나."

승우는 가요보다도 팝송을 훨씬 더 많이 알고 있었다. 그는 잠시 주마등처럼 스치는 팝 가수 중 헬렌 레디의 곡을 선정했다. 팔베개하고 옆으로 누워 미주의 반짝이는 눈을 보며 승우는 부드럽고도 매끄러운 목소리로 〈You're My World〉란 노래를 부르기 시작했다.

…… 다른 이들은 하늘 한가운데서 저 별들을 찾아냈지만

나는 당신의 눈 속에서 그 별들을 본답니다…….

승우는 노래를 꽤 잘 불렀다. 물의 흐름처럼 매끄러운 목소리와 발음은 주위의 공기에 잔잔한 파문을 일으켰다. 미주는 눈을 감고 승우의 노래를 들었다. 가슴 깊은 곳에서 길어올린

듯 사랑하는 여자를 향한 애절함이 저항할 틈도 없이 미주의 마음에 스며드는 듯했다.

'이거 나 원 참! 혹 떼려다가 혹 붙이겠네!'

미주는 분위기를 깨며 벌떡 일어나 앉아 소주병을 입으로 가져갔다.

"야아, 너 노래 정말 잘한다. 죽이는걸. 통기타 무대에 서도 손색이 없는 실력이야. 앵콜! 앵콜! 다른 거 또 없냐?"

미주는 솔직하게 찬탄을 표현했다.

승우는 연이어 상체를 리듬에 맞게 경쾌하게 흔들었고, 〈Diana〉를 불렀다. 귀에 익고 흥겨운 리듬이었기 때문에 미주는 간간이 손뼉을 치며 박자를 맞췄다. 조금씩 따라 부르기도 했다.

노래가 끝나자 이내 밀려드는 적막감이 곤혹스러웠다. 승우는 멋쩍게 웃은 뒤 미주가 건네는 소주병을 한 모금만큼 병나발을 불었다. 그러고는 가슴속에 닫혀 있던 공기를 한숨인지 큰 숨인지 모르게 크게 내쉬어 풀어놓았다.

미주는 모래를 집어 사방에 몇 번 훅훅 뿌렸다. 그러더니 손을 털고는 작정한 듯 승우의 얼굴을 정면으로 응시했다. 미주의 목소리는 차분하게 입안에서 갈무리되어 있었다.

"승우야."

"네……?"

"우리 그냥 지금처럼 좋은 선후배로 지내자."

"……"

"처음에 선배와 후배로 만났듯이 앞으로도 선배와 후배로 가는 거야. 봐, 난 네 선배고 넌 내 후배잖아."

"흐음……"

"좀 전에 정란이한테 얘기 들었어. 네가 날 맘에 두고 있는 것 같다는. 그 얘길 들으니까 한편으론 고맙고 한편으론 마음 한구석이 불편해지더라. 그래서 널 이렇게 찾아왔지. 물론 나도 널 좋아해. 하지만……"

"됐습니다. 다음 얘긴 말씀 안 하셔도 충분히 선배님의 뜻을 알 것 같습니다."

승우는 담담한 어조였다.

"그래, 짜샤! 긴말 필요 없어 좋군."

남녀의 엇나간 관계에 대해 적당한 이해나 구색을 갖추려 하다가는 자칫 두 사람 모두 감정적으로 치졸해지거나 불쾌해지기 십상이었다.

미주는 먼저 일어서서 승우의 어깨를 툭 쳤다.

"안 가나? 아침에 이동할 텐데 눈 좀 붙여야지?"

승우는 대답이 없었다.

미주는 그런 승우를 뒤로 하고 몇 발자국을 떼었다.

"선배님!"

"으……응?"

"부탁이 있습니다."

"뭔데?"

"키스 한 번만 해도 되겠습니까?"

"뭐……뭐야? 뽀뽀……? 킥킥킥, 그건 왜?"

승우는 구부정하게 일어나 허리를 쭉 폈다. 그러고는 미주를 향해 걸어오며 유쾌한 목소리로 말했다.

"기념사진이죠, 뭐. 이 바다와 저 하늘의 별, 저기 서 있는 커다란 해송에 대한 한 장의 스냅 사진을 찍는 것 같은."

"그건 좀 곤란하다. 지금 네 감정이 가볍지 않잖아. 기분도 좋지 않은 것 같고."

"아닙니다. 한 번만 하게 해주십시오."

승우는 미주 앞에 멈춰 섰다. 막상 헌칠한 승우의 키가 앞을 막아서자 미주는 망설였다. 뭐라고 할 사이도 없이 승우의 팔이 미주를 살짝 끌어당겼고, 승우의 입술이 미주의 입술을 덮었다. 키 차이 때문일까. 미주의 발뒤꿈치가 살짝 들려졌다.

승우의 입술은 뜨겁고 서늘했다. 윗입술이 태양에서 가져온 거라면 아랫입술은 달이 키워낸 것 같았다. 그리고 바다를 한껏 머금은 백사장처럼 촉촉했다.

잠시 후 미주는 풀려났다. 승우는 저만큼 뒤에 서 있는 유난히 큰 해송 한 그루처럼 우뚝 서 있었다.

미주는 술이 확 깨는 기분이었다. 따귀를 갈기거나 발로 정강이를 걷어차야 하는 게 아닐까? 당황한 건 사실이지만 생각만큼 불쾌하진 않았다. 이번 한 번만 참는다. 하지만 다음에 또 이런 무례한 짓을 하면 절대로 용서하지 않겠어. 이렇게 따끔하게 한마디 못 박아주고 싶은데 도무지 적당한 말이 떠오르지 않았다. 지금 상황으로선 대수롭지 않은 일처럼 의연하게 처신하는 게 선후배의 거리를 유지할 수 있는 최선이었다.

"자도록 해. 내일 아침 일찍 일어나 이동해야 하니까."

"네."

"너 오늘 분명히 실수한 거야!"

"……."

"나, 간다!"

"미주 선배님!"

"응?"

"전…… 언제나 여기 있겠습니다. 저기 커다란 소나무처럼요."

미주는 말없이 돌아섰다. 가슴속에 성급한 가을바람이 부는 것 같았다. 무슨 뜻이지? 언제나…… 여기 있겠다고? 소나무처럼……? 아니! 그 말에 의미를 둘 필요는 없어. 내게는 그저 바다의 느낌으로 남을 뿐이야.

일행이 묵고 있는 텐트 쪽을 향해 걷던 미주는 흘끗 뒤를 돌아보았다. 승우는 백사장에 붙박인 나무처럼 저만치에서 꼼짝도 하지 않고 미주를 바라봤다. 승우가 지닌 마음의 깊이와 무게가 고스란히 전해지는 듯했다. 정말 난감한 노릇이군.

미주는 밭은기침을 토했다.

애
니
의
노
래

당신은 나의 뇌리에 산림 속의 밤,

봄의 산맥, 빗속을 거니는 것, 사막에서의 태풍,

또는 잠자는 푸른 바다와 같이

나의 감각 속에 있습니다

다시 돌아와 당신을 사랑할 수 있도록 해주세요

당신에게 내 목숨을 드릴 수 있게 해주세요

당신의 웃음 속에 나의 인생을 묻고 싶고

당신의 발에 안겨 죽고 싶습니다

당신의 곁에 눕게 해주세요

언제나 당신과 함께 있게 해주세요

당신을 사랑합니다. 나를 다시 사랑해주세요

나를 받아주세요

— 〈Annie's Song〉, John Denver

  * 승우가 FM PD가 되어 전국 방송파에 자주 실어 내보냈던 곡

결빙의 시간들

눈부신 것들은 매우 빨리 지나간다. 그러므로 사랑의 속살은 광휘로우나 그 빛의 여운에서 향기를 맡을 수 있는 자는 기억을 놋그릇처럼 성실하게 인내하며 닦는 자이다.

미주와 승우가 바닷가에서 키스했던 그 날부터 햇수로 7년이 흘렀다.

미주는 1989년 2월에 대학을 졸업한 후 충무로의 한 영화사에 취직하였고, 잡다한 홍보 현장에서 1년 정도 일하다가 그 이듬해 조연출 일을 시작했다.

1991년, 미주가 장장 10개월에 걸쳐 찍은 저예산의 독립 영화가 여러 가지 이유로 개봉관에 걸리지도 못하고 바로 비디오 시장으로 흘러들어 가버

78

렸다.

영화판 현실의 높고 두꺼운 벽을 절감한 미주는 1992년 초부터 집에서 나와 전세를 얻어 칩거하며 시나리오 작업을 했다. 요즘 들어 흥행성과 작품성을 겸비한 시나리오를 자신이 직접 써서 자본을 끌어들이는 흐름이 뚜렷해졌다. 스태프진까지 스스로 구성해야 했다. 자신과 싸워나가는 절치부심의 시간들.

미주는 CDS의 OB 모임에도 나가지 않았다. 그동안 2번의 사랑이 밀물처럼 왔다가 썰물처럼 지나갔다. 그들은 모두 미주가 속한 세계에서 만난 남자들이었다. 강한 열정을 가지고 자신과 승부를 겨루는 인간형, 바로 미주가 좋아하는 타입의 남자들이었다. 하지만 그들은 치열함을 원하는 미주에게서 오히려 편안한 쉼터를 원했다. 관계는 단기간에 끝장나버렸다. 한 남자는 그가 먼저 그만 만나자고 통보했고, 또 한 남자는 미주 자신이 먼저 돌아섰다. 남자에게 빠지기보다는 일에 몰두하는 것이 훨씬 속 편한 일이었다. 남자 때문에 시간과 감정을 소비하는 것이 어리석게 느껴졌던 것이다. 가슴의 결핍을 감수하더라도 차라리 혼자 일하며 사는 게 낫다고, 미주는 어느 순간 결정해버렸다.

비 오는 날이나 화창한 날, 커피를 끓이거나 창문을 열었을 때 아주 드물게 승우 생각이 나곤 했다. 그 녀석은 지금 뭘 하고 있을까? 분명 졸업은 했을 텐데 뭘 하는지 궁금하군. 하지만 거기에서 그칠 뿐 그의 소식을 수소문하는 짓 따위는 하지 않았다. 미주의 마음속에 승우는 여전히 재능 있고 인간성 좋으며 잘생긴 남자 후배 정도로 자리 잡고 있을 뿐이었다.

매달 한 번씩 반찬거리를 만들어서 들르는 엄마는 시집 가라며 남자 사진을 들고 오는 것이 월례 행사였다. 미주가 29살이 될 때까지 쉼 없이 들이밀었지만, 미주는 꿈쩍도 하지 않았다. 결혼은 미주에게 곧 영화의 포기를 의미하는 것이었기 때문이었다. 남동생이 미국 컴퓨터 업계에서 자리를 잡자 미주의 부모님은 아들을 따라 이민 가버렸다. 작은아버지가 미국에서 사업을 크게 성공한 것도 주요인이었다. 가족들은 같이 떠날 것을 종용했으나 미주는 남겠다고 버텼다.

올해가 지나면 미주는 곧 30살이다. 30대는 여자에게 포기와 편안한 안주가 같은 말임을 터득하게 해준다. 꿈의 날개를 적당히 꺾으면 그만큼 생활이 편해질 수 있다는 타협의 기술을 누구나 자연스레 체득하게 되는 나이이기도 했다.

하지만 미주는 자신의 꿈을 조금도 포기하지 않았다. 시나리오를 고치고 또 고치고, 밤새워 수정 작업을 했다. 흥행성과 작품성이 보장되는 작품, 누가 읽더라도 탁월한 재미와 깊이가 감각적이면서도 아주 세련됐군, 기발해, 하고 감탄할 정도의 대본이 아니라면 충무로 판에 들이밀 수도 없다는 것을 미주는 잘 알고 있었다.

초여름이 되자 1년 반이라는 세월 동안 칩거한 끝에 결과물이 나왔다. 웬만한 국내 메이저급 영화사와 충분히 베팅할 수 있는 2편의 시나리오였다. 한 편은 젊은 층의 심금을 울리는 감각적인 멜로물이었고, 또 한 편은 칼을 다루는 인간 캐릭터를 절묘하게 해석한 무협물이었다.

미주는 6월 중순부터 2편의 시나리오를 들고 다시 충무로에 나타났다. 내심 돌아온 장고처럼 충무로를 바짝 얼게 만들 것을 기대했다. 하지만 투자자들은 '괜찮긴 한데 말이야.' '타이밍을 좀 더 기다려야 하지 않을까?' '재밌어. 우리 같이 고민해보자고.' 같은 말들을 던지며 대본을 들었다 놓았다만 반복했다.

대학에서의 영화는 예술이었지만, 세상에서의 영화는 철저한 기획과 자본의 암투, 매스컴 플레이에 의해 결정되는 거대한 상품에 불과했다. 투자 가치는 흥행 기준에 의해 판가름 나고 서울 동원 관객 수는 영화가 발주되기도 전에 미리 분석되어 나왔다. 1편의 영화 제작에 수십 억이 드는 만큼 말도 많고 간단치가 않은 게 바로 영화판이었다. 영화사 사람들을 계속해서 만나는 동안 미주는 조금씩 지쳐가고 있었다.

미주가 만들어낸 상품은 다른 시나리오들보다 손때가 많이 타긴 했지만, 정작 '바로 이거야! 좋았어! 지금 당장 해보자고!' 하며 사겠다는 투자자는 나타나지 않았다. 그렇게 미주는 별 소득 없이 몇 달을, 아니 2년 가까이 세월만 허비하고 있었다. 30살을 목전에 둔 그녀에게 남은 것이라곤 손때 묻은 시나리오 2편이 고작이었다.

승우는 미주가 CDS 정회원에서 OB 회원으로 바뀌기 직전까지 미주 옆에서 일을 도왔다. 세계단편영화제에 출품된 시나리오를 가져와 번역하는 일도 그의 몫이었다. CDS가 아시아 대학생단편영화제를 서울에서 개최했을 때 통역사도 그였다. 캐나다 밴쿠버에서 열렸던 단편독립영화제에 갔을 때도 그는 미주 옆을 떠나지 않고 통역해주었다.

승우는 언제나 미주 곁에서 일했지만, 미주를 단 한 번도 불편하게 만들지 않았다. 미주의 감정과 관계없이 승우에게 미주는 이미 불변의 사랑이었다. 영은에게 승우가 그러하듯이. 승우는 미주의 꿈이 이루어지길 간절히 바라고 있었다. 그러면 그녀가 행복해질 테니까. 1%의 가능성만 있어도 무모하리만큼 열정을 태울 수 있는 것이 20대의 특권이었다. 승우는 미주가 꿈을 이루는 그날을 하루라도 앞당기기 위해 최선을 다해 도왔다.

승우는 미주의 졸업과 동시에 CDS에서 탈퇴했다. 미주가 떠나간 커다란 빈자리를 매번 확인해야 하는 현실이 견디기 어려웠다. 승우는 바로 휴학한 뒤 단기 사병으로 군에 입대했다. 제대한 후에는 1년간 10여 개국을 홀로 배낭여행을 하며 떠돌았다. 그 후 다시 경제학과에 복학해 1993년 봄에 졸업했다.

승우는 지금까지 하루도 미주를 잊은 적 없었다. 대학을 졸업하면서부터 승우는 미주의 이름 뒤에 붙은 '선배'라는 말을 의식적으로 잘라버렸다. 같은 사회인이 된 승우에게 미주는 선배가 아니라 사랑하는 여자였을 뿐이다. 승우는 대기업에 들어가는 대신 방송 일을 택했다. 대학교 4학년이던 11월 초, 승우는 FM 라디오 프로듀서를 뽑는다는 공고를 보고 시험에 응시했다. 당연히 1차, 2차, 3차를 모두 가볍게 통과했다. 유창한 영어 회화 능력과 세련된 감각, 팝 음악에 대한 해박한 지식이 심사위원인 20년 차 팝 진행자들조차 기함을 지르게했다. 승우의 준수한 외모, 정직하고 바른 이미지와 당당하면서도 겸손한 표정, 패기만만한 행동이 최종 면접 심사위원들이 후하게 점수를 주는 요인으로 크게 작용했음은 물론이다. 뉴스 진행자 2명, 음악 프로 프로듀서 4명, 총 6명을 뽑았는데 승우가 단연 수석이었다.

승우는 FM 라디오 방송국 개국 이래 가장 빨리 프로듀서가 되었다. 그것도 메인 프로그램이라 할 수 있는 〈한밤의 팝 세계〉였다. 밤 11시에 시작해서 새벽 1시에 끝나는 황금 시간대에 승우가 발탁되자 방송국 전체가 술렁거렸다. 담당 PD가 개인 사정으로 갑자기 그만두긴 했지만 어떻게 신입에게 심야 간판 프로를 맡길 수 있냐고 말이 많았다. 하지만 승우를 한 번이라도 만나본 사람들은 그의 재능을 의심치 않았다.

〈한밤의 팝세계〉 진행자는 전문 아나운서가 아닌 20대 후반의 최정상급 남자 가수였다. 전임 PD는 방송 짬밥을 13년이나 먹은 사십 대 중년의 관록파였는데, 제멋대로이기 일쑤인 진행자를 잘 다루지 못했다. 그래서 나이도 더 어린 PD가 얼마나 수모를 당할 것인가에 대해 호사가들 사이에서 말이 많았다. 개중에는 첫 방송에서 승우가 실수를 얼마나 할 것인가, 진행자에게 얼마나 골탕을 먹을 것인가에 대해 내기를 걸기까지 했다. 가수로서 인기가 최상한가인 진행자는 '자르고 싶으면 잘라 보시지' 스타일이기 때문이었다.

하지만 그건 쓸데없는 우려였고 기우였다. 승우를 보자마자 오랜 친구라도 되는 듯 진행자가 먼저 손을 내밀어 악수를 청하고 함께 술까지 마셨다는 것을 알았다면, 돈내기나 입방아가 얼마나 우스운 해프닝인가를 그들은 즉시 알아차렸을 것이다.

즐
거
운 편
지

내 그대를 생각함은 항상 그대가 앉아 있는 배경에서

해가 지고 바람이 부는 일처럼 사소한 일일 것이나

언젠가 그대가 한없이 괴로움 속을 헤매일 때에 오랫

동안 전해 오던 그 사소함으로 그대를 불러보리라

(후략)

— 황동규 〈즐거운 편지〉

은빛 겨울 속의 한여름

1993년 12월 11일

책상에 앉아 스탠드만 켜놓은 채 컴퓨터를 두드리다가 문득 배고픔을 느낀 미주는 탁상시계를 바라보았다. 밤 10시 51분, 무성으로 켜놓은 텔레비전 화면엔 오리 분장을 한 개그맨들이 일렬로 넘어지고 있었다. 저녁을 일찍 먹어서 그런가, 배가 고팠다.

화장기 없는 얼굴에 성의 없이 묶은 뒷머리, 헐렁한 트레이닝 바지를 입은 미주는 주방으로 걸어가 선반을 열어보았다. 라면도 식빵도 없었다. 냉장고를 열어봐도 딱히 먹을 게 없었다.

필요한 게…… 라면, 식빵, 커피도 떨어졌고…… 치약도 다 써가고…… 화장지도 있어야 하고……

미주는 코트 속에 있는 지갑을 꺼내면서 필요한 물품들을 하나씩 되뇌었다.

미주는 스웨터를 걸치고 슬리퍼를 신고는 근처 편의점으로 갔다. 편의점 입구에 놓인 노란 바구니를 들고 필요한 물품들을 골랐다. 식빵에 찍힌 유통기간을 확인해서 넣고, 신라면, 삼양라면, 컵라면을 골고루 2개씩 바구니 안에 던져 넣다가 순간 미주는 손을 딱 멈췄다.

편의점 실내에는 FM 라디오 방송이 흘러나오고 있었는데 진행자 입에서 귀에 익은 이름이 여러 차례 거명되고 있었다.

"오늘부터 〈한밤의 팝세계〉를 진두지휘하실 프로듀서가 바뀌었습니다. 김승우 PD십니다. 우리 시간을 애용해주시는 전국의 청취자님들께 직접 인사를 드리는 게 좋겠지만, 하하…… 제가 워낙 탁월한 진행자여서 도저히 나설 용기가 안 난다고 하시는군요. 그 대신 제가 김승우 PD께 취임 기념 팝송을 선곡해달라는 부탁을 드렸습니다. 바로 헬렌 레디의 〈You're My World〉, '당신은 나의 세계'입니다. 사연이 있을 것 같아서 물어봤더니 그냥 빙긋빙긋 웃기만 하더군요. 자, 뭔가 사연이 있을 것 같은 감미로운 팝송! 청취자님들께서도 한 번 들어보시죠!"

처음에 '김승우'라는 말을 들었을 때는 설마…… 하는 생각이 들었다. 하지만 〈You're My World〉란 곡명이 나오자 미주는 누군가에게 뒤통수를 세게 얻어맞은 듯한 기분이었다.

그 곡은 경포대 옆 커다란 해송이 있는 안목 백사장에서 승우가 비스듬히 누워 바닷빛의 음색으로 불렀던 곡이었다. 틀림없이 승우였다. 미주는 갑자기 킥킥킥, 웃음을 터트렸다. 계산대까지 바구니를 들고 가면서도 연신 고개를 설레설레 흔들었다.

녀석! 팝송을 잘 부르더니 팝 라디오 PD가 됐네. 언젠가 CDS를 탈퇴했다는 소리를 듣고 경제학과 전공 살려서 대기업 사원이 됐을 줄 알았는데. 어쨌든 실력 있다 했더니 금방 자기 자리를 잡았군.

미주는 조금 묘하고 조금 즐거워진 기분으로 원룸으로 돌아왔다. FM 라디오 채널을 맞춰놓고 라면을 끓이고 김치에 뜨거운 면발을 후후 불어 가며 먹었다.

첫 방송이라고 하니 앞으로 잘되라는 뜻으로 오늘은 끝날 때까지 들어주지.

미주는 중고등학교 시절이 생각났다. 그때는 라디오가 없으면 공부가 안되는 사람처럼 밤늦게까지 라디오를 틀어놓고 살았다. 대학 시절부터는 라디오 대신 비디오가 그 자리를 차지했다. 정말 오래간만에 듣는 라디오였다. 한밤의 서정에 맞는 슬로우락 풍의 팝송을 들으면서, 미주는 시나리오가 떠 있는 컴퓨터 키보드를 부지런히 두들겼다.

자정을 넘겨 새벽 1시가 가까워졌을 무렵, 요즘 신세대들에게는 인기 있는 톱가수이지만 목소리는 별로인 진행자가 재미있는 사연과 청취 소감을 많이 보내 달라며 주소와 팩스 번호를 말했다. 승우가 담당했다면 재미있을 것 같아서 미주는 화면 한 귀퉁이에 〈한밤의 팝세계〉 팩스 번호를 적어놓았다. 기회가 되면 여고 시절에 엽서를 띄우듯이 한 사람의 청취자로서 팝송 두어 곡 정도는 신청해볼 작정이었다.

지나간 여름날의 해변이 슬며시 떠올랐다. 승우의 얼굴과 느닷없던 행동까지. 순수의 시절? 아니 그보다는 세상을 만만하게 보고 적당한 야심과 열정으로 날뛰었던 풋내나는 광기의 시간들.

미주는 여러 가지 감정들이 교차하는 얼굴을 턱으로 받치고 잠시 가만히 있었다. 미소를 머금은 가벼운 한숨이 저절로 나왔다.

미주는 '살다 보니 세상에 이런 재미도 있군!' 하는 표정으로 미소를 짓다가, 다시 심각하기 그지없는 촘촘한 눈빛으로 모니터에 떠 있는 주인공의 대사 몇 구절을 빠르게 고쳤다.

* * *

"이제 결정을 내려주셨으면 합니다. 사장님 요구대로 주인공 캐릭터까지 바꿨잖아요. 지난번에는 대본을 보시고 입맛에 딱 맞다고 하셨고요."

해를 넘겨 2월의 마지막 주였다.

"나야 이 감독 작품이라면 하나 하고 싶지. 시나리오도 그만하면 탄탄하고 말이야. 하지만 스케줄이라는 게 있지 않나. 지난주 초에 작품 하나가 크랭크인 일정 잡혔다고 내가 말하지 않았던가? 이 감독도 대본 읽어봤잖아."

"형사 이야기요? 김진수 감독이 공모전에서 발굴했다는 시나리오 말이군요. 그거 안 할 거라고 하셨잖아요."

"아, 글쎄 그게 180도 쌈박하게 빠졌더라고. 기획 회의를 여러 차례 했는데 한결같이 이거 물건이라는 거야. 대박 터질 가능성까지 있다고 다들 말하는데 난들 어떡해. 오케이 할 수밖에 없지."

미주는 구질구질해지는 느낌이었다. 머리의 핀이 나갈 것 같은 심정이었다. 주인공 캐릭터만 원하는 대로 바꿔 오면 투자도 해주고 주인공과 스태프진도 전부 다 원하는 대로 붙여주겠다던 영화사 사장이었다. 물고기 입질하는 식으로 사람을 물속에 처박아 넣는 것을 처음 겪은 것도 아니었지만, 미주는 정말 해도 해도 너무한다 싶었다.

파들파들 떨기 직전의 표정을 짓는 미주를 흘끗 쳐다본 사장은 능청스럽게 턱을 손으로 쓱쓱 비비며 말했다.

"기다려봐. 좋은 작품 가졌는데 조급할 거 뭐 있어. 내 판단
엔 이 감독 물건은 내년용이야. 내년이면 그 대본이 먹힐 게
틀림없다고. 내년에 만사 제쳐놓고 우리 그것부터 만들자고."

"……내년요?"

"그래. 그동안 그림 되는 아이디어를 대본에 더 심어놓고
말이야. 그냥 한 방에 해치우자는 거지."

그쯤에서 일어서는 게 옳았다. 적어도 한때 사장이 게걸스
럽게 침을 흘렸든 말든 미주가 2년여에 걸쳐 고치고 또 고쳤
던 시나리오는 앞에 앉은 사장과 영화사에선 물 건너간 것이
나 다름없었다. 현실은 강자 앞에서 약자를 비굴하게 만들었
다. 미주는 나이를 먹을만큼 먹고 또다시 멀리 미국에 계시는
부모님에게까지 생활비를 부탁하고 싶지는 않았다.

"그렇다면…… 사장님! 일단 제 시나리오를 사주실 의향은
없습니까? 대신 제가 감독료를 덜 받겠습니다."

"참 내, 영화판 알 만큼 아는 감독이 왜 이러나? 영화 한 번
발주되면 얼마나 큰 목돈 깨지는지 이 감독도 잘 알잖아. 이
번엔 대기업도 참가하지 않는대서 내가 요즘 은행 돈까지 끌
어들이느라 골머릴 앓고 있다고."

미주는 밑바닥이 보일 정도로 처참해졌다. 침이라도 탁 뱉
고 나가면 속은 시원하겠지만, 그럴 경우 충무로 판에서 더
이상 영화 안 찍겠다고 선언하는 것이나 마찬가지였다. 더군

다나 미주는 고작 일반인들도 잘 모르는 영화 1편을 찍어낸 무명 감독 신분이었다.

"내년에 뭉치자고! 그래서 걸물 하나 만들어 칸느까지 날아가는 거야! 알았지? 알았지, 이 감독?"

사장의 말을 건성으로 흘려들으면서 미주는 일어나 호텔 커피숍을 빠져나왔다. 미주는 입술을 질끈 깨물었다. 깡소주를 맥주 500cc 잔에 가득 따라 한 번에 벌컥벌컥 비워내고 목청이 터져라 비명을 질러대고 싶었다. 눈물이 왈칵 솟구쳤지만 눈자위를 누르는 심정으로 참았다…….

미주는 신호를 기다렸다가 파란불이 켜지자 교차로를 건넜다. 그 뒤를 조심스레 승우가 뒤따르고 있었다. 마침 같은 호텔 커피숍에서 방송 관계자들을 만나고 있던 승우는 심각한 얼굴로 얘기하고 있는 미주를 발견했던 것이다. 참으로 오래간만이었다. 하지만 승우는 선뜻 미주 앞에 반갑게 나설 수가 없었다. 일이 잘 안 풀리는 표정이 역력했기 때문이다.

승우는 기회를 봐서 미주와 우연히 마주치는 것을 가장하기 위해 거리를 두고 미주를 뒤따랐다. 미주가 담배를 사느라 지갑을 뒤적거리고 있을 때 승우는 천천히 다가가 5천 원짜리를 반원형 창구 안으로 들이밀었다.

"복권 10장 주세요. 즉석복권으로요."

"어!?"

"어!?"

"너…… 승우 아냐?"

"아아, 이거 나 참! 이렇게도 만나긴 만나네. 차암내!"

승우는 고개를 설레설레 흔들며 웃었다.

승우는 여전히 훤칠한 키와 희고 준수한 얼굴에 잘 어울리는 세련된 양복을 입고 있었다. 미주는 어이가 없었지만, 내심 가벼운 탄성을 내지를 만큼 승우가 참 멋진 남자로 변했구나 싶었다. 미주가 반갑다고 손을 내밀자 승우는 활달하게 미주의 손을 잡고 흔들었다. 미주는 그가 한 손에 들고 있는 한 줄의 긴 복권이 우습다는 듯 턱으로 가리켰다.

"신수는 훤한데 너 꼭 복권 긁고 살아야 하니?"

"어제 내가 돼지우리에 들어가는 꿈을 꿨거든."

"돼지는 봤고?"

"아니."

"그럼 꽝이겠다. 전부 다!"

"반씩 나눠서 긁어보자. 걸린 거로 술 마시게."

미주는 확실히 유쾌해졌다. 사람을 기분 좋게 만드는 승우의 능력은 여전했다.

미주는 승우가 건네주는 백 원짜리 동전을 받으며 말했다.

"만약 2천만 원 나오면 그걸로 다 술 마실래?"

"그야 긁는 사람 맘이지 뭐."

"나한테서 나오면 내가 다 가진다."

"물론이지."

미주는 동그란 은박지 형태의 피막을 긁다가 멈추었다.

"근데…… 가만있자…… 너 첨부터 계속해서 반말한다?"

"같은 사회인끼리 서열 따지지 맙시다, 이거."

"야, 그래도 선배는 선배야! 열 받게 하지 마!"

"우리가 뭐 한 번 해병은 영원한 해병도 아니고……. 에이, 난 전부 다 꽝이야! 미주 씨는 어때?"

"뭐어? 미주 씨? 어이구 이게…… 예전의 내 성격 같았으면 넌 벌써 초전 박살 났다."

"하여튼 간에 군대 갔다 온 나보다 군바리 용어는 더 써요."

"어머나……, 5천 원짜리 나왔다. 5백 원짜리도 한 장 나왔으니까 이야아, 5천 5백 원 그냥 벌었네."

"어허, 약속은 지킵시다. 그건 우리의 공적 자금이라고. 2천만 원 아래로는 술 마시자고 했잖아."

"겨우 요거 가지고? 나 돈 없어."

"내가 있잖아. 가자고!"

두 사람은 햇수로 6년 만에 처음 만난 거였다. 같은 서울 하늘 아래 살면서, 더구나 영화나 팝뮤직이나 같은 문화권인데 그동안 만나지 못한 것도 신기하다면 신기할 수 있었다. 술집을 찾아 걸으면서 옛날 근성이 아직 죽지 않았다는 듯 미주는 주먹으로 승우의 팔을 조금 세게 쳤다.

"아아! 너, 이제 반말하지 마!"

"이제부터는 맞아 죽더라도 할 거야. 군대에서 내가 배운 건 깡 하나뿐이었다고."

"아쭈, 센 데 다녀왔나 보네. 특전사? 해병?"

"아니. 더 센 데!"

"그런 데도 있나? 보안사? 안기부? 정보기관?"

"아니. 국토…… 방위!"

"방위? 에라이, 이 망쪼야! 위대한 CDS에 몸담았던 남자 중에 이제껏 방위 갔다는 애는 네가 첨이야! 쪽팔린다. 야, 떨어져서 걸어!"

"쳇, CDS? 남들이 들으면 무슨 무시무시한 용병 특수부대원 출신인 줄 알겠네."

"그럼 아니냐? S가 솔져의 약자잖아!"

두 사람은 쉼 없이 떠들며 키득거렸다.

그렇게 생각 없다는 듯 농담을 해대면서도 승우는 가슴이 터질 것 같았다. 그녀…… 그녀가 자신의 옆에서 웃고 떠들고 있었다. 6년 동안 혼자서 이런 모습을 얼마나 많이 떠올렸던가. 평소에는 전혀 사지도 않는 복권을 사려고 지폐를 내밀 때 승우의 손은 가늘게 떨렸다. 가슴에서 쿵쾅거리는 진동이 마치 다이너마이트를 연발로 터뜨려대는 것 같았기 때문이었다. 처음 만날 때부터 반말을 굳히기 위해 그동안 혼자서 거울을 보고 얼마나 많이 연습했던가? 승우가 약간의 무례를 무릅쓴 것은 말이 가진 장벽부터 뛰어넘고자 했기 때문이었다. 언어 속에는 사회 통념, 이를테면 관습이 내재되어 있어 사람들 간의 간격을 일정하게 유지시킨다.

대학 시절, '미주 선배님'이라는 깍듯한 호칭에서 '미주 선배'라고 1단계 허물없이 부를 때까지 꼬박 1년이 걸렸다. 미주를 사회에서 다시 만났을 때 선배라는 호칭을 자기도 모르게 붙이거나, 그녀는 말을 낮추고 자신은 말을 높인다면 다시 상하 관계가 팽팽한 대학 시절로 되돌아갈까 봐 염려됐다. 그래서 승우는 미주가 '반말하지 마!'하고 브레이크 걸어올 때도 미주가 기분 나빠하지 않을 범위에서 필사적으로 버텼다. 미주를 사랑하는 여자로 만나기 위해서, 자신이 미주에게 남자로 느껴지게 하기 위해서.

왜 이렇게 이 여자를 사랑하는 걸까. '예쁘긴 하지만 성격이 제멋대로잖아, 게다가 나이도 많고' 하고 말하는 사람이 있을지도 모른다. 네가 그토록 가슴속에 보듬어 안고 전전긍긍한 여자, 연예인 뺨치게 예쁜 여자들이 좋다고 하는데도 눈길 한번 안 주게 한 장본인이 바로 이 여자냐? 뭐가 그렇게 좋은데, 하고 누군가가 묻는다면 승우는 답변이 궁색했다.

하지만 어쩌란 말인가. 생각만 해도 절절하고 가슴이 시린

데. 이 여자가 아니면 도무지 안 되겠는데. 미주와 단 며칠이라도 함께 산다면 자신이 가진 모든 것을 잃어도 괜찮을 것 같았다. 승우는 외치고 싶었다. 그게 사랑이 아니고 뭐야?

"……야 ……야! 스…… 승우야, 저…… 정란이 안…… 왔냐?"

미주는 승우 등에 업힌 채 팔을 축 늘어뜨리고 잔뜩 취해서 잠꼬대처럼 중얼거렸다.

"안 왔어. 정란 선배 아까 못 온다고 했잖아. 당직이라고 말이야. 잠깐 나오려고 했는데 교통사고 환자들이 응급실에 들이닥쳤다잖아. 생각 안 나? 정신 좀 차려봐!"

승우는 미주를 업고 택시를 잡기 위해 차도로 나갔다. 새벽 2시가 넘은 밤거리는 겨울 뒤끝으로 단단히 뭉쳐져 매서웠다. 택시들은 비장감 있게 질주했다. 간혹 서는 택시는 혼자라 상대적으로 빠른 취객들이 잡아타고 사라졌다.

미주가 마음 놓고 술을 마신 것은 정란과 통화를 하고부터였다. 정란이 밤 10시 정도면 나올 수 있다고 했기 때문이다. 하지만 10시 반이 되자 정란은 다시 전화를 걸어왔고 승우가 받았다. '정말 반갑다. 널 꼭 보고 싶어서 몇 시간만이라도 당직 바꿀 사람을 찾아냈는데……. 응…… 오긴 왔어. 근데 응급 환자가 2명이나 들이닥쳤어. 안 되겠어. 오늘은 도저히 시간을 못 내겠어. 내가 비번인 날에 시간을 내서 꼭 만나자. 미주 걔 상태는 어때? ……많이 취했다고? 오랜만에 널 보니까 대장질하던 CDS 시절이 생각났나 보네. 어쨌든…… 상황이 안 좋네. 미주가 나 믿고 그렇게 마신 모양인데 어쩌겠니? 네게 부탁하는 수밖에. 정말 미안하다. 나 대신 미주를 한 번만 챙겨줘.' 하고 정란은 전화를 끊었다. 정란이 일하는 병원은 차로 15분 거리에 있었지만 만취 상태인 미주를 데리고 갈 수는 없는 노릇이었다.

승우는 간신히 모범택시를 잡았다. 미주는 머리를 어깨에 기대 놓아도 스르르 앞으로 미끄러져 앞 좌석 등받이에 처박거나 반대편으로 쓰러지기 일쑤였다.

승우는 아예 미주의 이마에 손바닥을 올려 자신의 어깨에 고정시켰다. 양주 2병을 비워냈고 미주가 승우보다 한 박자는 더 빠르게 마셔댔으니 이만큼 취한 건 당연했다.

미주는 승우에게 무슨 일을 하는지, 어디 사는지, 결혼은 했는지, 하다못해 애인은 있는지 따위의 신변과 관련해서는 조금도 묻지 않았다. 승우도 마찬가지였다. 그냥 잡다한 농담으로도 그들은 충분히 재미있었고 조금씩 얼음을 녹여 가며 술맛을 즐겼다. 미주는 정란에게 꼭 오겠다는 약속을 받아낸 뒤부터 확실히 빠르게 술잔을 비웠다.

"미주 씨, 속도가 좀 빨라!"

"얌마! 술이야 취하기 위해 마시는 거지. 킥킥킥, 정란이가 내 뒤처리 전문이야. 걔가 처리 하나는 완벽하게 해. 내가 아무리 술떡이 돼도 날 다루는 법을 알고 있거든."

"정란 선배는 결혼 안 한대?"

"결혼?"

미주는 뇌관이 건드려진 기분이었다.

"얘 또 고리타분한 말로 스트레스 주는군. 너희 남자들 말이야, 괜히 여자 나이로 이래저래 얽어매는데 그거 정말 왕짜증이야. 결혼은 왜 하니? 누구 좋으라고! 야, 임마! 너희 남자들, 좀 솔직해져. 여자는 남자가 없어도 살 수 있어. 하지만 남자들은 대부분 여자 없으면 며칠도 못 버티는 족속들이 까불고들 있어. 경제 능력? 쳇 그게 여자들이 능력이 없는 거냐? 무식하게 힘으로 경제를 장악하고 으스대며 '너흰 밥이나 하고 애나 낳아!'라고 큰소리치는 게 바로 수컷들이야!"

미주는 취하면서 잠시 잊었던 분통을 터뜨리기 시작했다. 호텔 커피숍에서 만났던 그 인간 같지 않은 영화사 사장 때문에, 남자라는 이유 하나만으로 승우에게 퍼부었던 것이다.

"야아, 미주 씨! 맞아, 솔직히 우리나라는 여권 신장 면에선 아직 후진국 수준이지. 미주 씨 어휘가 좀 사납긴 하지만 맞는 말이야."

"어쭈…… 남자를 대표해서 참회라도 할 태세군!"

"당연하지! 미주 씨가 하라면 뭐라도 할 수 있어. 저기 나가서 절이라도 할까?"

"못 말려! 아, 그건 관두고! 이쯤…… 해서 한 가지만은 확실하게 짚고 넘어가자!"

"뭐?"

미주의 손가락 끝이 승우의 얼굴을 가리키고 있었다. 미주의 눈동자는 이미 반쯤 풀려 있었고 혀끝 또한 말려 올라갔다.

"너…… 마! 기분 나빠!"

"헛, 그래? 왜?"

"너 지금 인간 차별하냐? 아니…… 아니지! 너…… 지금 선배 차별하냐? 엉? 정란이한테는 선배라고 붙이고 나한테는…… 뭐,…… 미주 씨? 씨? 너 첨부터 계속해서 나한테 씨! 씨! 하는데 야, 임마 우리가 무슨 캠퍼스커플인 CC 출신도 아닌데, 너…… 왜 자꾸 나한테 씨, 씨, 하며 엉겨 붙는 거야? 내가 만만해 보여? 엉? 대체 그 차별 근거가 뭐야?"

"……"

"엇, 이거 봐라! 대답 안 해? 너…… 정말 열 받게 할래? 후딱 대답 안 해? 너 말야, 오늘 다 좋았는데 말투만은 첨부터 신경에 거슬렸어. 어서 선배님, 하고 깍듯하게 불러봐!"

하지만 승우는 그 요구만은 끝까지 들어주지 않았다. 대신 빙 돌아 미주의 화를 푸느라고 공연히 너스레를 30분이나 넘게 떨었다.

승우는 모범택시를 잠시 세우게 하고는 편의점에 뛰어가서 속을 진정시키는 요플레와 음료를 샀다. 이미 술 깨는 약은 주머니에 들어 있었다. 미주가 완전히 취했을 때 잠시 술집에서 나와 근처 약국에서 숙취해소제와 두통약, 피로회복제, 위장약까지 모두 샀던 것이다.

대학 시절 술을 잔뜩 마신 다음 날이면 미주는 으레 두통과 속 쓰림에 시달렸었다. 그럴 때면 미주가 요플레와 두통약을 먹는다는 것을 승우는 알고 있었다.

고
엽

나는 그대가 기억하기를 간절히 원해요
그때는 삶이 더욱 아름다웠고
태양은 오늘보다 더 뜨거웠죠
아나요, 내가 잊지 않았다는걸……
낙엽이 무수히 나뒹굴어요. 추억과 미련도
그리고 북풍은 낙엽들을 실어 나르네요
망각의 싸늘한 밤에
보세요. 난 잊지 않았어요
그대가 내게 들려주었던 그 노래를

— 〈Autumn Leaves〉, Yves Montand

* 미주의 꿈속 풍경에서 흐르던 멜로디

"미주 씨! 미주 씨!"

승우는 미주를 침대에 눕히고 흔들었다. 하지만 미주는 정신이 없었다. 승우에게 업힌 채 호텔 엘리베이터를 탈 때 미주는 '으읍' 하며 몇 번 쿨럭거렸었다. 그때 조금 토한 모양이었다. 미주의 옷 칼라 근처와 승우의 상의 어깨와 등에 토사물 자국이 얼룩져 있었다.

난감한 표정으로 미주를 내려다본 승우는 미주의 겉옷을 벗기고 수건을 적셔 미주의 얼굴을 조심스레 누르며 닦아주었다. 흘러내린 머리칼을 올려주고 이마와 두 눈, 코와 입술을 몇 번이나 수건으로 눌러주었다. 아무래도 과음한 듯했다. 미주는 속이 타는지 얼굴이 발갛게 달아올랐고 이마에 열까지 있었다.

이거 큰일인데.

심각하고 안타까운 표정으로 승우는 손목시계를 들여다본 뒤 전전긍긍하고 있었다.

새벽 2시 47분. 2번째 양주를 막무가내로 시킨 것은 미주였다. 그때 좀 더 말리지 못한 것이 못내 후회스러웠다. 승우는 의자를 끌어다가 침대 옆머리에 놓고 앉았다. 그리고 두 손으로 미주의 한 손을 보듬어 쥐고 깊은 잠의 나락 속에 떨어져 있는 미주의 얼굴을 한참 동안 들여다보았다.

아프지 마. 마음도 몸도 아프지 않았으면 좋겠어. 당신은 모를 거야. 내가 얼마나 보고 싶어 했는지. 당신이 어디서 뭘 하는지 알고 싶어 하루에도 몇 번이나 수화기를 들었다가 그냥 놓았는지 몰라. 왜 그렇게…… 왜 그렇게…… 나를 그립게 만드니. 난 이런 날이 오리라고 믿었어. 그 믿음 때문에 숨 쉴 수 있었어. 미주 씨…… 아니, 미주야…… 넌 그런 나를 도무지 이해해주지 못하는 것 같더라.

승우는 미주의 손등을 쓸던 오른손을 들어 자신의 눈자위를 눌렀다. 눈물이 흐를 것 같았다. 한 번 눈물이 나면 그대로 엉엉 울며 폭발할 것 같았다.

그래…… 나도 너의 어떤 점이 날 이렇게 만들었는지, 내가 왜 너를 목숨 바칠 만큼 사랑하는지 솔직히 이해가 잘 안 돼.

하지만 분명한 건 내 사랑이 그런 이해를 훨씬 앞서 있다는 거야. 미주야. 이제…… 네 마음을 열어줘. ……단지 선후배라는 이유로 내가 너의 남자, 네가 나의 여자가 될 수 없다고 생각하는 모양인데, 제발 속 좀 그만 썩여라.

난 너를 책임질 수 있어. 널 행복하게 안아줄 자신도 있어. 그렇게 널 사랑할 수 있게 해준다면 그깟 3살 정도의 나이 차이며, 선배 후배 따위의 감정들은 일시에 태워버릴 수 있어. 나…… 난 너의 발끝에서부터 머리카락 한 올 한 올까지 사랑하고, 네가 담고 있는 모든 생각과 고통까지도 사랑해. 너무나 간절하게.

미주 너와 첫 입맞춤을 했던 그 날, 아니 네 머리카락에서 국화꽃 향기를 맡았던 날 예감했었지. 확신했어. 네가 내 여자란 것을. ……하지만 네가 어떤 이유로든 나를 받아들이지 않는다면 나는 운명을 믿고 끝끝내 기다리기로 했어. 이렇게 우리가 우연히 다시 만나게 될 날을. 나는 적어도 네가 어떤 남자와 결혼했다는 소식, 예쁜 아기를 낳아 잘 산다는 소식이 들릴 때까지는 결코 널 포기하지 않을 거라고 결심했어. 참 바보 같은 결정이지? 하지만 그런 부류의 사람들이 있어. 끝이 올 때까지 무작정, 한결같이 기다리는 사람들 말이야. 사실…… 아주 오래전부터 날 좋아하는 애가 있어. 영은이라는……. 내가 미주 네게 그러는 것처럼 걔가 내게 그래. 영은이만 생각하면 미안하고 가슴이 아프지. 아마도 내 사랑의 방식은 영은이한테서 배운 건지도 몰라. 아니면 걔가 겪은 고통을 나 또한 너로 인해 똑같이 겪게 만드는 깊은 섭리가 적용되고 있는지도 모르고. 영은이 얘기해서 기분 나쁘니? 하지만 내 사랑은 미주 너뿐이고 나의 사랑은 불변이야.

승우는 미주의 얼굴을 들여다보며 그렇게 얘기하고 있었다.

승우는 떨리는 손을 뻗어 미주의 머리카락과 뺨을 스치듯 만졌다. 미주의 손을 들어 자신의 뺨에 갖다 대기도 했다.

그 무렵 미주는 슬며시 의식이 돌아왔다. 미주는 반쯤 눈을 떴다가 다시 감았다. 자신의 손을 두 손으로 보듬어 쥐고 걱정스레 들여다보는 승우가 얼핏 보였기 때문이었다.

그의 손가락이 얼마나 다정스레 머리카락을 매만지는지, 떨리는 길고 흰 손가락으로 자신의 볼을 쓰다듬는지…… 미주는 한 번도 이런 부드러운 손길을 받아본 기억이 없었다. 그것은 마음에서 우러나온 사랑 가득한 손길이었다. 승우의 손은 아주 따스했고 신선했다. 고단함에 지친 자신의 마음을 부드럽게 위로하는 듯했다.

하지만 미주는 부담스러웠다. 때문에 미간을 찌푸리면서 승우가 앉은 방향에서 모로 틀어 옆으로 누웠다. 자연스럽게 미주의 표정과 손은 승우에게서 벗어났다.

승우는 이불을 미주의 어깨까지 잘 덮어준 다음 스탠드만 켜놓고 불을 껐다. 그리고 침대 반대편에 놓인 또 한 장의 이불을 들고 소파로 가서 앉았다. 승우는 앉은 채로 이불을 덮고 등과 머리를 등받이에 기댔다.

승우가 움직이는 소리가 더 이상 들리지 않자 미주는 조심스레 손을 자신의 얼굴에 가져갔다. 승우의 부드러운 손끝이 뺨 위에 미열을 일으키며 남아 있는 듯했다.

쟤는 이제 정말 마음먹고 날…… 여자로 보는구나. 그때 그 밤의 해변에서 커다란 소나무처럼 있겠다는 말이…… 나를…… 나를 사랑하겠다는 의지였어. 나를! 나를? 참 고집쟁이 녀석이군. 네가 아무리 그래도 난 연하는 딱 질색이야. 내 남동생이 승우 바로 네 나이야. 동생뻘 남자랑 사랑을 한다고? 말도 안 돼. 남들이 한다면, 뭐 어때? 좋잖아, 라고 해줄 수도 있지만 내가 인정하고 받아들인다는 건 정말 웃기는 코미디잖아!

하지만 네가 여자를 행복하게 해줄 수 있는 아주 좋은 남자란 것은 인정하겠어. ……행복? 내 상황과 나이쯤 되면 참으로 눈물겨운 단어지. 예쁜 아이 낳고, 남편 출근시키고 유모차를 밀면서 퇴근하는 남편을 마중 나가 손 흔드는 여자를 보면 왈칵 눈물이 솟곤 하지. 그런 일상이면 넌더리 난다고 고개를 절레절레 흔들던 내가, 어느 순간 그렇게 생각하고 있는 모습을 발견했을 때의 서글픔이란…….

……만약, 내가 승우와 함께…… 산다면?

안 돼. 자신 없어. 말도 안 돼, 하며 미주는 생각을 빠르게 정리하고는 눈을 감았다. 발끝에서 북을 치며 독한 술기운이 올라왔다.

다시 서서히 잠에 빠져드는 와중에 그녀는 나무를 보았다. 어디에 서 있어도 눈부시고 아름답게 느껴지는 장대한 나무. 승우가 미주의 뺨을 손가락으로 쓸 때 미주의 가슴속에 뿌리가 내렸던 것일까.

그의 가슴속에 뿌리를 내리고 살면 안 될까. 정말 그게 죽기보다 싫은 것일까. 승우는 여자가 사랑할 만한 요소를 많이 가지고 있는데. 근데…… 왜 나는 아니라는 걸까. 승우라는 후배를 어느 후배보다도 좋아하지만, 승우라는 남자를 사랑하기 주저하고 뒷걸음질 치는 이유는 정말 무엇일까. 나는 결코 사랑을 두려워한 적은 없었어. 하지만 이 정체는 두려움이야. 어쩌면 나는 승우 같은 아름다운 남자를 가질 수 있다는 것 자체를 무서워하고 있는 건지도 몰라.

꿈속에 서 있는 나무에 미주는 등을 기대고 앉아 있었다. 그리고 발끝을 적시며 흐르는 강물을 굽어보며 그렇게 쉼 없이 중얼거렸다. 풍경을 적시며 오는 고요한 강물은 슬픔이었다. 하늘의 높이와 넓이는 외로움이고 쓸쓸함이었다.

내가 느끼는 그 두려움 속에는 무엇이 숨어 있는 걸까. 꿈속이 어두워지고 있었다. 밤이 오고 있었다.

노을 속에서 오선지 위로 떠오르듯, 명징한 별들이 멜로디를 실어냈다. 무엇인가 보이지 않게 물들고 조금씩 변하는 뒤척거림들. 목을 길게 늘어뜨리는 여자의 마음은 긴 머리카락과 함께 바람에 날렸다. 남자의 담배 연기, 남자의 체취 같은 그윽한 선율이 바람에 날고 있었다.

수그러진 미주의 머리 위로 낙엽이 지고 바람이 불고 노을이 졌다. 미주는 씩씩한 여자가 아니라 소녀가 되어 꿈속에서 울고 있었다. 나뭇잎이 다 떨어져서, 그가 오지 않아서.

그래, 이건 꿈이야. 꿈속에서 울고 다시 아침의 문을 열고 나가면 되는 거야. 아무도 모르게, 나 자신도 모르게.

행
복

사랑하는 것은

사랑을 받느니보다 행복하나니라

오늘도 나는

에메랄드빛 하늘이 환히 내다뵈는

우체국 창문 앞에 와서 너에게 편지를 쓴다

(중략)

사랑하는 것은

사랑을 받느니보다 행복하나니라

오늘도 나는 너에게 편지를 쓰나니

그리운 이여, 그러면 안녕!

설령 이것이 이 세상 마지막 인사가 될지라도

사랑하였으므로 나는 진정 행복하였네라

― 유치환 〈행복(幸福)〉

그 후 미주는 승우를 만나지 않았다. 몇 번 전화
가 걸려왔다.

바쁘다는 핑계를 세 번째 댔을 때 승우는 술을
마신 모양이었다. 잔뜩 화가 났는지 "자꾸만 그러
면 나 확 다른 여자에게 장가가버린다."라고 말한
뒤 통통 부은 침묵을 지켰다.

"오, 그래? 듣던 중 반가운 소리네. 잘 생각했어.
대학 때 너 좋다고 목매던 여자들이 좀 많았니? 키
크지, 잘생겼지, 집안 좋지, 실력 좋지, 인간성 좋
지, 5관왕이다, 얘. 완벽해! 지금도 네 주변에 해바
라기 여자들 엄청 많을걸. 너무 고르지 말고 후딱
가. 딱 장가갈 나이잖아."

"갈 거다, 정말?"

"그래. 장가가면 그 즉시 내가 너 만나준다. 지난번에 술 엄청 빚졌으니까 술도 맘껏 사줄게. 그러니까 제발 어서 가기나 해."

"정말 말 안 통하네. 도대체 내가 왜 안 된다는 거야?"

"글쎄 넌 안 돼. 어딜 날 넘봐. 넘볼 걸 넘봐야지! 감히 20대가 30대를!"

그 말에 승우는 뒤늦게 되새김질한 모양으로 킬킬거렸고, 미주는 피식 웃고 말았다. 드물게 투정을 부렸어도 "건강하게 잘 지내."라는 그의 인사말은 언제나처럼 다감했다.

전화를 끊고 미주는 창문을 열었다. 밖에는 비가 내리고 있었다. 부담스러운 녀석. 장가를 가겠다고? 어이구, 이젠 패를 까놓고 덤비기로 작정한 모양이네. 지가 나한테 그런 말로 협박할 군번이야? 세월 좋아졌다. 동생 같은 녀석이! 나 참 어이가 없어서.

그러나 창밖. 서울의 비 오는 밤하늘 아래 누군가 울고 있는 것 같아 미주는 자꾸만 밭은기침을 토했다.

1994년 8월 17일

승우와 술을 마시고 심하게 취했던 그 날 이후로, 미주는 특별한 일이 없으면 매일 밤 그가 연출하는 프로그램을 들었다. 방영 시간 2시간 중 1시간은 담당자가 곡을 선곡해서 틀었고 한 시간은 청취자가 보낸 편지나 엽서, 팩스의 사연을 선별해서 신청곡을 들려주는 방식이었다.

〈한밤의 팝세계〉가 진행되는 동안 승우의 목소리는 한 번도 나오지 않았지만 선곡되는 노래와 사연은 그의 손끝이 내는 맛이었다. 깨끗한 푸른빛에 맑고도 슬픈, 그러나 아름다움과 미소를 끝내 잃지 않는 따스한 사연과 팝송이 흘러나왔다.

우연히 만나 같이 복권을 긁은 뒤부터 미주는 승우가 자신에게 보내는 메시지가 매일 하나씩 뜬다는 것을 눈치챘다. 승우가 진행자에게 넘겨주는 사연들 속에 자신이 쓴 글을 남몰래 하나씩 집어넣은 것이었다.

'귀여운 술고래에게' '안목 바다 백사장에서' '캐나다 밴쿠버 토리박스를 아는 이에게' '길을 잃어버린 아이, 케저러로부터' '보고싶다 CDS 전임 회장! 응답 바란다' '산부인과 의사 친구를 둔 30살에게' 이런 식으로 미주만이 사연 발신자를 알 수 있는 글들이었다. 사연의 대부분은 코믹했지만, 그 속에는 한결같이 사랑이 들어 있었다.

미주가 4학년 때, 승우를 포함한 CDS 주요 멤버들과 함께 밴쿠버 단편영화제에 참가했었다. 그때 길을 잃은 케저러라는 7살짜리 사내애를 발견하고 미주와 승우가 경찰에게 안내해준 적이 있었다. 오래전 일을 추억의 상자에서 끄집어내 한마당 개그로 만들어 띄운 사연이 '캐나다 밴쿠버……', '길을 잃어버린 아이……' 같은 것들이었다. 미주는 깔깔대고 웃다가 승우와 함께 보냈던 지난 시간이 새삼 애틋하게 그리워졌다.

승우가 방송으로 한밤에 실어 보내는 메시지는 미주에게 커다란 위안이 되었다. 미주는 최근 한 영화사에서 각색을 의뢰받아 일하는 것 외에는 되는 일도, 앞으로 될 일도 없어 보였다. 마음 같아선 직접 쓴 시나리오로 연출을 맡아 영화판을 크게 놀래킬 작품을 뽑아낼 자신도 있건만, 도무지 진전되는 게 없었다. 서랍이나 충무로의 캐비닛 속에서 썩어가는 자신의 시나리오들과 함께 미주 자신도 푹푹 썩는 것 같았다. 서울의 도심을 혹혹 찌게 만드는 이 열대야처럼.

미주는 창문을 열고 냉커피를 만들어 홀짝이면서 라디오에서 흘러나오는 음악에 몸을 적셨다. 헨리 맨시니의 〈Moon River〉가 흐르다가 멎었다.

진행자가 갑자기 호들갑스럽게 떠들기 시작했다.

"앗! 좀 괴상?…… 아니 특별한 사연 하나가 도착했군요? 네, 사연이 언뜻 보기에 프러포즈 같은데…… 상대가 현재 라디오를 듣고 있는지 아닌지조차도 모른다고 하니 과연 효과가 있을지 모르겠군요. 띄운 이는…… 쿡쿡쿡, 재밌군요. 네, '복권 긁은 사내'이고, 받는 사람은 '9번 전화해도 만나주지 않는 여자'라고 되어 있습니다. 글쎄요…… 이 친구, 요즘 매일같이 여러 이름으로 사연을 보내고 음악 신청을 하는 친구

같은데…… 복권을 긁는다면 백수? 요즘 같은 세상에 백수를 만나주는 여자는 흔치 않은 법이죠. 수신자, 발신자가 좀 코믹하긴 하지만 담긴 사연이 보기 드물게 간절해서 연출자님께서 채택하신 모양입니다. 소개해드리겠습니다."

국화꽃 향기가 나는 사람이여

나는 매일 온전히 당신의 그리움만을 가지고 살아갑니다. 오늘도, 어제도, 엊그제도 나는 매일 당신이 사는 집 근처에서 서성거리며 하루해를 보내고 왔습니다. 당신이 나올 때까지 무작정 기다리기를 벌써 3달이 넘어갑니다.

사람들은 내게 말할지 모릅니다. 어리석다고, 그렇게 할 일이 없느냐고. 아니 당신까지 그렇게 말할지 모르겠지만 내 삶이 살아 있는 시간은 당신과 함께할 때뿐입니다. 나만의 시간은 아무 의미가 없습니다. 당신 집 근처에서 일고여덟 시간을 서성이며 기다리면 당신을 겨우 볼 수 있습니다. 집에서 일하다가 슬리퍼를 신고 필요한 것을 사서 돌아가거나 어딘가로 외출하는 시간입니다.

바보처럼 숨어버린 나는 당신을 볼 수 있었다는 것 하나만으로 행복에 겨워 돌아옵니다. 내가 당신 앞에 나서거나 더이상 전화하기를 주저하는 것은 나의 사랑이 부족해서가 아니라 당신이 부담을 느낄까 봐 두려워서입니다. 지금 이 순간도 나는 이 글이 당신을 불편하게 만들까 두렵습니다.

나는 당신을 은혜하고 동경하고 사랑하고 또 사랑합니다.

쉼 없이 눈물이 흐릅니다.

국화꽃 향기가 나는 사람이여,

내 마음을 받아주십시오.

나와 결혼해주십시오.

나는 당신의 향기로 이미 눈멀고 귀먹어버렸습니다. 당신이 내게 지상에 살아있는 유일한 여자가 된 지 이미 8년이 되었습니다. 당신이 주는 무심함이 내게는 참기 힘든 가혹함이었지만 난 얼마든지 견딜 수 있습니다. 10년을 채우고 20년도 채울 수 있습니다. 그러나 이렇게 성급하게 내 마음을 온전히 바치는 것은 내가 미력하나마 당신의 힘이 될 수 있다고 믿기 때문입니다.

당신은 끝없이 추구해야 할 일이 있고 열정과 능력이 있습니다. 그러나 당신 혼자보다는 우리 함께한다면 당신이 꿈꾸는 세계를 조금 더 빨리 이루리라고 믿습니다. 나는 당신의 일을 사랑하며 당신이 일하는 모습까지 더없이 사랑하기 때문입니다. 부탁입니다. 나를 남자로 받아주십시오.

당신이 지금 라디오를 듣고 있는지, 이미 잠들었는지, 일에 열중하는지, 어느 것 하나 알지 못하지만 나는 틀림없이 내 간절한 마음이 당신에게 전달되리라고 믿습니다. 내가 당신에게 처음이자 마지막으로 키스했던 바닷가에 서 있는 커다란 소나무를 본다면, 당신은 내 마음이 그때 그곳에 영원히 있음을 알게 될 겁니다.

나의 사랑은 어느 누구라 해도 움직일 수 없습니다. 내 사랑은 절대로 움직이지 못합니다. 왜냐하면 나는 당신에게만 뿌리박고 살 수 있는 한 그루 나무이니까요.

국화꽃 향기가 나는 사람이여,

나와 결혼해주십시오.

사연을 들으며 미주는 감전된 듯 부르르 떨었다. 눈물이 왈칵 솟았다. 이젠 더 이상 부인할 수도 버티기도 힘들었다.

아…… 승우가 내 반쪽이었구나!

아, 그가, 진정 내 잃어버린 반쪽이었구나!

오랜 세월 이토록 일관되게 간절하다면, 그가 억겁의 시간을 헤쳐온 내 남자일지도 모른다는 생각이 들었다. 단지 3년이란 찰나의 시간을 늦게 세상에 도착한 것뿐이었다.

다리에 힘이 빠진 미주는 그 자리에 폭 주저앉았다. 더 이상 도망칠 곳이 없기 때문이 아니었다. 이젠 자신을 속이기에 지쳤다. 이제는 그가 걸어오는 방향을 향해 자신도 똑바로 걸어가 마주 서야 한다는 것. 그런 가운데서도 미주의 마음은 망설임과 떨림이 수없이 명멸했고 교차했다.

미주는 밤새 잠을 이루지 못했다. 새벽이 되자 미주는 차를 몰고 강릉으로 출발했다. '바닷가에 서 있는 커다란 소나무를 본다면, 당신은 내 마음이 그때 그곳에 영원히 있음을 알게 될 겁니다'라는 구절을 확인하기 위해서였다.

4시간이 조금 지나 미주는 경포대 옆 안목해변에 도착했다. 바캉스 시즌이었지만 아침인 데다 그다지 알려지지 않은 곳이어서 사람들이 많지 않았다. 바다에서 걸어온 안개가 방파제 쪽 해변에 늘어선 텐트를 감싸고 있을 뿐, 해무를 빨아들이는 푸른빛의 바다는 예전과 변함없이 붉은 태양 아래 수평선을 그어놓고 그 아래 잔잔하게 누워있었다.

미주는 떨리는 가슴으로 승우가 말했던 그 소나무 앞으로 다가갔다. 아름드리 해송 줄기 한 면에는 이런 글씨가 조각되어 있었다.

'미주야! 사랑해! 영원히'

미주는 손가락으로 그 글씨를 쓸어내렸다. 이렇게 될 것을 왜 그토록 오래 그를 힘들게 했을까. 정말 중요한 것은 나이나 선후배 같은 가시적인 장벽이 아니다. 그는 남자, 나는 여자, 그리고 서로 깊이 사랑한다는 것이었는데. 내가 참으로 어리석었구나.

미주는 가슴이 너무나 아파서 두 손으로 가슴을 싸안고 비틀거리며 백사장을 향해 걸어갔다. 그와 처음으로 입맞춤을 했던 그 날, CDS 멤버들은 동이 트자마자 강릉역을 향해 출발했었다. 두꺼운 소나무 껍질을 벗겨내고 플래시를 비추면서 나무 속살에 이렇게 많은 글씨를 정교하게 팠다면 승우는 밤새 나무와 씨름했을 것이다. 그런 그에게 서울로 돌아오는 기차 안에서 미주는 한 번도 눈길을 주지 않았었다. 아니, 오히려 승우 보란 듯이 성호 선배와 팔짱을 끼고 장난치며 놀았다는 것이 생각나자 깊은 한숨과 함께 울음이 터져 나왔다.

미주는 바다를 마주한 채 몇 시간이고 하염없이 그렇게 앉아 있었다. 미주의 마음은 승우에게 한 여자로 완전히 변해가고 있었다.

그날 오후 4시. 미주는 우체국으로 가서 〈한밤의 팝세계〉 앞으로 띄울 사연을 쓰기 시작했다. '승우'라고 썼다가, '씨' 자를 붙여 '승우 씨!'하고 썼다가, 지우고 다시 '승우에게'로 썼다가, '승우 씨에게'로 바꿨다가 또다시 지웠다. 호칭에 얼마나 많은 감정이 스며 있는지 미주는 새삼 놀랐다. 한참 동안 망설이던 미주는 결국 적당한 호칭 하나를 찾아냈다.

〈밤의 팝세계〉 담당 프로듀서님께
17일 밤 방송됐던 프러포즈 사연을 들은 청취자입니다. 제가 그 당사자입니다. '복권 긁은 사내'에게 전해주십시오. 저는 이미 그 사람을 남자로 받아들였다고요.

저는 지금 그 해송이 있는 바닷가에 있습니다. 그 남자에게 연락이 닿는 대로 이곳으로 내려와달라고 전해주십시오. 제가 그곳에서 기다리고 있겠다고요. 부탁합니다.

국화꽃 여자 드림

장
미

누군가, 사랑은 부드러운 갈대밭을 삼키는

강물과 같다고 말하지요

누군가, 사랑은 영혼에 상처를 남기는

면도날 같은 것이라고 말하지요

누군가, 사랑은 끝없이 고통스럽게 원하는

배고픔이라고 말합니다

그러나 내 사랑은 꽃과 같아요

당신은 유일한 씨앗이고요

춤을 배우지 않는 것은

이별이 두렵기 때문입니다

꿈이 깰까 봐 두려워하면

기회는 절대 잡을 수 없어요

죽음을 두려워하는 영혼은

살아가는 법을 절대로 배울 수 없습니다

겨울을 기억하세요

눈더미 속에서도 태양의 사랑으로 씨를 심어

봄이 오면 장미가 피어날 테니까요

— 〈The Rose〉, Betfe Midler

* 미주가 승우에게 처음 불러준 곡

바다가 들어오는 방

미주는 밤새워 승우를 기다릴 작정이었다. 11시에서 새벽 1시까지 생방송 일을 끝내고 곧장 차를 몰고 여기까지 온다면 새벽 4시에서 5시 사이가 되리라고 예상했다. 그러나 승우는 미주가 우체국에서 팩스를 보내고 정확히 3시간 30분 뒤인 7시 40분에 안목해변에 도착했다.

승우가 프로그램을 준비하고 있을 때 미주의 팩스가 도착했다. 승우는 즉시 대타를 구해놓고 곧바로 방송국을 뛰쳐나온 것이다.

이미 해는 저물어 근처의 횟집에서 내뿜는 백열등과 하늘의 별만이 해변을 흐릿하게 비추고 있었다. 미주는 바닷가를 보며 생각에 잠겨 담배를 피우고 있었다. 막 담배를 끄려고 할 때 뒤에서 엄청

나게 큰 소리가 들렸다.

"미주 씨!"

빛처럼 관통하는, 섬광 같은 승우의 목소리였다. 승우가 팔을 활짝 벌린 채 차도에서 백사장으로 내려오고 있었다. 미주도 미소를 머금고 일어나 승우를 향해 걸었다. 눈물이 어렸다. 그가 왔어. 너무도 빠르게, 바람처럼 날아왔어.

미주는 두 손을 뒤로 해서 깍지를 끼고 입술을 뾰족하게 내밀며 삐뚤삐뚤하게 걸어왔다. 왈패 같은 여자 선배에서 후배의 여자로 변하기에는 시간이 필요한 듯 어색함을 채 감추지 못한 걸음걸이였다.

5m쯤 간격을 두고 거리가 좁혀졌을 때 두 사람은 백사장 중앙에서 멈춰 섰다. 승우가 믿기지 않는다는 듯 다시금 물었다.

"정말이지?"

"그래. 우리 잘 만나보자."

그는 "야호!"하며 주먹을 쥐고 밤빛으로 물드는 하늘을 한 방 먹이듯이 펄쩍 뛰어올랐다가 모래사장에 두 발을 내디뎠다.

"그…… 그러니까 우린 지금부터 연인이란 말이지?"

"그래."

"미…… 미주라고 불러도 돼? 너라고도?"

"응."

"이얏호! 그렇다면 이제 미주 널 만져봐도 되겠네?"

"뭐?"

"난…… 그래, 난 널 무지 만져보고 싶었거든! 되지? 제발 된다고 말해줘."

"얘가 우물에 가서 숭늉 찾는 식이네."

"되는 거지? 연인이니까, 응?"

"뭐 그래…… 조금은…….."

미주의 말이 떨어지기가 무섭게 승우는 모래밭에 무릎을 꿇고 미주에게 큰절을 했다. 미주가 놀라 '얘! 무슨 짓이야. 얼른 일어나!'하고 말할 새도 없었다.

갑자기 탄력 좋은 생고무처럼 뛰어오른 승우는 목청껏 괴상한 소리를 지르며 원시인들이 추는 춤 같은 몸짓으로 미주의 주위를 원을 그리며 돌았다. 모래를 발로 차고 뒹굴고 야단이었다.

'이야앗! 우워우워 왓왓! 아차라카파라! 읍와왓왓싸싸! 싸라비어읍파파, 웃쿠쿠! 우왯왯, 쑤왜쑤웨.'

우습기도 하고 놀랍기도 했다. 예전 같다면 '얘가 미쳤나?' 생각했겠지만, 미주는 목에 굵은 힘줄을 세우며 소리치고 춤추는 승우를 보자 애틋함에 몸과 마음이 저렸다.

아프리카의 톤카 부락 사내들이 그런다고 했다. 원하는 여자를 얻으면 괴성을 질러대고 창을 대지에 꽂으며 전사처럼, 사자처럼 사납게 춤춘다고 했다. 이 여자는 내 거야. 건드리

면 가만두지 않겠어. 악마도 절대 근접할 수 없어, 하는 뜻이
담긴 행동이라고 했다.

얼마나 기쁘면…… 사람이 사람 때문에 저렇게 기뻐할 수
있다는 것을 미주는 처음 경험했다. 커다란 덩치에, 간판 프
로그램을 연출하는 PD가 저렇게 제식을 행하듯이 아이처럼
소년처럼 온몸과 마음을 다해 기쁨을 표출하고 있다니!

승우는 모래사장에서 수십 바퀴를 뒹굴며 사방에 모래를
흩뿌렸다. 마치 짝짓기 전 힘을 암컷에게 과시하는 동물처럼.
그러다가 헉헉 가쁜 숨을 몰아쉬며 꼼짝도 하지 않고 서 있는
미주에게로 걸어와 그녀를 와락 얼싸안았다.

"고마워, 미주야. 정말 고마워!"

"고맙긴…… 날 좋아해주니까 내가 고맙지!"

"아냐, 아냐…… 너를 잡지 못할 것 같아서 내가 어…… 얼
마나…… 으…… 으윽……."

자신이 버텨낸 세월이 칼이 되어 가슴 깊숙한 곳을 찔렀는
지 승우는 가슴을 한 손으로 싸쥐고, 남은 팔로는 미주의 목
을 끌어당긴 채 포효하듯 울기 시작했다. 더 이상 어떻게 표
현할 길 없는 환희에서 터져 나오는 감격의 소리였다.

내가 너에게 이처럼 절대적인 사람이었다니. 난 전혀 의식
하지 못하고 있었는데, 아니 알고 나서도 그저 가볍게 넘겨버
리고 생각도 하지 않았는데. 승우 너 혼자 참으로 힘들었겠

다. 내가 잘못했어. 다시는 안 그럴게.

승우의 눈물과 울음에 전이된 미주는 그런 생각을 하며 함께 울었다. 나같이 제멋대로인 계집애가 뭐가 좋다고. 참 너 별나다! 눈물까지 흘리게 만들고.

미주의 눈물은 금세 승우의 폭풍 같은 환희의 눈물과 통곡을 진화시켰다.

"야, 처음 보네. 너 왜 울어?"

"나? 네가 우니까."

"나야 기쁨이 수소 폭탄처럼 터졌으니까 어쩔 수 없어서 그랬던 거지."

"그랬어? 그럼, 더 울어! 이제 난 울지 않고 맘 놓고 들어줄 테니까."

"됐어. 이젠 바다처럼 잔잔해졌어."

바다……. 그래, 바다 같은 사랑이 있을 수 있구나. 하늘만큼 땅만큼 사랑한다는 말이 참말일 수 있구나, 하는 행복감이 미주의 가슴속으로 밀물처럼 밀려왔다.

"너, 배 안 고프니?"

"아니, 전혀. 배보다도 아직은 내 마음을 더 진정시켜야 해. 너 배고프면 먹으러 가고, 아니면 조금 있다가 회 먹자."

"그럼, 여기 조금 앉았다가 가자."

두 사람은 철썩거리는 파도와 조금 떨어져 검회색 빛의 바다를 향해 나란히 앉았다. 승우가 미주의 어깨를 감싸자 미주는 승우의 가슴에 얼굴을 기댔다. 자기 안에서 이런 감정을 느끼기는 처음이었다. 사랑이 가장 사랑의 순수에 가까울 때 이렇게 바뀌는 것인가 보다. 그런 점에서 사랑은 깊은 만큼 새롭다.

하지만 미주는 불안감이 가시지 않았다. 이 남자와 살아도 결국은 때가 타지 않겠는가. 어쩌면 그때는 순전히 자신의 결핍으로 인해 투명에 가까운 이 남자의 가슴을 탁하게 할지도 모른다. 사람을 알아가는 과정은 대부분 실망하는 과정이다. 사랑으로 들어가는 즉시 대부분 사랑으로부터 멀어지기 시작한다. 특히 결혼하면. 생활이란 게 디테일한 것이고 보면 실망과 싫증으로 사랑의 향기가 날아가는 것은 순식간의 일일 것이다.

만약 승우가 그렇게 변해간다면 미주는 더없이 끔찍할 것 같았다. 사랑이 깊은 만큼 그것이 상실되었을 때 상대적으로 추락감과 절망감 또한 깊지 않겠는가.

"도대체…… 도대체 내가 왜 그렇게 좋은 거야?"

미주는 담배에 불을 붙이며 물었다. 그러자 승우도 미주의 담뱃갑에서 담배 하나를 뽑아 입에 물고 불을 붙여 흠뻑 빤 뒤 후욱 하고 희고 푸른 연기를 토해냈다.

"그런 질문이 어딨어? 그건 소나무에게 왜 푸르냐, 태양에게 왜 뜨거우냐고 묻는 것과 똑같아. 너니까. 너여야만 하니까. 사랑이라는 감정이 너를 통해서만 내 가슴에 만들어지니까 하는 수 없는 거지."

"그래도…… 네가 나한테 실망하면 어쩌지? 나처럼 이기적이고 덜렁대고 독선적인 여자도 드물거든. 너 잘 알잖아."

"하하하, 미주 씨가 내 마음을 잘 몰라서 그래. 그때 저기서 미주 씨랑 키스하고 난 뒤 내가 바닷속으로 걸어 들어갔던 거 모르지? 모를 거야."

"아니, 왜?"

"너랑 키스한 게 너무 행복해서 그 마음으로 죽고 싶었거든. 그런데 목숨이 아깝다기보다는 욕심이 생기더라고 혹시 오늘과 같은 일이 일어날 수도 있을지 모르는데, 하는. 그리고 사실 네가 너무 아까워서 죽기가 정말 억울하더라고!"

"미쳐."

"대학 1학년 내내 너한테 '미주 씨!'하고 한 번 불러보는 게 소원이었어. 끝끝내 이룰 수 없었지만."

"야아, 그럼 너 엄청 행복하겠다. 너 지금 내 이름 막 부르고 있잖아. 미주야, 미주야, 하면서."

"그래. 이제야 내 마음을 이해하는군. 너에 대한 내 마음을 통념적인 사랑으로 해석하지 않았으면 좋겠어. 이를테면 난 너를 위해 태어난 놈 같다고 생각해. CDS에 가다가 지하철에서 널 처음 만난 그 주 내내, 내가 물 한 모금 못 삼키고 불덩이처럼 앓았던 것도 너 모르지?"

"……그랬어? 그렇다면 그거 병 아닐까?"

"병? 맞아! 정확해. 넌 나를 지상에 존재하게 하는 유일한 약이고. 네가 없으면 난 죽을 수밖에 없지. 이제 좀 이해돼?"

"그래. 근데 왜 6년 동안 한 번도 날 찾지 않았어?"

"신을 믿는 마음으로 하루하루 버텼지. 이처럼 불타는 고통을 주는 사람이 있다면 운명일 거고. 신이 있다면 반드시 너랑 이렇게 만나게 되리라 믿었어. 너와 사랑을 나눌 수 있다면 그 뒤에 오는 어떤 고통도 기꺼이 감수하리라고 내 일기 곳곳에 써놓았어."

"호호호, 그럼 난 신이 보낸 여자네!"

"맞아."

"큰일 났다. 알고 보면 나만큼 지독한 속물인 여자도 드문데. 금방 들통나게 생겼네."

"속물? 흐음, 뭐 그 정도쯤은 감수해야지."

"뭐야? 이게 오냐오냐했더니 한없이 까부네! 그렇다면……정말 내가 신이 보낸 여자였는데 어느 날 갑자기 신이 돌려달라고 하면 너 어떻게 할래?"

"그런 일은 있을 리 없어. 절대로! 신은 공평하니까 말이야."

"그래……."

두 사람은 입술을 맞춘 뒤 쑥스러움이 담긴 눈으로 밤하늘의 별을 올려다보았다.

유성 하나가 여름 밤하늘에 포물선의 빛을 남기며 사라졌다. 불타는 붉은 별이었다. 미주는 손가락으로 별을 가리켰다가 천천히 가슴 쪽으로 접었다.

"저걸 보니 불현듯 노래가 떠오르네. 영화 《더 로즈》에서 베트 미들러가 불렀던 노래 〈The Rose〉."

"사랑을 그렇게 완벽하게 표현한 팝송도 드물지. 명곡이야."

"슬픈 노래잖아. 처연하리만큼."

"사랑이 순수한 만큼 슬픈 건 너무나 당연하지. 하지만 그 가사가 담고 있는 것은 이들에게 보내는 격려와 희망이야."

"역시 팝 전문가의 해석은 다르군. 내가 한번 불러볼까?"

"너무나 감사하지!"

미주와 승우는 시원한 조갯국과 회덮밥에 소주까지 반주로 곁들여 마셨다. 그리고 깊은 밤에 쫓기듯이, 발 한쪽을 바다에 담그고 있는 듯 해안에 인접한 모텔에 투숙했다. 푸른 타일로 덮인 그 건물은 방파제를 사이에 두고 바다와 거의 닿아 있었다. 쉼 없이 파도가 치는 딱딱한 암반 위에 어떻게 건물이 세워졌는지 신기할 정도였다.

"너, 사고 치면 안 된다! 경고했어."

미주는 어색함을 감추기 위해 씩씩하게 말했다. 승우는 샤워하지 않겠느냐고 물었다.

"너 먼저 해. 너, 백사장에서 얼마나 날뛰었는지 땀 냄새가 풀풀 나더라."

"그랬을 거야. 진종일 뛴 기분이니까."

승우는 줄무늬 티셔츠를 입은 채 목에 수건을 두르고 싱긋 웃으며 샤워실로 들어갔다.

미주는 속옷을 사지 못한 게 마음에 걸렸다. 온통 땀에 젖었을 텐데. 상점들이 이미 다 닫은 시간이었다. 남자 속옷을 걱정하는 자신이 생경스러워서 미주는 스스로 놀랐다.

파도치는 소리가 끊임없이 들렸다. 흰 광목으로 만든 커다란 커튼의 귀퉁이에는 귀여운 조가비가 그려져 있었다. 미주는 바다로 난 벽 전면의 커튼을 열어젖히며 가벼운 탄성을 질렀다. 바다 쪽 벽은 전면이 유리였다. 유리 너머엔 검은빛의 수평선과 바닷물의 출렁거림이 달빛과 함께 유화처럼 걸려 있었다. 밤바다 수평선이 미주의 가슴선에 걸렸다. 창문에 바짝 붙어서자 왼쪽으로 멀리 흰 등대가 보였고 오른쪽으로는 작은 태양을 실은 듯, 환한 집어등을 가득 매단 배가 먼바다에서 작업하는 풍경이 보였다. 등대는 검은 바다를 향해 쉼 없이 따스한 눈길을 보내고 있었다.

미주는 담배를 물었다. 대학 때부터 피우던 담배가 쓰게 느껴졌다. 그녀는 두어 모금 빨고는 재떨이에 비벼 껐다.

"시원한데!"

"청량해 보여."

젖은 머리칼을 수건으로 털며 나온 승우는 소매 없는 러닝 셔츠에 캐주얼한 면바지를 입고 있었다. 그는 손가락으로 무릎까지 걷어붙인 자신의 바지를 가리켰다.

"나, 노팬티다. 히히"

"못 말려. 그것도 자랑이냐?"

"너도 해. 여긴 샤워기가 2개나 있더라. 한쪽은 바닷물이 나오더라고. 죽이지?"

"그래? 그럼, 나도 해야지!"

미주는 옷장 안에 있는 얇고 가벼운, 정갈하게 빨아서 말린 가운과 마른 수건을 들고 샤워실 안으로 들어갔다. 승우는 어느새 티셔츠와 팬티를 빨아 건조대에 걸어놓았다. 미주는 샤워실 안에서 머리를 내밀었다.

"승우야, 러닝 벗어줘."

"러닝?"

"빠는 김에 같이 빨게."

"정말? 이거 어떻게 고마움을 표해야 하나?"

"다른 꿍꿍이속이나 먹지 마."

샤워를 마친 승우와 미주는 나란히 침대에 누웠다.

"자자!"

"이 상황에 잠이 오겠냐? 그렇다면 인간도 아니지!"

"에어컨 꺼도 되겠다. 추워."

"그럼 내가 덮혀줄게. 이리 와."

미주는 군말 없이 승우가 팔을 벌리는 곳에 머리를 뉘었다. 그의 가운 아래 살갗에서 서늘하고도 따스한 온기가 느껴졌다. 희고 잘생긴 이마에서 발하는 상쾌한 미열 같은. 승우는 미주의 젖은 머리카락에 대고 냄새를 맡았다. 바닷물에 샤워를 했는지 국화꽃 향기 대신 해초류 냄새가 나는 것 같았다.

"안 헹궜어?"

"헹궜어."

"그래?"

"냄새나니?"

"인어 비늘 냄새가 나는데. 미역 냄새도 나고."

"바다 옆이라서 그런가?"

"있잖아. 정말 네 머리카락이 전부 다 국화꽃이라면 기막힐 거야. 무지 어울릴 거 같지?"

"그럼, 나이 들면 머리카락이 시들 거 아냐? 얘, 그건 좀 별로다."

"내가 매일 스프레이로 물 뿌려주고 관리해주면 되잖아."

"됐네, 이 사람아! 근데 커튼을 저렇게 열어두고 자도 될까 모르겠네?"

"뭐 어때? 바다밖에 없는데. 물고기나 우릴 볼 수 있을까?

"그렇긴 하다. 5층이니까. 후후후…… 이렇게 누워 있으니까 우리가 어항 속에 들어 있는 것 같애. 저 봐 수평선이 저위에서 출렁거리잖아."

"그래, 만약 혼자 투숙한 남자라면 인어가 들어오는 꿈을 꿀 수도 있을 것 같은데."

"파도가 많이 칠 때는 꼭 배 타고 있는 것 같겠……."

승우의 입술이 미주의 입술을 살포시 덮었다. 꽃잎과 비늘과 파래가 느껴지는 승우의 부드러운 혀가 미주의 머리카락에서부터 목과 가는 어깨선을 따라 내려왔다. 꼭 나뭇잎으로 된 손을 가진 듯이 부드럽게. 그의 손끝이 닿는 곳에서 한 스푼의 바람과 눈부신 봄 햇살, 밤물결 소리, 약간의 어지럼증으로 미주의 세포는 푸르게 눈을 뜨고 있었다.

미주는 나락하는 느낌을 비상시켜 감은 눈을 크게 떴다. 몸속에 있는 풀잎들이 모두 저 멀리에서 오는 산불을 보고 놀라 일제히 일어나 일렁거리는 느낌…….

승우는 여자의 몸을 처음 만져봤다. 그가 처음이라고 말하면 미주는 반신반의하겠지만, 사실이었다. 만약 미주를 신입생 때 만나지 않았다면 그도 한두 번쯤은 욕망에 탐닉했을지도 모른다. 쉽게 만나고 쉽게 헤어지는 무수한 엇갈림 속의 사람들처럼. 하지만 상처를 받는 것은 육체가 아니라 사랑을 담는 마음 상자일 것이다.

단 한 번 열리는 마음의 보석 상자.

승우는 그 상자를 미주에게 처음 열어주고 싶었다. 그것이 이루어질지는 알 수 없어도, 그녀만이 열 수 있는 마음의 보석 상자를 가졌다는 건 눈부신 일이다. 육체의 미로를 통해 완전한 사랑을 찾아가는 길. 상자에서는 램프나 촛불이 나올 것이다. 세상의 멀고 어두운 길을 걸어갈 때 환히 비춰줄 수 있는 꺼지지 않는 등불 말이다.

미주는 승우의 희고 빛나는 얼굴, 약간 젖은 머리카락을 눈에 천천히 담은 뒤 살포시 눈을 감았다. 열 손가락을 다 펴고 만져본 그의 몸은 자작나무 같았다. 그의 살갗과 움직임에는 마음이 온전히 배어 있었다. 갑자기 눈물이 솟았다.

그의 입술이 그녀의 몸 곳곳에서 피어났다.

우뚝 선 등대…… 집어등을 가득 단, 빛의 꽃밭을 실은 배…… 바다와 바람의 친구 해송…… 모래사장에서 들뛰던 승우의 환희…… 사랑을 찾은 아프리카 전사의 춤…… 그런 것들이 미주를 향해 밀려오는 느낌이었다. 그 사이에 파도가 쉼 없이 건물 밑을 때렸다. 어느 순간 미주는 아, 하고 짧은 탄성을 지르며 눈을 떴다. 투명에 가까운 푸른 바다가 방 안으로 들어오고 있었다.

등 푸른 비늘의 물고기처럼, 그들은 자유로웠다.

* * *

아마도 내 안에서 당신에 대한 DNA가 새로 생겼나 봅니다. 밥을 먹으려 숟가락을 국물에 담그면 당신 눈빛이 떠지고 책 페이지 사이사이마다 당신 얼굴이 전등 켜지듯 확 떠오릅니다. 길을 걷다가 당신 생각에 발부리가 걸려 넘어지기 일쑤고 전철을 타면 온통 당신이 가슴속에서 덜컹거립니다. 유리창마다 당신 모습이 얼비쳐져 있고 빈 벤치마다 어김없이 당신의 DNA가 내 속에서 갑자기 생겨난 겁니다. 그렇지 않다면 이렇게 내 모든 것이 당신만을 의식하게 됐는지 도무지 이해가 되지 않습니다. 믿겨지십니까. 나는 이 세상에서 당신이란 DNA를 가진 사람입니다. 나는 당신만을 사랑할 수 있는 DNA를 가진 사람입니다.

묘
비
명

예언자의 말이 새겨진 벽의 이음새들에

금이 가고 있어요.

죽음의 도구들 위에 햇빛은 밝게 빛납니다

모든 사람이 악몽과 꿈으로 찢길 때

아무도 월계관을 씌워주지 못해요

침묵이 절규를 삼켜버리듯,

내가 갈라지고 부서진 길을 기어갈 때

혼란이 나의 묘비명이 될 것입니다

우리가 모든 것을 할 수 있다면

편히 앉아 웃을 수 있겠죠

울어야 할 내일이 두렵습니다

운명의 철문 사이

아는 자와 알려진 자들의 하는 짓들로

시간의 씨앗은 뿌려졌습니다

어떤 법도 지켜지지 않을 때

지식이란 죽음과도 같은 것

모든 인간의 운명은

바보들의 손에 쥐어져 있네요

— 〈Epitaph〉, King Crimson

* 미주가 정란을 만나고 돌아올 때 거리에서 들었던 곡

세
월

　미주와 승우는 그해 12월 20일에 결혼했다.
1994년, 바다에서 두 사람이 밤을 보내고 서울로
돌아온 뒤 약 4달 만의 일이었고 꼭 124일째 되던
날이었다.

　영은은 12월 9일 필리핀에서 예고 없이 귀국했
다가 승우가 결혼한다는 얘기를 들었다. 그녀는
30분 넘게 아무 말도 하지 않고 커피숍 천장으로
눈길을 돌렸다. 눈물을 말리기 위해서인 듯했다.

　승우는 가슴 한쪽이 미어지는 것 같았다. 영은은
15살 때부터 26살이 될 때까지 승우가 사랑해주기
만을 기다려왔다. 11년, 참으로 긴 세월이 아닌가!
결국에는 승우가 매정하게 통고하다시피 했는데
도, 제 고집대로 혼자 해바라기 사랑해온 독한 일

면이 있었다. 아니 영은에게 독하다는 표현은 적당치가 않다. 승우는 자신이 여자라면 아마 꼭 영은이 같았을 거라고 여러 번 느꼈다. 마음이 닮은 사람들. 그러나 사랑은 처음부터 끝 끝내 비껴간 것이다.

영은은 착잡하기 그지없는 표정의 승우를 보고는 창문 쪽으로 고개를 돌리며 말했다.

"우리 엄마 족집게 도사인가 봐."

"응?"

"이번에 승우 오빠 보려고 한국에 간다니까 그다음 날 남자 사진을 처음으로 내밀더라고. 마닐라에서 교포가 운영하는 커다란 오토바이 헬멧 공장 사장 아들인데 마닐라 대학에서 박사 코스를 밟는 재원이래. 교수직은 따놓은 당상이라나 뭐라나. 오빠도 알지? 마닐라 대학 수준이 서울대보다 훨씬 높다는 거. 얼굴도 잘생겼더라. 오빠만큼은 아니지만."

"……나이는?"

"31살."

"네 생각은 어떤데?"

"글쎄…… 오빠한테 이런 선고를 들으리라는 예감이 작용한 건가? 약간 필이 오더라고."

선고, 라는 말이 승우 마음에 걸렸다. '나 곧 결혼해!'라는 말보다 영은에게 가혹한 말이 세상에 또 어디 있을까. 하지만 그 말을 안 할 수는 없었다.

결국 영은은 미간을 찌푸리고 웃음도 울음도 아닌 묘한 표정을 그렸다 지웠다 반복했다. 그녀는 태어나서 가장 견디기 힘든 시간을 참아내고 있는 것이다.

"여…… 영은아!"

"아무 말도 하지 마. 듣고 싶지 않아. ……그냥 콱 죽고 싶어. 정말 이대로 콱……!"

"……"

영은은 입술을 질끈 깨물었다가 풀었다. 그러고는 더 이상 참지 못하겠다는 듯 승우에게 대들 듯이 소리쳤다.

"잘났어, 정말! 미워 죽겠어! 죽고 싶어. 오빠는 왜 그렇게 멍텅구리야? 이 세상에 나 싫다는 남자는 오빠 한 사람뿐이야. 난 오빠만을 위해서 노력했는데……. 세상에! 이게 웬일이람? 난 설마 했지, 이런 날이 오리라고는…… 꿈도 못 꿨어. 이렇게 예쁜, 자기만을 사랑하고 목매며 기다려온 나를 두고, 뭐 어째? 딴 여자와 결혼한다고? 기가 막혀서……. 정말 기가 막혀서……."

영은의 초롱초롱한 두 눈에 이슬이 맺혔다. 마닐라에서 치과 개원까지 한 숙녀가 아이처럼 떼쓰는 것을 보자 승우는 고개를 꺾을 수밖에 없었다. 수그린 승우의 눈동자에 눈물이 얼비쳤다. 사랑과 비슷하지만, 그것과는 성질이 조금 다른 눈물이었다. 영은의 말처럼 예쁘고 자기 일까지 딱 부러지게 해내는 여자가 자신을 그토록 오래 기다려준 것에 대한 감사함과 죄책감, 안쓰러움, 슬픔 같은 게 눈물 속에 녹아 있었다.

"언제 결혼해?"

"이번 달 20일."

"얼마나 급했으면. 겨우 10일 남았네. 그 여자가 그렇게 좋았어? 어디 살아? 한번 만나나 보게. 아니 먼발치에서 한번 보기만 할게. 어디야?"

"……."

"아, 아냐! 알려줄 필요 없어. 그 여잘 보면 내가 미치거나 그 여잘 죽이거나 둘 중의 하나일 거야. 악담이라도 좋아. 사실이니까."

영은은 갑자기 탁자 위에 팔꿈치를 대고 두 손을 머리카락에 파묻고 고개를 수그리더니 거친 숨을 내뿜었다.

"나 안 울 거야. 내가 미쳤어? 나 싫다고 다른 여자한테 도망치는 오빠 때문에 울게?"

"…… 고맙다."

그녀는 손목시계를 들여다보았다.

"오……빠!"

"응?"

"오빠는 아주 좋은 사람이지만 남자로선 내게 지독하게 나

뻔 인간이야. 여자에게 저지를 수 있는 그 어떤 행위보다도
더! 알아?"

"……응. 정말 미안하다."

"사과는 싫어. 내가 자초한 걸 뭐. 내가 필리핀에서 15년째
살고 있잖아. 그 나라에, 여자한테 눈물을 흘리게 한 남자는
꼭 10배의 눈물을 흘리게 한다는 주문이 있어. 남자의 불행을
부르는 일종의 저주이지. 재미있어서 외워뒀거든. 근데 내가
오빠를 향해 그 주문을 외울 것 같아, 안 외울 것 같아?"

"…… 글쎄?"

영은이 갑자기 손을 뻗었다. 엉거주춤 승우가 손을 내밀자
그녀는 두 손으로 승우의 손을 잡더니 자신의 뺨에 갖다 대었
다. 그러자 주룩, 하고 그녀의 눈물 한 방울이 승우의 손등을
타고 흘러내렸다.

"오빠, ……잘 살아야 해? 응? 꼭!"

"그래."

"나 같은 여잘 놔두고 다른 여자랑 결혼할 정도라면 오빠는
그 여자와 매일 천국에서 사는 것처럼 행복하게 살아야 해.
알았지? 응? 꼭 그러겠다고 대답해줘!"

"그래…… 그래, 약속할게."

"됐어. 안심이야. 나 그 주문 안 외울게. 혹 못 참아서 외우
더라도 그 저주를 지우는 해독 주문도 알고 있으니까 염려하

지 마. 어쨌든 난 오빠가 사랑하는 여자를 만났으니까 정말 마음이 놓이고 기쁘기도 해."

영은은 일어났다. 그리고 손을 내밀었다. 승우가 악수하자 그녀는 와락 그의 품에 안겨들었다. 그러고는 끝내 얼굴을 보이지 않은 채 그를 스쳐 밖으로 나가버렸다.

승우는 마음 놓고 눈물 두 줄기를 뺨 위에 그었다. 그리고 떨리는 손으로 담배를 물었다. 그 눈물은 자신을 위한 게 아니라 영은의 아픔에서 전이된 거였다. 영은은 승우의 마지막 눈물을 받을 자격이 충분히 있는 사람이었다.

사람이 사랑하고 결혼하는 데는 두 종류가 있다. 내가 상대를 더 사랑하느냐, 아니면 상대가 나를 더 사랑하느냐. 그 미묘한 차이가 두 사람의 관계에 엄청난 마법을 부려 희로애락과 행복, 절망, 비탄, 기쁨, 슬픔을 기하급수적으로 빚어낸다. 이후 그들의 삶에는 그 선택에 대해 끝까지 책임지는 일만 남는다.

승우가 미주를 결혼하겠다고 집으로 데려간 날, 어머니는 한마디도 하지 않았다. 승우의 아버지는 연상의 여자를 신붓감으로 느닷없이 데려온 것에 대해 당황했다. 게다가 직업이 영화감독이라고 하자 아버지는 잠시 할 말을 잃었다.

지금까지 한 번도 속을 썩이거나 엇나간 적이 없는 착실하고 자랑스러운 아들이었는데…… . 부모는 시종일관 영문 모르겠다는 표정을 지었다. 그나마 아들의 선택을 존중해주려고 애쓰는 아버지만이 미주와 이런저런 얘기 몇 마디를 나누었다.

미주가 돌아간 뒤 어머니는 극렬하게 결혼을 반대하고 나섰다. 아버지는 무거운 침묵만 지켰다. 어머니는 하소연했고, 아버지도 급기야 승우에게 '결혼만은 시간적인 여유를 가지고 생각해주었으면 한다.'라고 부탁하듯 말했다. 그러나 그들은 아들이 고집을 꺾지 않으리란 것을 알았다.

12월 20일. 미주와 승우는 결혼했다. 바람도 몹시 불고 슬깃슬깃 눈발까지 날리던 날이었다. 승우는 어머니가 자리를 잡고 드러누워 아버지도 오지 못한다는 연락을 받았다. 하지만 행복하게 잘 살라고, 나중에 엄마 마음이 풀리면 그 아가씨를 며느리로 맞아들여 잘해줄 거라는 말을 남기고 아버지는 전화를 끊었다. 시댁 어른들이 불참하게 되자 미주도 미국에 있는 부모님을 초대하지 않았다. 정말 이런 결혼을 꼭 해야 하는 건가 하고 미주는 몇 번이나 망설였다. 그러나 승우가 너무나 굳건했기에 그녀는 견뎌낼 수 있었다.

결혼식 날, CDS 동문 30여 명이 와서 미주와 승우를 헹가래 쳐주었다. 그동안 미주와 승우는 산부인과 전문의 과정을 밟고 있는 정란을 따로 몇 번 만났다.

"다음 주에 나 승우랑 결혼한다!"

미주의 느닷없는 결혼 소식에 정란은 놀라서 눈을 동그랗게 떴다 감았다 반복했다.

"저…… 정말이야?"

"그래. 근데 믿기지 않는 눈치구나."

"아냐. 너희들이 다시 만났다는 얘길 들었을 때 이렇게 될지도 모른다는 생각은 들었어. 그래도, 정말…… 대단하다……."

"뭐가?"

"승우, 이젠 이렇게 부르면 안 되겠네. 승우 씨 말이야. 대학 1학년 초에 널 보고 마음먹은 것 같더니 결국 이렇게 해내는구나. 놀라워. 축하한……다! 잘됐어. 정말 잘된 일이야!"

친구 미주가 노처녀란 거추장스러운 꼬리를 뗄 수 있다는 건 좋은 일이었다. 정란은 혼자 맞아야 하는 30대가 정말 싫었다. 발랄함과 청순함, 푸름, 향기로움 같은 날개를 다 잘라버려야 하는, 서슬 퍼런 단두대로 끌려 들어가는 듯한 심정! 무엇을 봐도 묘하고 착잡해지고, 까딱 잘못하면 우울증에 걸릴 수도 있는 것이 바로 30대였다.

그 잣대의 단두대에서 미주는 칼을 타는 신기의 여자처럼 멋지게 날아오른 거였다. 모든 잡스러운 편견과 시선, 말들을 일거에 잘라버리는 비상. 더구나 승우 같은 근사한 남자가 딱

지와 편견으로 가득한 꼬리를 잘라주지 않았는가! 승우는 정
란 자신뿐만 아니라 어느 여자가 봐도 매력적인 사람이고 호
감이 가는 남자였다.

정란은 일말의 부러움을 채 감추지 못했다.

"어쩨 좀 서글프다. 이젠 나만 남았잖아. 진작에 나도 승우
씨 같은 연하 하나 잡아둘걸."

"그러지 그랬니?"

"근데 안 보이더라, 승우 씨 같은 남잔. 연하고 연상이고 동
갑내기고 간에 그런 남자는 없더라고. 너 사람 하나는 제대로
만난 거야. 승우 씨에게 너 무지 잘해줘야 돼."

"호호호, 가끔 학창 시절 떠올리면서 군기 한번 잡아보지
뭐. 지난번에 늦게 나왔을 때 내가 얼차려를 시켰더니 정말
따라 하더라."

정란은 시샘 어린 눈길로 입술을 삐죽거렸다. 정란은 독신
을 고집하지는 않았지만, 결혼은 정말로 사랑하는 사람과 하
고 싶었다. 하지만 접근해오는 사내들이란 의사라는 직업에
먼저 빠진 속물들이 대부분이었다. 정란은 서서히 남자 없이
사는 쪽도 생각해두고 있었다.

정란은 자조 섞인 위로를 스스로에게 던지듯이 말했다.

"이왕 늦었는데 뭘. 독신도 괜찮을 것 같아. 세상에 수많은
사내들이 있어도 내 마음 하나 못 빼앗는 쭉정이들뿐이잖아.

차라리 혼자 사는 게 속 편하지."

"그래도 좀 그렇잖아. 가슴의 통증 같은 그놈의 결핍 감……!"

"이 기지배야! 개구리 올챙이 적 생각 못 한다고, 자기가 앞장서서 독신 부르짖어놓고 이젠 완전히 딴소리네. 하긴 뭐…… 그래, 나도 결혼은 안 해도 아기 하나는 키워봤으면 해. 내가 산부인과 의사여서가 아니라 아기…… 그거 정말 신비하고 매력적이거든. '생명'이라는 말에 딱 어울린다고. 우리 정도 살았으면 이미 웬만큼 살아 '목숨'이지만 아기는 '생명' 그 자체야. 기회가 주어진다면 나도 정말 내 아기 하나는 만들든 얻든 간에 키워보고 싶어."

"만들든 얻든 간에? 어째 뉘앙스가 좀 묘하다. 궁상맞은 것 같기도 하고, 비장한 것 같기도 하고……."

"웬수! 가진 자의 횡포를 맘껏 부리는군. 어쨌든 잘 살아라. 근데 그럼 네가 하던 일은?"

"승우 씨가 스폰서 돼주겠대. 걔 학교 다닐 때 날 기막히게 도와줬었잖아. 번역, 통역에서부터 물 떠다 주고, 커피 뽑아 주고, 캔맥주 짱박았다 갖다주고."

"또 종으로 부려 먹으려고 하는구나. 참, 솔직히 까놓고 얘기하면 승우 씨 같은 남자가 왜 너 같은 덜렁이 왈패를 좋아하는지 이해가 안 간다. 그 대상이 나라면 또 모를까. 나 봐,

그래도 꽤 우아하잖니? 나 같은 선밸 놔두고 하여튼 간에 승우 씨 개 눈 삐었어!"

"어머머, 너 승우 좋아하는구나."

"좋아한다. 몰랐니? 어쩔래? 나 줄래?"

"그게 준다고 줘지니? 그냥 뺏어가야지. 능력 있으면 뺏어 봐. 정말이야."

"기지배, 정말 못됐어. 승우 씨가 일편단심이니까 이젠 완전히 안하무인이야."

"시답잖은 소리 그만하고 너 나한테 장롱 하나 해줘라."

"뭐어? 이게 불난 데 부채질하네. 네가 뭐가 예쁘다고 장롱을 해줘. 꿈도 야무지시네."

"너, 돈 쓸 데도 없잖아. 그냥 눈 딱 감고 하나 해줘. 나도 너 갈 때 하나 맞춰줄게."

"야! 내 심정 북북 긁는 말 하지도 말어. 너 내가 결혼 못 할 거라고 보는 모양인데, 나 너 꼴 보기 싫어서라도 한다. 어쨌든 그런 밑지는 거래는 절대 안 해."

"정란아…… 제발!"

"망할 것! 냉장고 하나 해줄게."

"만세! 대빵 큰 걸로?"

"얼음 장사할래?"

"아, 도대체 그 큰 냉장고 속을 어떻게 다 채워 넣을까 벌써

부터 걱정이네. 호호, 요즘 느닷없이 웃음이 나와서 죽을 지
경이야. 혹시 이거 심각한 병 아니니?"

정란의 눈이 샐쭉해지더니 눈빛이 가시가 되었다.

"너, 병이 아니라 악취미가 생겼구나. 이 기지배야, 누구 복
장 터지는 걸 보려고 이러니. 차라리 날 죽여라!"

이
별
노
래

떠나는 그대
조금만 더 늦게 떠나준다면
그대 떠난 뒤에는 내 그대를
사랑하기에 아직 늦지 않으리

그대 떠나는 곳
내 먼저 떠나가서
나는 그대 뒷모습에 깔리는
노을이 되리니

옷깃을 여미고 어둠 속에서
사람의 집들이 어두워지면
내 그대 위해 노래하는
별이 되리니

떠나는 그대
조금만 더 늦게 떠나준다면
그대 떠난 뒤에도 내 그대를
사랑하기에 아직 늦지 않으리

— 정호승 〈이별 노래〉

느닷없이 들이닥치는 것들

신혼의 낮과 밤은 미주가 꿈꾸던 그대로였다. 아주 바빴지만 미주와 승우는 행복했다. 같이 잘 수 있는 밤이 있었고, 같이 눈뜰 수 있는 아침이 두 사람에게 잊지 않고 배달되었다. 같이 있다는 것, 그것이 두 사람에겐 행복의 근원이었다.

일을 마치고 집에 돌아갈 때마다 미주는 마음이 늘 편안했다. 승우가 만들어주는 생활의 휴식처인 가정. 미주가 영화 일을 마치고 돌아오면 언제나 저녁이 차려져 있었다. 결혼 전 그녀가 그를 6년 만에 만나 만취했던 날, 눈을 뜨자 손이 닿을 거리로 당겨진 탁자 위에 숙취해소제와 피로회복 드링크, 요플레, 주스, 겔포스가 통째로 놓여 있었듯이.

수저 옆에는 늘 짧은 메모가 있었다.

'오늘은 조갯국이야. 데워서 먹어. 거르지 말고 꼭!'

승우는 〈한밤의 팝세계〉가 끝나고 새벽 2시면 어김없이 집으로 돌아왔다. 과일이며 장미, 프리지어, 케이크, 만두, 순대, 떡볶이 등을 매일같이 사들고서.

미주가 그때까지 잠을 자지 않고 비디오를 보거나 작업을 하고 있으면 두 사람은 가출 청소년처럼 사 온 것을 방바닥에 놓고 장난을 치며 먹었다.

미주는 일주일의 반은 잠든 모습으로 승우를 맞았다. 승우는 잠자는 아내를 들여다보고는 옷을 벗고 샤워를 한 뒤 미주가 깨지 않게 조심스레 이마에 입을 맞추거나 이불을 다독거려주고 그 옆자리에 잠들었다.

아무리 노력을 하고 신경을 써준다 해도 생활은 군더더기가 많이 붙는 것. 아주 드물지만 가볍게 말다툼이 일어나기도 했다. 일에 지쳐 사소한 것으로 짜증 내는 쪽은 항상 미주였다. 그럴 때마다 승우는 눈치를 살피며 미주의 기분을 풀어주기 위해 어리광을 부렸다.

결혼한 지 6개월이 되자 그들의 생활은 완전히 자리가 잡혔다. 집 안에서 해야 할 각자의 역할이 조정되었다. 사랑과 신뢰의 기본은 성실이라고 굳게 믿는 승우는 세탁기를 돌린다든지, 청소며 설거지까지 자기가 해야 할 날을 꼭 지켰다. 언제나 펑크를 내는 쪽은 미주였다.

미주는 정말 눈코 뜰 새 없이 바빠졌다. 자신이 써두었던 시나리오에 자본과 기획이 좋은 영화사가 같이 해보자고 덤벼들었기 때문에, 그녀는 물 만난 물고기가 되었다.

미주로선 승우와 결혼한 것이 행운이었다. 승우는 자기가 아는 라인을 미주에게 유리하도록 대주었고, 미주 대신 사람을 만나 설득하는 작업도 잘 해냈다.

미주의 이름은 통하지 않았지만, FM 라디오 간판 프로그램 PD인 승우의 이름은 통했다. 멋지고 실력 있는 남자의 아내라는 이유로 미주 또한 그런 여자(?)라는 프리미엄을 얻은 것이다. 이젠 그녀를 만만하게 대하는 사람은 없었다. 동종업계 밥을 먹는다는 게 그런 것이다. 가수와 매니저에 대해 영향력을 행사할 수 있는 승우는 한 다리만 건너면 영화판까지도 튼튼하게 줄이 닿았다. 영화 제작자나 배우들도 그의 라디오 프로그램에 구미를 당겨 했다. 전국 청취율 순위를 달리는 그의 프로그램에 출연, 광고 기회를 얻기 위해 미주에게 로비를 해올 정도였다.

결혼 4년 동안 미주는 무려 3편의 영화를 만들었다. 자신이 썼던 2편의 시나리오 중 멜로는 서울 관객 수 45만이라는 준대박을 터뜨렸다. 한 편은 손해를 보았고, 시나리오 공모 작품을 영화화한 것은 본전치기에 그쳤다.

충무로에 입성하면 예술 영화에 대한 열망이 아무리 강해도 대부분 어쩔 수 없이 타협을 본다. 상업 영화 2편 정도 크게 띄워놓고, 돈을 벌어서 찍고 싶은 것을 찍겠다는 뜻이다.

미주는 국내의 몇 안 되는 능력 있는 여성 감독으로서 자리 잡았다. 그것은 몸과 시간을 아끼지 않고 길을 뚫어주고 전폭적인 받침대와 방패막이 역할을 해준 승우의 도움과 미주의 실력이 이루어낸 성과였다. 영화 3편을 남긴 결혼 생활 4년은 마치 수첩의 낱장을 넘기듯이 지나가버렸다.

처음에 30평 전세 아파트에서 시작한 두 사람은 이제 45평 아파트의 주인으로 바뀌었다. 그리고 미주는 지난해부터 자체적으로 독립 영화사를 운영하기 시작했다. 규모는 그리 크지 않았지만, 직원 10명을 두고 영화 제작의 기초 작업과 기획, 홍보까지 전방위로 뛰고 있었다. 그녀가 하루에 약속하고 만나는 사람들은 평균 10명 정도, 신문사 기자, 영화 평론가, 교수, 시나리오 작가, 대기업 영상 관계자, 극장주 등 부지기수였다. 보통 오전 10시에 집에서 나가면 밤 11시 정도가 되어야 집에 돌아왔다.

그러나 이들 부부에게 언제나 행복한 일만 있었던 건 아니었다. 지난달 미주는 미국에 있는 남동생으로부터 청천벽력과도 같은 소식을 들어야 했다. 남편을 기다리다가 설핏 잠이 들었던 미주는 전화벨 소리에 놀라 잠이 깼다. 새벽 1시 30분경, 남동생은 침통한 목소리로 어머니의 사고 소식을 알려왔다. 지난해 암으로 돌아가신 아버지에 이어 이번엔 어머니마저 교통사고로 지금 수술실에 들어가 계신다는 거였다. 몇 시간 뒤 어머니는 끝내 숨을 거두셨다. 미주는 다음 날 미국행 비행기에 몸을 실었다.

장례식을 치르고 한국으로 돌아온 미주는 당분간 아무 일도 손에 잡을 수 없었다. 어머니의 시신 앞에서 미주는 때늦은 후회의 눈물을 쏟아냈다. 손주를 안겨드리지 못한 것 또한 못내 마음에 걸렸다.

결혼 후 3년이 지난 지금까지 미주와 승우에게는 아기가 생기지 않았다. 아마도 아기가 미리 알아서 지금 배 속에 들어가면 '엄마가 너무 정신이 없겠구나' 하고 봐주는 것인지도 모르겠다. 하지만 승우는 외동아들임에도 불구하고 한 번도 아기를 보채지 않았다. 미주는 자신이 흘러간 영화 속의 여주인공 같아서 마음에 들지는 않았지만 걱정스러운 건 사실이었다. 미주도 이제는 아기를 원했다. 지금까지 냉담한 시어머니도 아기를 안겨드리면 자신을 받아들일 거라는 생각도 들었다. 승우도 결혼 3년이 넘자 은근히 미주의 임신을 기다리는 듯했다.

결혼 후 처음 1년은 피임을 했지만, 그다음 해부터는 아예 피임할 생각도 하지 않았다. 그래도 아기가 도무지 들어서지 않았다.

혹시…… 불임?

4년째 아기가 들어서지 않는다는 것을 깨달은 미주는 정란이 의사로 있는 산부인과 병원으로 가서 검사받았다. 아무 이상이 없어서 승우까지 검사를 받았지만 멀쩡했다. 정란은 미주에게 일이 과하고 스트레스가 많아서 그럴지도 모르니까 잠시 쉬는 게 어떻겠느냐고 조언을 했다.

그러나 미주는 체력에는 자신이 있었다. 대학 내내 깡으로 버틴 체질이 도움이 됐는지 그녀는 지금껏 감기 한번 걸리지 않았기 때문이다.

그런데 얼마 전에 감기에 걸렸다. 불현듯 '내 나이가 벌써 34살! 30대 초반을 넘어섰구나!' 하는 깨달음이 왔다. 아무리 그래도 개도 안 걸린다는 여름 감기라니! 이제 내 몸도 가고 있구나 싶었다. 으슬으슬 춥고 신열도 났다.

1998년 8월 16일, 광복절 다음 날.

미주는 코를 훌쩍거리며 압구정 현대백화점 앞에 있는 자신의 영화사로 가기 위해서 차트며 파일, 서류, 시나리오 대본을 확인하여 가방 속에 집어넣었다. 오전 11시에는 새 영화를 제작하기 위해서 대기업 영상 지원단 단장인 김 이사와 힐튼호텔 커피숍에서 약속이 있었고, 오후 2시에는 신문사 영화 담당 기자를 만나야 했다. 먼저 영화사에 들러 직원들과 하루 일을 체크한 뒤, 약속한 사람들에게 넘겨줄 보완서류를 챙겨서 출발해야 했다.

에…… 엣취! 이…… 이런!

아무래도 감기약을 좀 지어 먹어야겠다고 가방을 들고 일어서려는데 전화기가 눈에 들어왔다. 지난번에 불임 검사할 때 몸에 조금이라도 이상이 있으면 가볍게 여기지 말고 꼭 자신에게 전화하라고 신신당부했던 정란의 말이 떠올랐기 때문이다. 손목시계를 들여다본 뒤 잠시 망설이던 미주는 담배를 뽑아 물고 불을 붙인 뒤 수화기에 귀를 갖다 댔다.

"자리에 있었네?"

"웬일이냐? 네가 전화를 다 하고. 바빠 죽겠다며 한번 병원 오라고 해도 죽어라 안 오던 네가?"

"흐응, 가시 돋쳤네. 반가워할 줄 알았더니."

"칫! 근데 너 목소리가 왜 그래?"

"아, 이거…… 엣취! 들었냐? 오늘 중요한 사람 만나야 하는데 내가 지금 이 모양이다."

미주는 코를 훌쩍이며 말했다.

"감기? 언제부터 그랬어?"

"이틀 전부터 이래. 떨어질 것 같더니 내가 뭐 좋다고 엉겨 붙네 참. 후우."

"담배 피우니?"

"응."

"일단 꺼! 당장!"

"얘가 왜 이래?"

"껐어?"

"그래, 껐다 껐어!"

"너…… 그거 언제 있었어?"

"그거라니? 아아, 그건 아니다. 내가 임신 증상도 모를 줄 아냐?"

"잔소리 말고."

"가만, 지난달에…… 없었던 것 같긴 한데. 너도 알다시피 내가 들쭉날쭉하잖아. 챙기지도 못하고. 3달 건너뛰는 건 별일도 아니야. 더구나 지난달에는 어머니 장례식 때문에 미국에 다녀오느라 다른 데 신경 쓸 여력이 없었구."

"딴 증상은?"

"뭐 내 만성 위장병은 너도 알 테고……. 힘이 좀 빠지긴 하지만 요즘 밥을 제때 잘 못 챙겨 먹었으니까 당연한 거고. 쌓이는 피로감도 당연한 거고. 그렇지 뭐."

"너 나가는 길에 약국에 가서 약 지어 먹을 작정이지?"

"당연하지. 바이어 얼굴에 침 튀길 일 있냐?"

"그렇다면 일단 임신테스트기 써 보고 확인한 뒤에 감기약 지어 먹어. 그 전엔 절대로 약 먹으면 안 돼."

"야, 감기 증상이면 다 임신이냐?"

"모르는 일이야. 너 아기 가지고 싶지?"

"물론이지. 이제 나도 좀 조급해졌잖아. 승우 씨도 말은 안 하지만 몹시 기다리는 눈치고. 시댁 생각해도 좀 그렇고."

"그러면 일단 시키는 대로 해. 아니면 네가 이쪽으로 오면 내가 확인해주고."

"그쪽으로 어떻게 가냐? 방향이 정반대인데."

"그럴 줄 알았어. 일단 그렇게 하고, 만에 하나 반응이 나오면 두말하지 말고 나한테 달려와. 만사 제쳐놓고. 그건 약속할 수 있지?"

"그래. 그렇기만 한다면야, 그런 말 안 해도 내가 너한테 달려간다. 알았어. 나가봐야 해. 전화 끊는다!"

임신테스트기를 해본 미주는 소스라치게 놀랐다. 2줄이었다. 처음엔 믿기지 않는 기분이었다. 갑자기 가슴이 쿵쾅거리고, 몸이 붕 떠오르는 것 같았다. 그…… 그렇다면? 임신? 내가 아기를 가졌다고? 아…… 아냐, 테스트기로 100% 확신하기는 일러. 그래도…… 틀림없을 거야. 90%가 넘는 정확도의 공신력 있는 제품이잖아. 어머나 어머나, 이걸 어쩌면 좋아. 내가…… 내가 아기를 가졌어. 미주는 환호성을 지르며 펄쩍펄쩍 뛰고 싶었지만 정란에게 가서 완전한 사실임을 확인받을 때까지는 침착해야 했다.

미주는 남편 승우의 얼굴이 떠올랐다. 승우가 얼마나 좋아할까. 정말 임신했다면 그는 천국의 기쁨을 표현할 것이다. 그가 정말 얼마나 기뻐 날뛸지는 상상이 안 갔다.

미주는 차를 몰고 영화사 사무실로 가면서 눈물까지 글썽거렸다. 30대를 훌쩍 넘어서면서 미주는 내심 불안했었다. 이러다가 영영 아기를 갖지 못하는 게 아닐까 하고. 학교 동기들 중에는 대학 졸업 후 바로 결혼해서 벌써 학부모가 된 친구도 많았다. 차를 몰고 일로 인해 뛰어다니다가 교통 신호에 걸렸을 때 병아리처럼 노란 가방을 메고 하교하는 저학년의 아이들을 보면 가슴이 시린 적도 있었다. 정말 아기를 갖지 못하면 어떻게 하지? 그것은 연하의 남자와 같이 살면서 미주가 겪어낸 마음고생이었다.

그러나 이제 서광이 비친 것이다. 결혼 4년 차에 들면서 가정에 아기가 없다는 것은 보이지 않는 커다란 결핍이었는데, 이제 머잖아 엄마가 된다니, 미주는 날개가 막 돋아난 것 같은 기쁨을 느꼈다.

사무실 앞에 차를 대놓고 미주는 핸드폰을 꺼내 들었다.

"정란이니?"

"……응? 너…… 그럼?"

오랫동안 절친한 친구라 정란은 미주의 목소리만으로도

알아차렸다. 그녀가 얼마 안 된 시간 안에 2번째 전화를 걸어온 것이라면⋯⋯?

"그래. 나⋯⋯ 나, 테스트기 2줄 나왔어."

"어머나! 야, 너 당장 와라. 그걸로는 안 돼. 확실하게 검사를 해봐야지."

"오후 늦게 갈게. 오늘 잡힌 약속들은 다른 사람을 내보낼 수 없거든."

"그럼 4시 반까지 와라. 아니, 4시까지 올 수 있니?"

정란의 목소리도 흥분되었다. 한껏 들떠 있는 미주의 마음을 충분히 알고도 남기 때문이었다.

"4시 반까진 어떻게 될 것도 같은데⋯⋯."

"좋아. 시간 꼭 지켜!"

미주는 온종일 일이 손에 잡히지 않았다. 영화 자금을 틀어쥐고 있는 대기업 당사자를 만났을 때도 그전처럼 열정적으로 설득하지 않았다. 정말 임신했다면⋯⋯ 30억은 투자해야 비주얼이 나오는 SF 프로젝트를 진행시키는 데는 무리가 있다는 판단이었다. 기획실장을 대타로 뛰게 할 수도 있었지만, 상대방은 감독이자 영화사 대표인 자신을 처음부터 끝까지 원할 것이다.

미주는 몇 번이고 승우에게 전화를 하고 싶어 입이 근질거렸다. 밖에 나가 일을 하면서도 하루에 평균 2통의 전화는 하는 승우였다. 시시콜콜한 얘기라도 그의 표현은 재미있고 언제나 듣는 사람을 기분 좋게 만들었다.

더없이 환한 표정으로 미주는 남편의 번호를 누르다가 그만두기를 여러 번 반복했다. 아무래도 좀 성급한 듯싶었다. 정란의 얘기를 듣고 나서, 그의 기쁨을 수소 폭탄처럼 터지게 만들 수 있는 약간의 장치와 기획을 한 뒤에 말해도 되리라는 생각에 들떠 있었다.

'나…… 임신했어!' 여자만이 남자에게 할 수 있는 천국의 전언이 아닌가. 그래. 우아하고 품위 있게.

미주는 두 번째 약속을 30분 정도 양해를 구해서 앞당겼다. 영화 담당 기자와 방송국 영화 프로그램을 맡은 PD를 1시간 간격을 두고 만났다. 외국 영화 홍보를 미주의 회사에서 맡았기 때문에 예고 프로 시간 조정과 영화 줄거리, 배우 감독 경력이 들어간 보도 자료를 넘겨주고 큰 지면과 화면으로 다루어 달라고 부탁해야 했다. 깐깐하기로 유명한 사람들이어서 대표가 나서지 않으면 만나주지도 않았다.

그러다 보니 미주는 점심은커녕 물 한 모금도 제대로 마실 시간이 없었다. 오전에 커피 한 잔을 마신 것이 전부였다. 하지만 오늘은 피로감도 배고픔도 전혀 느껴지지 않았다. 어서 빨리 일을 마무리 짓고 정란에게 가려는 마음과 아기에 대한 두근거리는 생각으로 가득했다.

임신이 확실하다면 그녀는 4년 동안 줄곧 달려오기만 했던 정신없는 일과에서 미련 없이 멈춰 서기로 했다.

처음으로 가진 아기였다. 아기에게 무리를 주는 일과 스트레스는 일절 피해야 했다. 현재 진행 중이지만 확정되지 않은 자사 영화 제작 프로젝트는 출산 뒤로 미루거나 CDS 1년 후배인 기획실장 대행 체제로 바꾸면 틀이 잡힐 것이다. 나머지 홍보와 관련된 일은 자기가 없어도 기획실장이 책임을 맡아 무리 없이 잘해 나갈 수 있을 것이다. 따지고 보면 대학 졸업 후부터 8~9년, 대학 CDS 영화 그룹에 들어간 것까지 더하면 미주는 영화 일로 만 10년 넘게 하루도 쉬지 않고 강행군을 해온 셈이다.

안 그래도 장기간의 휴식과 재충전의 기간이 필요하다고 생각했었다. 임신이 아니라면 여유 있는 휴식은 불발에 그치겠지만, 정말 임신했다면 집 안에 과일을 가득 쌓아놓고 마음껏 두 다리를 뻗고 앉아 레몬이며 귤을 까먹고 있는 자신의 모습을 상상했다. 그동안 시간이 없어서 보지 못한 비디오를 실컷 보면서 말이다. 메모지를 옆에 두거나 머리를 굴리지 않고 그저 '킥킥킥 재미있네!' '흑흑흑 슬프네!' 하면서. 여느 임산부들처럼 매일 남편을 곯려주는 맛도 쏠쏠할 것이다. 입덧을 빙자해서 희귀한 과일과 구하기 힘든 음식만을 먹고 싶다고 말해야지.

승우가 자신에게 공주처럼 잘해준 건 사실이지만 이젠 여왕으로 승격해서 여왕처럼 굴어야지, 하고 생각하니 미주는 마냥 행복한 기분이었다. 여자들만이 느끼는 배가 부르고 가슴이 부르는 기쁨. 이 감정을 미주는 이제야 처음 느껴보는 것이다. 전혀 예상 못 한 선물을 받고 마냥 즐거워하는 아이처럼.

미주는 손목시계를 들여다보며 정란이 있는 종합 병원으로 차를 몰았다. 이미 정란에게 가는 길이라고 통화로 알렸다.

만에 하나 임신이 아니라고 하면 어떻게 하나? 미주의 미소를 잠시 지우는 것은 그 생각뿐이었다.

"애, 축하한다!"

"…… 그럼?"

"그래, 임신이야. 놀랍게도 벌써 3개월이 넘었는데? 어떻게 그러고도 몰랐냐? 네가 망아지처럼 들뛰며 돌아다니는데도 아기가 용케 자리를 잡았다. 애, 안심해도 돼!"

"벌…… 벌써? 난 입덧도 안 했는데."

책상으로 돌아가 기록 카드를 작성하는 정란 앞에 옷을 수습하고 앉은 미주의 얼굴은 기쁨으로 터질 것 같았다.

"입덧을 전혀 안 하는 임부들도 많아. 다른 증상은 없니?"

"속이 좀 메슥거리고 구토는 간혹 있었어. 원래 내가 대학 때부터 위가 안 좋았잖아. 속이 더부룩한 소화 불량은 어제오늘 일도 아니고."

그렇게 말하면서도 미주는 연신 입을 벙긋거렸다. 아랫배에는 손을 갖다 댄 채였다. 임신했다는 애길 들어서인지 아랫배가 조금 도톰해진 기분이었다. 아기가 더없이 대견했다. 전혀 신경도 써주지 않았는데, 아니 정란의 말마따나 아침부터 저녁 늦게까지 들뛰고 다녔는데 소리 없이 찾아와준 것이 너무나 고마운 느낌이었다.

 "너처럼 자기 몸에 무심한 사람도 드물 거다. 거의 무지한 정도지. 다른 건? 혹시……식은땀이 나거나 어지럽거나 갑자기 힘이 빠지거나 그러진 않았니?"

 "글쎄…… 내가 왜 깡다구 체질이잖어. 근데 네가 그렇게 말하니까 좀 그랬던 것도 같다. 요즘 의자를 찾아 앉는 일이 잦았거든. 피곤이 누적돼서 말이야. 체중은 약간 떨어졌더라. 몸매 걱정을 해서 다이어트도 좀 했거든."

 "체중? 얼마나?"

 "1.5kg 정도. 임신 안 했으면 2kg은 더 빼야 돼. 내가 얼굴보다도 몸매가 죽이잖니? 승우 씨는 나보고 타고난 몸매래. 앞으로 몸매가 망가질 걸 생각하니까 좀 그렇다."

 "……하여튼 간에 넌 못 말리겠다."

 "정말 믿기지 않아. 내 몸속에서 뭔가가 자라나고 있다니! 생각하니까 무지무지 감동스럽네. 눈물이 왈칵 나잖아, 나 봐!"

 "나도 정말 기쁘다. 너무 잘됐어. 승우 씨가 이 소식 들으면 펄쩍펄쩍 뛰겠구나. 까무러치겠는걸."

"그래도 참아야 돼. 전화로는 말고 분위기 좋은 데서 턱을
한껏 쳐들고 다리를 꼬고 말할 거야."

"무릎을 꿇고 경배하란 듯이?"

"그래, 바로 그거야! 너, 괜히 승우 씨한테 선수 치면 안 돼!
알았지?"

미주는 환한 미소를 머금으며 눈가에 맺힌 물기를 손수건
으로 찍어 눌렀다. 엄마가 된다는 것, 승우와 자신의 아기를
낳는다는 것, 그 아기를 사이에 두고 두 사람이 함께 자고 일
어난다는 것, 생각만 해도 가슴이 벅찼다.

친구로서 같이 기뻐하는 와중에도 의사인 정란은 찬찬히
미주의 혈색이며 안색을 살폈다.

"정란아! 나 물 좀 줘. 정말 오늘 이 병원에 오느라 발에 불
이 나도록 뛰어다녔다."

"점심도 못 먹었니?"

"점심이 다 뭐니? 물 한모금 제대로 못 마셨다니까!"

"그래?"

정란은 물컵을 건네다가 어떤 생각이 들었는지 다시 제자
리에 가져다 놓았다.

"너, 나 따라와!"

"아니, 얘가 왜 이래? 나 갈증 나. 어서 물이나 줘."

"환자면 일단 의사의 지시에 따라."

"야, 애 가졌다고 무슨 환자가 되니?"

"모르는 소리. 병원에 왔으면 모두 환자로 분류되고 환자는 의사 지시에 절대로 따라야 한다고 명시돼 있어."

"어디 가는데?"

"일단 가볍게 체크해보자. 그래야 내가 안심하고 너와 태아의 건강을 돌볼 수 있을 것 같으니까. 마침 네가 먹은 것도 없다니까. 검사도 쉽고 간단해."

정란이 어리둥절한 미주를 데려간 곳은 1층 복도 끝에 있는 방사선과였다. 5분도 안 걸리니까 위 검사를 한번 해보자는 것이었다.

"야아, 싫어. 갑자기 애가 뚱딴지처럼 왜 이래?" 하는 미주에게 정란은 흰 조영제가 담긴 겔포스 같은 것은 내밀었다. 젊은 남자 기사가 이미 기기를 작동시키고 있었기 때문에 미주는 하는 수 없이 그걸 마셨다. 대학 후반기부터 자주 복용했던 제산제 맛과 비슷했다.

미주가 마신 조영제는 위 전체를 하얗게 사진 촬영하게 하는 것으로, 위점막 전체를 희게 바르는 역할을 했다. 불만 섞인 입을 삐죽 내밀면서 기기 앞에 선 미주를 보며 정란은 미소를 지으며 고개를 끄덕였다.

미주는 대학 때부터 몸을 학대시켰다고 할 수 있다. 술과 담배에 불규칙한 식사, 심지어 하루에 한끼조차 안 먹은 경우도 허다했다. 그래서 대학 4학년 때부터는 위장약을 입에 달다시피 하면서 지냈다. 정란은 그게 오래전부터 못내 마음에 걸렸다.

종합 병원에 근무하게 되면서 정란은 별의별 일을 다 겪었다. 멀쩡한 사람들이 갑자기 쓰러져 죽어나가는 일이 허다한 게 병원이었다. 응급실과 내과 병동만큼은 아니겠지만 산부인과 병동도 위태로운 목숨을 다루어야 하는 일이 적지 않았다.

병원에 근무하면 누구나 건강을 자신하는 것만큼 어리석은 게 없다는 생각을 자연스럽게 하게 된다. 죽음은 결코 먼 곳에 있지 않았다. 아주 가까운 곳에 있으면서 느닷없이 들이닥치는 일상사였다.

흔한 예를 들자면 나이와 관계없이 멀쩡하게 출근하고 등교하고 놀러 가고 일하던, 건강하기 이를 데 없던 사람들이 갑자기 쓰러져 목숨을 잃는 숫자가 우리나라에서만도 1년에 2만 5천 명이다. 부정맥과 심근경색, 뇌출혈 같은 것이 불시에 돌연사와 급사를 일으키는 것이다. 자기 목숨이 자신의 것이 아니라는 뜻이다.

정란은 오래전부터 미주의 건강을 체크하고 싶었다. 미주가 늘 바쁘다는 평계로 고사했기 때문에 지금껏 할 수 없었을 뿐이었다.

검사는 5분도 안 걸렸다.

"생사람도 환자 만들어 병원 돈 벌어주려고 안달이 났구나, 너. 나 돈 못 내. 알았니? 네가 내야 돼!"

"알았다. 이 고집불통아!"

촬영 기사는 정란에게 커다란 필름을 건넸다. 미주는 나가기 위해 문손잡이를 잡느라 젊은 기사의 얼굴을 보지 못했지만 그의 안색은 어두웠다. ⋯⋯설마, 하는 느낌이 엄습한 정란은 재빨리 한쪽 벽면에 형광판이 설치된 뷰어 박스 쪽으로 필름을 쳐들었다가 얼른 내렸다. 가슴이 쿵 하고 내려앉았다.

정란은 도저히 믿기지 않는다는 듯 다시 필름을 쳐들어 보고는 눈을 질근 감았다. 눈앞이 캄캄했다. ⋯⋯이게 웬 날벼락이람! ⋯⋯설마가 사람 잡는다고 하더니만. 이런 날벼락이! 하필⋯⋯!

정란은 다리가 후들거렸다.

"애, 너 안 나갈⋯⋯ 뭐야?"

"뭐가?"

찰나였다. 몹시 당황한 눈빛의 일부를 정란은 숨기지 못했다. 정란은 순간 딱딱하게 경직된 얼굴이었다가 황급히 어색한 웃음기를 머금었다.

"나가자."

"아, ……글쎄, 뭐냐고? 뭐 잘못됐니?"

"얘가 왜 이래? 너…… 너…… 들고 있는 필름 줘 봐."

"어이구 내 참, 어이가 없다! 아무리 친구라도 의사인 나한테 너 좀 너무한다. 이건 의사가 보관하는 거야."

"아 글쎄…… 나도 한번 보자고. 내 사진 내가 한 번 보겠다는데, 너 정말 왜 이래?"

"이상 없어. 내가 보증해. 정 기사님, 필름 받아요."

젊은 기사가 필름을 받아 봉투에 넣자 미주의 얼굴은 새파래졌다. 분노가 눈에서 불꽃처럼 튀었다.

"너, 지금…… 뭐 하는 거야? 장난하는 거니?"

"나가자. 나가서 얘기해."

"아저씨! 그것 보여주세요. 당장 보여달란 말이에요. 시시하게들 굴지 말고!"

젊은 기사는 난처한 표정으로 정란을 쳐다보았다. 정란은 화가 벌컥 나서 기사의 손에서 봉투를 낚아채 미주의 가슴팍에 던졌다.

"야, 봐라! 뭔 말을 들어 먹어야지. 전부 다 자기 하고 싶은 대로 하고 야단이야!"

"흐으응, 진작 보여주지 그랬어?"

미주는 금방 장난스럽게 표정이 바뀌어 있었다. 암 환자가 나오는 영화를 찍은 적이 있던 미주는 필름 보는 상식을 어느 정도 터득하고 있었다. 필름도 여러 장 봤다. 팔짱을 끼고 필름을 꺼내는 미주의 손이 가볍게 떨리는 것을 본 정란은 고개를 돌려 외면했다. 눈을 질끈 감았다. 미주는 뷰어 박스를 향해 필름을 천천히 들었다.

잘록한 위가 예쁜 주머니처럼 희게 보였다. 하지만 위의 등쪽 선이 두 군데 동전 크기로 움푹움푹했다. 위의 윗부분 관이 만나는 곳 오른쪽 한 군데와 거기에서 10cm 정도 내려온 중간 부위도 어둠에 먹힌 흔적이 뚜렷했다. 건강한 정상적인 위는 선이 완만한 곡선을 이루는데, 이건 그렇지 않았다.

일순간 필름을 든 미주의 손이 파들파들 떨렸다.

"저…… 정란아, 뭐야? 이…… 이게 대체 뭐야?"

"……그걸로는 아직 단정 지을 수 없어. 조직 검사를 해봐야 확실한 걸 말해줄 수 있어."

정란을 향해 미주는 천천히 한발 다가섰다.

"……그래? 그래…… 근데 이게 단순한 염증은 아닐까? 악성 말고 그냥 종양 같은. 이렇게 나오는 것 중에 그럴 가능성도 있다던데."

"……그래. 그럴 수도 있어."

미주는 다시 한번 필름을 들어 쳐다본 뒤 핏기가 완전히 가신 얼굴로 혼자 중얼거렸다.

"만……만약, 이게 위…… 위…… 위, 위암을 말해주는 거라면 내가 위암? 이건 마…… 말이 안 돼, 도무지. 정란아, 너 이게 말이 되……된다고 생각하니? 이건 웃겨도, 웃겨도 너무 웃기는 일이야!"

여름철

여름의 한때, 삶은 여유로워

고기는 물에서 뛰놀고

목화는 하얗게 꽃을 피웠네

아빠는 풍요함을 지니고

엄마는 기분 좋은 모습

그러니 아가야, 울지 말고

고이 잠자거라

어느 날 아침에 너는

일어나 노래할 거야

날개를 펼치고

저 높은 하늘로 날아오를 거야

그런 아침이 올 때까지

그 무엇도 널 해치지 못할 거야

엄마와 아빠가

너와 함께 있을 거니까

— 〈Summertime〉, Sam Cooke

* 승우가 미주의 임신 소식을 들은 뒤 라디오에서 자주 틀었던 곡

선택

1998년 8월 29일

미주는 고양이처럼 소파에 웅크리고 앉아 있었다.

밖은 여름 소낙비가 한차례 쏟아부은 뒤 잠잠해졌다. 미주는 무릎 위에 턱을 얹고 눈을 부릅뜬 채 꼼짝도 하지 않았다.

지난주에는 위내시경 검사를 했다. 세포를 떼어내 한 정밀 검사 결과도 이틀 전에 나왔다. 틀림없는 위암이었다. 그것도 한참이나 진행된 위암 3기. 승우는 아직 아무것도 모르고 있었다. 아기를 가졌다는 것도, 위암 3기라는 것도. 단지 그는 미주가 몸살 때문에 컨디션이 좋지 않아 며칠 푹 쉰다고만 알고 있었다. 미주가 정란의 입단속을 철저히 시켰기 때문이었다. 미주는 정란의 처사가 한편으로 몹시도 서운했고 야속했다.

정란이 방사선과로 느닷없이 손을 잡아끌지만 않았더라도 미주는 한 달이든 최소한 며칠이든 드디어 아기를 가졌다는 기쁨을 만끽하며 남편과 함께 열광했을 것이다. 승우는 자신을 안아 빙빙 돌리고 말이 되어 '여왕 마마, 어서 안장에 오르십시오!' 하며 아파트 실내 곳곳을 태우고 다녔을 것이다. 얼굴에 쏟아지는 봄 햇살처럼, 소담스런 첫눈이 내리는 것처럼, 벚꽃이 얼굴에 떨어지는 것처럼 그는 자신의 얼굴과 손발에 수백 번의 키스를 했을 것이다.

기쁨을 온전히, 하늘의 선물을 온전히 누릴 수 있다는 건 얼마나 행복한 일인가. 그런데…… 미주는 아직도 악몽을 꾸고 있는 것 같았다. 임신테스트기를 한 후 그 기쁨이 하루를 채 못 갔다. 정란에게 임신을 확인받고는 그냥 한번 받아보자고 한 위 촬영 검사에서……. 너무나 잔인하고 매정한 처사였다. 생명을 확인한 뒤 곧바로 머잖아 죽을 거라는 통보를 동시에 알려주다니.

그러고 보면 미주에게 천국과 지옥의 거리는 10분 남짓한 거리였다. 인스턴트커피 1잔 마시는 시간, 담배 1대 피울 시간에 상황과 감정이 극과 극으로 바뀐 것이다.

누군가 그 무렵에 동전을 2번 던진 것 같았다. 한 면은 천국의 기쁨, 한 면은 지옥의 초대장. 그렇게 누군가 미주의 운명의 동전을 2번 던졌고 공교롭게도 결과가 그렇게 나온 것 같은. 희비극을 동시에 즐기려는. 빌어먹을, 그 작자가 대체 누구인가? 신은 너무나 멀리 있었고 그 현장에는 미주와 정란이 있었다.

망할 것! 내가 그렇게 안 받는다고 했는데.

암이란 괴물에 기습당할 때 당하더라도 당분간은 모르는 게 나았다. 아기를 가진 큰 기쁨을 망친 게 미주로서는 분통이 터졌다. 정란이가 더없이 미웠다.

절친한 친구란 것이 망쳐놓았어! 내가 승우랑 결혼한다고 하자 시샘하더니. 아기 가진 꼴을 도저히 못 봐주겠다 이거지?

처음에는 정란에게로 맹렬한 분노가 쏟아졌다. 몇 번이나 정란에게서 전화가 걸려왔지만, 미주는 꼴도 보고 싶지 않았다. 목소리조차도. 하지만 정란은 집요했다. 병원에 나와서 검사를 받지 않는다면 승우에게 당장 전화하겠다는 정란의 말에 미주는 조직 검사를 받았다. 결과는 미주의 예상대로 좋지 않았다. 암이라는 건, 특히 위암이라는 건 약간의 증상이 나타난 순간 이미 상당히 진전된 상태인 경우가 보통이기 때문이다.

암 전문의는 자료를 들여다보다가 정란의 옆에 앉은 미주에게 눈길을 돌렸다. 그의 눈빛은 그리 자신감 있어 보이지 않았다.

"흐음, 일단 입원부터 빨리하시죠."

"……그럼, 아기는 어떻게 되는 거죠?"

"태아 말씀이시군요……."

의사는 곤혹스러워하는 표정으로 바뀌는 정란을 흘끗 본 뒤 뒷목을 손 칼날로 툴툴 내리쳤다. 성의 없고 무례한 인상이었다.

"제 소견으로는 현재 환자분께서 태아에 대해 신경 쓰실 만한 상황이 아닙니다. 상태가 이미 다른 기관으로의 전이까지 의심되는 정도니까요. 일단 환자분이 우선 아니겠습니까. 누구나 자기 목숨에 대한 애착이 먼저니까요. 환자께서 건강을 회복하신다면 임신은 또 가능합니다. 물론 임신 중기를 넘어선 경우거나 말기의 환자는 최소한의 조치만 내리고 아기를 출산한 뒤 본격적으로 치료하기도 합니다만."

미주는 냉정해지려고 애썼다.

"좀 정확하게 얘기해주시죠. 구체적으로 앞으로 어떤 치료를 받는다는 건가요? 아기를 키우면서 받을 수는 없나요?"

그 말에 의사는 미간을 찌푸렸다. 짜증이었다.

"선배님! 그렇게 해주세요. 이 친구는 지금 몹시 혼란스러울 테니까요."

정란이 착잡한 표정으로 부탁했다. 그러자 의사는 하는 수 없다는 듯이 메모지에 펜으로 위 모양을 그린 뒤 설명했다.

"현재 환자분 단계에선 외과 요법이 급선무이고 관건입니다. 여기 이렇게…… 여기, 여기 이 부위가 그러니까…… 일단은 위를 들어내야 합니다. 암 병소가 발견된 문제의 장기에 부속된 림프샘까지 들어내고 여기…… 여기를 위 없이 바로 잇는 거죠."

의사는 펜 뚜껑을 가볍게 닫았다.

"아기는 포기한다고 생각하시는 게 좋습니다. 위를 제거하는 수술은 큰 충격이죠. 또한 필요에 따라 항암제가 처방되고 방사선 치료가 병행되어야 합니다. 유산은…… 피할 수가 없습니다."

"……."

"입원부터 하시죠. 서두르시는 게 좋습니다."

의사는 약속이 있는지 계속해서 손목시계를 들여다보았다. 미주의 눈에는 의사의 태도가 매우 거슬렸다. 기껏해야 사람을 만나 커피 마시고, 어느 골프장 뷰가 죽이더라, 어디 술집 안주가 죽이더라, 따위의 너절한 말을 하기 위해 이러나 싶었다. 벼랑 끝에 선 내게.

"선생님, 조금만 더 자세히, 솔직하게 말씀해주세요. 위를 다 들어내면 살 수 있다는 말씀입니까? 좀 전에 다른 장기로 전이 가능성도 장담 못 한다는 뜻으로 말씀하셨잖아요."

"미…… 미주야! 그건 나중 일이야. 최악의 경우를 생각하고 미리 지레짐작할 필요가 뭐 있니?"

"제 생각도 허 선생과 같습니다. 환자분의 경우는 일단 절개를 하고 속을 들여다보아야 좀 더 자세한 말씀을 드릴 수 있습니다. 흠, 배를 열면 일단 육안으로 보이는 암이 잔존하지 않도록 원발소 및 전이소를 완전히 다 제거합니다. 하지만 전이 흔적이 장기 도처에서 발견되면 그냥 닫습니다. 수술이 가능하다고 판단하여 열어봤는데 막상 필요 없는 경우도 종종 있으니까요."

그 말에 미주는 피식, 가벼운 웃음이 나왔다. 이 작자는 환자의 배가 무슨 지퍼 달린 필통 같은 것인 줄 아나 봐. 한 번쓱 열어보고 되면 꺼내고 안 되면 그냥 닫고.

"암이 안 보이기도 한다는 뜻인가요?"

"……네. 육안으로 보이지 않는 크기가 있다는 거지요. 다시 재발하는 경우가 그렇습니다."

"그런 경우는요?"

"다시 배를 열고 제거하기도 하고, 2차 수술이지요. 3차까지 재발한다면 그때부터는 항암제를 집중적으로 써야겠지요."

"항암제요?"

의사는 이런 것까지 설명해야 하나, 하는 듯한 표정이 되었다.

"이해하기 쉽게 말씀드리자면 항암제는 독가스를 생각하시면 됩니다. 몸속에 가스를 채우는 것이죠. 그래서 나쁜 암세포를 죽이거나 증식을 더디게 만들죠. 물론 정상 세포의 손실도 감수해야 하겠지요."

"제 몸속에다가 무슨 화학전을 일으킨다는 말로 들리네요. 맞나요?"

"네?"

"그러니까 선생님 말씀의 요지는, 확실할 수는 없지만, 방법이 그것밖에 없으니 한번 해보라. 지퍼를 열 듯 배를 북 째서 잘라낼 것 잘라내고 다시 닫았다가 재발하면 다시 열거나 아니면 독한 약을 몸속에 잔뜩 집어넣어 화학전을 일으키고. 맞습니까?"

"으…… 흐음!"

미주는 벌떡 일어섰다.

"미…… 미주야! 왜 이러니?"

"결국 아무것도 장담할 수 없다는 거 아닙니까? 맞죠? 솔직하게 대답해주세요! 그렇죠?"

"그…… 그렇습니다만."

"아…… 아니, 선배님."

"그러면 당신이 무턱대고 입원부터 하라고 하면 안 되죠. 최소한 낫게 해주겠다는 신념이나 확신 정도는 보여야지, 안 될지도 모른다, 하지만 입원해라, 배를 갈라 보고 난 뒤에 애기하자, 재발해도 어쩔 수 없다, 한마디로 복불복이고 재수다. 당신, 의사로서 이런 투의 애기가 말이 된다고 생각해요?"

정란은 당황했다.

"선배님, 죄송합니다. 애 심정을 이해해주세요. 미주야, 그만둬. 무례하게 굴 이유가 없잖아."

"없긴 왜 없어? 암 환자를 다루는 의사는 환자에게 신뢰감을 줄 수 있어야 해. 너무 불안하니까. 참담하고 무서우니까. 그런데 저 사람은 마치 자신이 무료 시술이라도 해주는 것처럼, 자신은 절대로 죽지 않고 마치 나를 죽였다 살렸다 할 수 있는 것처럼 거들먹거리는 자세로 앉아 능청 떠는 표정을 짓고 있잖아."

"난 그만 나가봐야겠습니다."

놀람과 불쾌감에 얼굴이 붉게 물든 의사는 벌떡 일어나 책상 위에 놓인 차트를 들고 성큼성큼 문을 향해 걸었다. 미주는 그의 뒷머리에 대고 소리를 질렀다.

"그 정도면 누가 의사를 못 해? 나도 한다, 나도 한다고!"

"그럼 맘대로 하시오!"

의사는 한마디 던지고 화가 잔뜩 치민 얼굴로 문을 열고 사라졌다. 정란은 씩씩거리는 미주의 팔을 끌어당겨 앉혔다.

"너 정말 왜 이래? 그렇게 막 나가면 안 돼. 그 선배는 알아주는 암 전문의라고."

"전문의 좋아하네. 그딴 얘기나 지껄이면서 시술한다면 나도 하겠다. 신뢰감도 전혀 안 주고 환자에 대한 책임감조차 조금도 없잖아. 나이도 많아 봐야 40대 중반인 게. 전문의면 뭐하냐고? 인간이 안 됐잖아. 인간이! 더러운 자식!"

미주는 분노와 모욕감을 이기지 못해 부르르 떨다가 소파에 털썩 주저앉았다. 눈을 감았다가 다시 떴다. 그동안 가슴속에서 몇 번이고 감정의 폭풍우가 지나갔다. 정신을 차리기 힘들었다. 왜 하필이면…… 하는 생각은 하지 않았다. 어떻게 이런 잔혹한 운명이 내게로 온 걸까 하는 생각도 하지 않았다.

미주가 자신의 몸을 돌보지 않은 것은 사실이었다. 위암에 걸리지 않으려면 30대엔 2년에 한 번씩, 40대엔 1년에 한 번씩 정기적으로 고통스럽기 짝이 없는 내시경 검사를 받아야 한다. 미주 자신처럼 되지 않기 위해서. 발병을 막을 수는 없지만 조기에 발견하면 완치율이 90%까지 이르는 것이 위암이다.

증상이 나타난 뒤 부랴부랴 병원으로 가 투병 생활을 한 사람들을 미주는 몇 명 알고 있었다. 대학 선배의 아버지, 40대의 시나리오 작가, 그리고 엄마의 여고 단짝 친구였던 경옥이 아줌마. 전부 다 병원 침대 위에서 돌아가셨다. 피골이 상접한 얼굴로 바깥바람 한 번 쐬지 못하고 침대에만 드러누워 실험용 동물처럼 갖은 고통을 모두 다 겪어내다가.

경옥이 아줌마는 수술 뒤에 상태가 호전되어 살 수 있다고 믿었다. 하지만 재발되었고 급기야는 식물인간이나 다름없는 의식불명 상태로 3개월을 끌다가, 가족들의 결정으로 인공호흡기가 제거되었다. 얼마나 고통스러웠으면 경옥이 아줌마는 매번 가족들에게 눈으로 하늘을 가리키며 고개를 끄덕였다고 한다. 어떻게 생각하면 경옥이 아줌마도 몇 년은 더 자연 상태에서 살 수 있었을 텐데. 여러 차례 배를 가르고 조직 검사를 해서 환자의 건강을 엉망으로 망가뜨렸다고, 괜스레 큰돈을 쓰고 환자를 죽을 고생만 시키고 죽게 만들었다는 가족들의 얘기를 듣고 온 엄마가 언젠가 미주에게 말한 적이 있었다.

이런저런 경험으로 미주는 암 병원과 암 전문의에 대한 불신이 컸다. 현대 의학의 수준이 문제가 아니라, 환자를 대하는 의사와 병원의 태도가 인간적으로 무성의하게 느껴진다는 것이 환자는 물론 가족들에게 큰 불만이고 상처가 되어 남는다는…….

정란이 등을 다독여주는 가운데 미주는 손수건으로 눈물을 찍어냈다. 깊은 한숨이 새어 나왔다.

미주는 죽음을 가볍게 여겼다. 사는 게 어차피 죽어가는 과정이고 그 시기가 당겨진들 뭐 그리 큰 문제냐고 생각했다. 영화 촬영 현장에서 쓰러져 죽어도 여한이 없고 오히려 행복할 거라고. 승우를 다시 만나고 결혼하기 전까지 그녀가 현실을 살아낼 수 있었던 힘은 그런 정신력이었다.

그런데 막상 자신에게 암 선고가 떨어지자 분노와 슬픔, 허둥거림, 착잡함, 불안, 공포가 수시로 엄습했다. 그러나 시간이 흐르면서 미주는 어느 정도 차분해질 수 있는 힘을 얻었다.

무엇보다도 결정을 빨리 내려야 했다. 미주가 선택할 수 있는 건 2가지 중 하나뿐이었다. 병원에 들어가 투병 생활을 시작하는 것. 아니면 병실 침대를 거부하고 사는 데까지 꿋꿋하게 살아가는 것. 그 양 갈래 선택 길에서 그녀를 혼란스럽게 만드는 것이 태아였고 남편 승우였다.

미주는 그동안 여러 곳에서 자문을 구했다. 암이 이 정도로 진전되었다면 의료의 힘으로 어느 정도까지 감당해낼 수 있는가. 정말 태아는 포기하는 방법밖에 없는가. 투병을 시작했을 때 확률은 얼마나 되는가? 낫거나 재발할 확률은? 의료 조치를 받을 때 얼마만큼 살 수 있는가? 연장은 얼마나 가능한가? 의료 행위를 거부하고 그냥 버틴다면 얼마나 버틸 수 있는가? 고통은 어느 정도인가? 그렇다면…… 과연 아기를 낳을 가능성은 있는가? 건강한 아기는 가능한가?

당혹스러운 것은…… 경악스러운 것은…… 미주의 갈급한 의문에 대해서, 선택의 기로에 선 그녀에 대해서, 아무도 속시원한 확신을 주거나 신뢰감을 주지 못한다는 거였다. 수많은 병원이 있고, 첨단 의료 기기가 만들어지고, 암에 대한 무수한 이론과 학설이 쉼 없이 쏟아지고 있다고 해도 암 당사자에겐 너무나 무기력하게 느껴지는 것이 현대 의학이었다. 추측만이 난무하거나 '그건 아무도 모르죠' 하는 투의 대답 일색이었다. 또 한가지는 미주 상태라면 현대 의학으로도 그리 좋은 결과를 기대하기는 힘들다는 암시의 말투와 인상을 풍기는 전문의들이 여럿이었다는 거였다.

정확히 말해서 의사 본인들도 암에 대해 잘 모르고 있었다. 그러나 한결같이 '그냥 죽을 수는 없지 않으냐? 병원은 당신이 암과 싸우기로 마음먹는다면 최대한 도울 것이다. 이기고 지는 당사자는 결국 당신이다. 당신이 하루라도 빨리 결론을 내려주어야 당신과 우리 의료진이 힘을 합쳐 암세포와 싸울 수 있지 않겠느냐'라고 얘기하고들 있었다.

적의 정체조차 모르는 멍청한 작자들! 한심해. 그런 것들이 가운을 입고 거들먹거리다니!

전화벨이 울렸다.

"몸살은 어때?"

남편 승우였다.

"그저 그래."

"내가 잘 아는 의사한테 물어봤는데, 몸살이 그렇게 떨어지지 않는 이유는 신종 바이러스 때문이라고 하더라. 여의도에 있는 제법 알아주는 내과 의산데 미주 너 데리고 나오래. 딱 떨어지게 처방해주겠다고. 나오기 힘들면 증상을 세세한 것까지 메모해오래. 약 처방해주겠다고. 어떻게 할까?"

"괜찮아. 한결 좋아졌어."

"말만 그렇게 하지 말고. 너 요즘 기분이 완전히 가라앉았 잖아. 컨디션이 그 정도면 약 먹어야 돼. 너 내가 몇 번이나 약국에서 사 들고 간 약도 먹지 않는 것 같더라."

"정말 괜찮아지고 있어. 승우 씨, 신경 쓰지 마."

"그럼, 내가 네 증상을 잘 아니까 다시 약 지어 갈게. 그 의사 엄청 실력 있거든. 나 기다리지 말고 일찍 자. 설거지나 청소 같은 것도 신경 쓰지 말고 푹 자. 에어컨은 되도록 켜지 말고, 몸에 안 좋으니까. 끊는다."

미주가 뭐라고 할 사이도 없이 끊겼다. 그러더니 곧바로 다시 전화벨이 울렸다.

"왜 또?"

"미주야, 나야!"

"너냐? 왜?"

"왜라니? 이젠 너랑 말싸움하고 싶지 않아. 내가 수속 밟아 놨어. 네가 싫어하던 그 의사 아냐. 다른 병원이고, 암 전문 센터인데 전부 다 전문의들로만 구성돼 있어. 시설도 최고고. 승우 씨한테는 얘기했지? 승우 씬 뭐래? 당연히 너 입원하라지? 설마…… 아직도 안 한 건 아니지? 애! 너 내 말 듣고 있는 거니?"

"낫는다는 믿음만 갖게 해주면 나도 그런다. 나도 살고 싶어. 간절히. 그래, 네가 보증 설래? 나 투병 생활로 골병만 들다가 죽이지 않겠다는 보증 해줄래?"

"……그래, 내가 할게. 할 수 있어."

"담당 전문의도 못하는 걸 네가 어떻게 한다고 그래?"

"너…… 정말 이렇게 나올래? 수많은 환자를 겪고 애길 들었어도 너처럼 무지막지하게 나오는 애는 첨이다. 너 지금 시기를 놓치고 있는 거야. 이 순간에 마지막 기회를 잃어버리는 짓을 저지르고 있을 수도 있어. ……미주야, 한 번 해봐. 어차피 죽는다 치고 한 번 원 없이 해보자. 나도 도울 거고. 나…… 너도 그렇고…… 승우 씨 생각하면 요즘 잠도 잘 안 오고 미칠 것 같다. 승우 씨가 널 좀 사랑하니? 넌 그 남잘 봐서라도 이러면 안 돼. 승우 씨가 나보고 뭐라고 그러겠니? 왜 진작 알려주지 않았느냐고. 정말 이럴 수 있느냐고 나한테 미친 듯이 따지면 내가 뭐라고 그러겠냐?"

미주는 승우에게 알리면 아파트 옥상에서 떨어져 죽지는 않아도, 승우와 헤어져 집을 나가겠다고 했다. 미주의 한다면 하는 성격을 익히 잘 아는 정란은 이러지도 저러지도 못하고 있었다.

미주는 전에 정란이 했던 말이 떠올랐다. 자신들이 가진 것은 목숨이고 아기들이 가진 것은 생명이라고. 시간과 욕망의 때가 묻어 낡고 비루해진 냄새가 나는 헌 목숨과 연둣빛 잎사귀와 이슬과 대기를 자유롭게 날아다니는 햇살이 녹아 있는 것 같은 생명. 그 생명을 미주는 자신의 배 속에 가지고 있다고 했다.

정란은 미주를 설득하기 위해 갈급한 목소리로 끊임없이 얘기하고 있었다. 미주는 수화기를 탁자 한쪽에 내려놓은 채 자신의 아랫배를 만졌다. 며칠 전부터 아이가 움직이는 것 같은 느낌이 들었다. 뭐랄까. 자그마한 물고기의 움직임. 그 경이로운 움직임. 그 느낌은 인생이 여자에게 주는 최대의 희열이었다. 10대와 20대에는 목욕탕에서 배가 불룩한 임산부의 벗은 몸을 보고 이마를 찌푸린 일이 여러 번 있었다. 얼마나 동물적으로 보였는지. 인간이기를 포기한 듯한 여자의 어눌한 움직임과 보기 흉한 체형을.

그러나 지금, 사랑하는 사람의 일부를 자신 속에서 키워가는 기쁨은 상상할 수 없을 정도로 큰 행복감을 주었다. 마치 아주 작아진 승우를 배 속에서 조금씩 키우는 기분.

내가 걸으면 아기도 걷고 내가 자면 아기도 자고 내가 먹으면 아기도 함께 먹는다는 놀라운 동일감은, 겪어보지 않은 사람은 도저히 느낄 수 없는 충만감이었다.

작은 천사를, 작은 천국을 배 속에 담고 있는 느낌.

하지만…… 뭐라고 말하기 힘든 칼날의 느낌이 문득문득 들지 않는가.

태아의 바로 위에서 암세포들이 확장하고 있었다. 아기의 생명 위에서 미주 자신의 죽음이 영역을 넓혀 가고 있었다. 그런데도 아기는 조금씩 싹을 키우듯 몸을 키워 미세한 움직임을 엄마에게 보내고 있는 것이었다.

'나…… 여기 있어…… 엄마…… 나야. 안녕! 엄마…….'

놀라워라. 삶과 죽음이라는 극과 극의 형태가 한 몸속에서 활발히 움직이고 있다니……. 미주는 경악과 찬탄을 자아냈다.

아기는 희고 선한 천사. 암세포는 검은 악의 그림자.

그렇다면…… 천천히 생각해보자. 악을 제거하기 위해…… 그래, 그놈들 때문에 아기를 먼저 죽인다는 건 너무나 어이없고 잔인한 짓이 아닌가.

완치한다는 보장도 전혀 없는데. 멀쩡하게 자라나는 아기를 없애버리다니, 그럴 수는 없어. 절대로! 말도 안 돼. 자기가 살겠다고 아기를 죽이는 건 정말 내키지 않는 짓이야. 어떻게 가진 아기인데. 내가 투병을 해서 살 가능성도 희박하지만, 산다 해도 위를 들어낸 몸이 온전하지도 않고 재발이라는 공포에 내내 시달려야 하지 않는가.

만신창이가 된 몸으로 아기를 다시 갖는다는 건 거짓된 희망에 불과해. 유혹이고 자신을 속이는 비겁한 타협이지.

미주는 한 손은 아랫배에, 다른 한 손은 가슴에 갖다 댔다.

아기 속에는 승우 씨도 나도 들었어. 그와 나의 사랑으로 빚어낸 분신이지. 내가 세상에서 가질 수 있는 유일한 아기고 태어나게 할 수 있는 유일한 아기야.

그래, 기꺼이 내 목숨을 바칠 수 있어. 어떻게 해도 불확실한 게 내 목숨이고 죽는 목숨인데 아기만 태어나게 할 수 있다면.

미주의 눈빛이 빛나기 시작했다.

어떻게 해야 하나 망설이는 동안 불안과 공포, 두려움이 시시각각 미주의 목을 조여왔다. 하지만 아기 쪽으로 생각을 정리하자 갑자기 용기가 생기고 힘이 나는 것 같았다. 숨을 크게 들이마실 수도 있었다.

아기를 보호해야 돼. 아기가 무사히 태어날 수 있도록. 이제는 그것만 생각하고 그쪽만 보고 가는 거야. 아기만 생각하고 아기를 위한 일만 생각하고 행동하는 거야. 난 상관없어. 아무래도 좋아. 그래, 그러자! 더 이상 흔들림 없이. 절대로 흔들림 없이.

미주는 수화기를 들어 귀에 대보았다. 전화가 끊겨 있었다. 미주가 오랫동안 아무 말이 없자 정란이 끊은 것이다.

미주는 수화기를 들고 번호를 눌렀다.

"정란이니?"

"아⋯⋯그, 그래. 미주야, 이젠 내 말대로 하는 거지? 나랑 같이 오늘 가는 거야. 그럼 중간 지점에서 만나자."

"정란아!"

"응"

"네가 좀 도와줘."

"물론이야, 잘 생각했어. 최선을 다할게. 승우 씨도 널 살려 낼 거야. 내가 장담할 수 있어."

"난 결정을 내렸거든. 내 뜻대로 할 수 있게 네가 옆에서 좀 도와줘. 부탁이야. 정란아!"

"⋯⋯미 ⋯⋯주야? 서⋯⋯ 설마 너⋯⋯?"

"그래. 아기를 낳을 거야. 다른 건 생각하지 않고 아기만 생각하기로 결정했어. 내 결정은 절대로 변하지 않을 거니까 너도 나를 도와주었으면 좋겠다. 어차피 의료적인 도움도 필요하게 될 테니까 네가 도와줘야 돼."

"마⋯⋯ 말도 안 돼. 미주야, 그건 너무나 어리석어⋯⋯ 정말 너 바보처럼 굴 거니? 독종처럼 굴 거니?"

"정란아. 너도 마음을 가라앉히고 내 입장에서 생각해보면 내가 왜 이런 결정을 내렸는지 누구보다도 충분히 이해할 거야. 생각해봐, 내가 희망을 걸 수 있는 건 암 퇴치 같은 게 아니고 내가 가진 아기를 무사히 낳는 거야. 나와 승우 씨 사이에 낳을 수 있는 유일한 아기잖아. 너무나 소중해. 이해하지?”

“…….”

잠시 뒤 정란의 흐느낌 소리가 가늘게 흘러나왔다.

“정란아, 미안해. 어째 내가 널 매번 힘들게 하는지 나도 잘 모르겠다.”

“그래, 아직 통증은 없었니?”

“아니, 전혀. 말짱해. 사실 난 지금도 내가 위암 3기라는 게 믿기지 않아. 평소와 똑같거든. 오진이라고 생각하려는 게 아냐. 단지 잊고 살다 보면 사람이 벼락을 맞듯이 하늘에서 내리는 기적이라는 것도 있지 않겠니?”

“…….”

“승우 씨에게 말할 거야. 아기를 가졌다고.”

“그 사실도 얘기해.”

“아니. 그건 좀 뒤에 해도 늦지 않아. 어차피 나에 대해선 더 이상 늦을 것도 없는걸.”

“아마…… 난 승우 씨한테 평생 너 때문에 원망을 듣고 살게 될 거 같다.”

“도와줄 거지?”

“……그래. 네가 꼭 그래야만 한다면 나로선 어쩔 수 없지. 하지만 네가 다시 생각해주기를 바라는 마음도 간절해. 하루 빨리 번복하고 ‘날 살려줘 정란아! 제발!’ 하고 매달리면 내 마음이 덜 아프고 덜 죄스러울 것 같아."

"알아. 네 마음. 정말 고맙다!"

정란은 애써 감정을 자제하다가 뭔가 북받치는 듯 서둘러 전화를 끊으며 말했다.

"언제 어떤 상황이든 필요하면 연락해줘. 무엇이든 네 뜻대로 즉시 해줄 테니까."

저녁에

저렇게 많은 중에서

별 하나가 나를 내려다본다

이렇게 많은 사람 중에서

그 별 하나를 쳐다본다

밤이 깊을수록

별은 밝음 속에 사라지고

나는 어둠 속에 사라진다

이렇게 정다운

너 하나 나 하나는

어디서 무엇이 되어

다시 만나랴

— 김광섭 〈저녁에〉

폐
교

1998년 9월 5일

며칠 사이에 미주는 영화사를 빠르게 정리했다.
기획실장에게 말했더니 현 체제를 자신에게 넘겨
주면 어떻겠느냐고 했다. 그는 미주가 아기를 가
져, 적어도 몇 년간은 일을 그만두겠다는 결정을
내린 것으로 해석했다. 미주가 그런 징후의 말을
몇 마디 흘려두었기 때문이었다. 그건 잘된 일이었
다. 10명이나 되는 직원이 자신의 개인적인 일로
직업을 잃는 것이 기분 좋을 리 없었던 미주는 흔
쾌히 기획실장의 제안을 받아들였다.

현재 진행 중인 영화 제작 관련 건까지, 사무실
에 가득 찬 영화 자료와 서류, 영상 카메라 기자재,
비품 일체까지 그대로 넘겨주면 좋겠다는 그의 말

에 미주는 쉽게 그러자고 했다. 영화사 이름과 미주가 애써 쌓은 유무형의 실적 같은 브랜드도 함께. 기획실장은 그 모든 비용을 뽑아서 제출하겠다고 했다. 미주는 그냥 몸만 빠져나오는 형태였다. 대표가 바뀌는 것일 뿐 직원들은 그 사무실에서 그대로 일한다고 생각하니 마음이 가벼워졌다.

평생 열정적으로 하고 싶었던 일을 접었다는 아쉬움과 상실감이 컸지만 미주에게 그런 일은 비교적 간단한 수순에 불과했다. 문제는 사람들이다. 미국에 있는 남동생과 시댁 어른들, 정란이를 비롯한 몇 명의 절친한 지우(知友)들, 그리고 생각만 해도 목 위로 단번에 물이 차올라 눈에서 흘러내리게 만드는 승우라는 남자…….

미주는 일찍 일어나 오랜만에 화장대 앞으로 가서 얼굴을 손보았다. 아내와 간단하게 아침을 챙겨 먹은 승우는 실내에서부터 선글라스와 모자를 쓰고 여행 가방을 챙기고 있었다. 룰루랄라였다. 승우는 여름 내내 방송국 사정상 휴가를 내지 못하다가 여름이 다 끝나가는 어제 나흘간의 휴가를 얻었다.

그들은 속초에 가기로 했다. 대포항에서 회도 먹고, 그 근처에서 자리 잡은 CDS 주철 선배 집에서 묵기로 했다. 주철 선배는 통계학과를 나와 잠시 공무원 생활을 하다가 접고는 아내 경희 선배와 강원도로 내려가 도자기를 만들고 있었다. 경희 선배가 도예학과 출신이었는데 이제는 주철 선배가 훨씬 잘 만드는 모양이었다. 몇 번 통화했었는데 아내도 인정하는 모양으로 주철 선배는 큰소리를 치면서 놀러 오면 자기 솜씨를 유감없이 보여주겠다고 했다. 작년에 폐교에 자리 잡았는데 4차선 도로변이고 바다가 코앞이라 했다. 운동장도 널찍하고 관사와 기숙사까지 있어서 서울 인간들이 한 며칠 놀다 가기엔 최상이라며 초대했었다. 덩치가 곰 같고 텁석부리 수염이 멋있는 호인 타입의 주철 선배와 경희 선배는 승우와 미주 모두 잘 알고 있었기 때문에 이번에 마음먹고 편안하게 찾아가는 길이었다.

"바로 오라구요? ……네, 네, ……하조대를 넘으면 공항 휴게소가 나오고 그러면 다 찾은 거라구요? 30초 정도 차를 속초 쪽으로 몰면 4차선 도로에서 다리가 있는 샛길이 보이고, 오른쪽 외길을 따라 바다 쪽으로 10초만 천천히 차를 몰면 학교가 나온다…… 맞아요? 네, 네…… 그러지요 뭐. 미주하고 상의해서 결정되는 대로 다시 전화 드릴게요. 형수님 잘 계시고 태민이 태현이 잘 크죠? ……하하하, 그러실 겁니다. 사내 애들 2명은 탱크 2대가 굴러다니는 것 같죠. 알았습니다. 네, 곧 출발할 겁니다. 네, 곧 뵙겠습니다."

승우가 가방을 다 싸고 들뜬 마음으로 미리 사정과 분위기를 파악할 겸 주철 선배에게 전화한 모양이었다.

"뭐래?"

"응, 한계령 쪽으로 넘어오는 것보다 대관령 쪽이 빠를 거라고 하네. 대관령 넘을 때만 좀 밀리고 나머지 영동고속도로 구간은 거의 4차선으로 뚫려 있어서 훨씬 빠르다고"

"그렇다면 강릉 쪽으로 가야겠네? 그럼 회는?"

"회도 선배 사는 쪽에 널렸대. 자기가 릴낚시로 직접 잡아줄 수도 있다나. 공짜로 싸게 실컷 먹여줄 테니까 애꿎은 데 돈 뿌리지 말고 바로 집으로 오래. 준비해놓겠다고."

"잠자리가 불편하지 않을까?"

"전혀 안 그렇다는데? 미주 네가 결정해. 어느 쪽으로 가든 난 상관없어."

미주는 하루 종일 바다만 바라보며 승우와 조용히 쉬고 싶었다. 하지만 그게 첫날이든 마지막 날이든 상관없을 것 같았다. 아니, 사람 좋은 선배 부부와 있다 보면 더욱 평화로워져서 무슨 얘기든 자연스럽게 꺼내기 쉬울 것도 같았다.

"승우 씬?"

"나? 글쎄 다 좋대두."

차 뒷좌석에 릴낚싯대와 여행 가방 2개를 밀어 넣으며 승우는 싱긋거렸다. 지금까지 그는 언제나 그랬다. 의견이 갈릴 소지가 있는 것은 언제나 미주에게 선택을 맡겼다. 미주와 같이 사는 것만으로 이미 인생의 목표와 목적을 이루었다고 말하곤 했다. 하지만 미주는 이제부터라도 그의 의견대로 해주

고 싶었다. 사소하지만 지금까지 그녀가 마음껏 누려온 결정
권을 그에게 돌려주고 싶었다.

"이번엔 승우 씨가 결정해."

"별일이네. 글쎄, 난 미주 너와 같이 있는 것만으로 어디고
무조건 좋다니까."

"아무튼 핸들 잡은 사람이 승우 씨니까, 승우 씨 맘대로 가.
하긴…… 주철 선배 어떻게 사나 궁금하긴 하다. 그 선배 학
교 다닐 때부터 말술이었는데 경희 선배 엄청 속 썩었겠지?

"주위에 횟감이 널려 있어도 술 마실 사람이 없어 못 마신
다고 하던데? 그러면…… 먼저 그 집에 들를까?"

"그래."

"후후후, 됐다!"

승우는 침을 꼴깍 삼켰다.

"어이구, 그 생각하니까 자기 눈이 다 번쩍거린다."

"그걸 말이라고 해. 바다 냄새 물씬 풍기는 싱싱한 회가 날
부르잖아. 그것도 무진장이면서 공짜라는 게…… 흐흐흐!"

"아저씨, 그러다가 서울 돌아올 때는 대머리 돼 있을랑가
몰라. 조심하셔."

"문어! 그래, 문어만 잔뜩 먹으면 그렇게 될지도 몰라."

쾌청한 날씨처럼 승우와 미주는 연신 킬킬거렸다.

한강 변을 끼고 올림픽대로를 타다가 하일IC에서 꺾어 서

울 톨게이트를 향해 달렸다. 주말이라면 꼼짝없이 막혔겠지만 다행히 평일이라 길은 쉽게 뚫렸다. 승우의 마음 박자를 맞춰주듯 라디오에선 경쾌한 〈Surfing USA〉가 흘러나왔다. 비치 보이스가 '가서 신나게 놀라고! 너희들 바다를 맘껏 즐겨봐!' 하고 소리치는 것 같았다.

"하하하, 정말 절묘한 타이밍이야. 이 노래 널 위해 틀어준 댔어. 김호진 선배 PD인데, 미주 너도 한 번 봤지? 잠자리뿔테 안경을 낀 날렵한 체구를 가진 사람 말이야."

"응, 기억나."

"바다로 가는 감독을 위해서 첫 음악을 이걸로 띄우기로 했거든. 내가 이 타이밍 맞추려고 얼마나 머릴 굴렸는지 알아?"

"정말이야? 괜히 꿰어맞추는 거 아냐?"

"야아, 너 그렇게 나랑 살아도 모르겠냐? 지금 김 선배랑 전화 연결시켜줄까?"

"아, 됐네요. 근데, 방송을 그렇게 사적으로 써도 되는 거야? 고발하면 문책감이다, 너. 심의에도 걸리고."

"오! 이 놀라움! 너한테서 처음 듣는 꽉 막힌 소리다. 비치 보이스 노래는 여름 명곡이야. 여름에 개들 노래로 기분 방방 띄워주겠다는데 누가 딴지를 거니? 청취자들이 가장 좋아할 만한 곡을 틀어주는 건 기본이지. 단지 의미를 우표 붙이듯 붙이는 것뿐 절대로 권한 남용이 아냐."

"흐으…… 응! 못 믿겠다. 승우 씨가 사랑을 얻기 위해서 자기 프로를 얼마나 이용했는지 사람들이 알면 까무러칠걸?"

"이거 왜 이래? 나도 한 사람의 청취자로 사연을 보내 아르바이트생들에게 당당히 뽑힌 거라구. 그리고 내가 쓴 내용들이 얼마나 인기가 있었는지 모르지? 내 주소를 가르쳐 달라는 엽서가 하루에 스무 통씩은 왔었다."

"정말?"

"그래. 방송국 캐비닛 박스 안에 따로 모아뒀으니까 얼마든지 증거품을 보여줄 수 있어."

"그걸 왜 모아 두니? 뭐하러? 너 호……혹시?"

"흐흐흐…… 어떻게 알았을까. 그 엽서랑 편지 중에는 열정적이고 달콤한 내용도 많더라고. 사람은 훗날을 대비하는 유비무환 정신이 있어야 하잖아. 만약 자기가 날 걷어찬다면 난 당장 그 박스가 있는 곳으로 달려갈 거야."

"달려가선?"

"그야 뭐 마구 전화를 거는 거지. 절 만나고 싶어 하신 누구누구 씨 맞나요? 네, 저…… 전 결국 버림받았답니다. 흑흑흑, 넷? 괜찮다고요? 당신이 절 구원해주시겠다고요? 고맙습니다. 그럼, 어디서 만날까요, 하는 거지 뭐."

"소설을 썼어요, 소설을! 언제 가서 그 박스 통째로 확 불 질러버릴 거야."

"그럼, 금고털이범 데리고 가야 할걸. 문은 잠겼고 비밀번호는 나만 알고 있으니까."

"자꾸 그러면 방송국 전체를 폭파시킬 거다. 내가 다이너마이트 구할 정도의 역량이 있는 거 잘 알지? 충무로에 몇 번만 전화 때리면 자기 방송국 날릴 정도 양의 다이너마이트는 곧바로 배달돼."

"이…… 이크! 그걸 몰랐군. 어이구 몰랐습니다, 형님! 서울로 돌아가는 즉시 그 박스를 당장 처치해버리겠습니다! 제발 제 일자리만 건들지 말아주십시오, 형님! 됐어? 봐주는 거지?"

하지만 미주의 표정은 마른 빵처럼 굳어 있었다. 라디오 음악 프로 앞으로 날아오는 엽서는 1년 정도 모아 둔다. 나중에 예쁜 그림과 사연, 시가 담긴 엽서전도 따로 열 정도니까. 승우가 농담으로 그런 얘길 한다는 걸 미주는 잘 알고 있었다.

하지만 불현듯 가슴이 답답해지면서 아팠다. 이 남자는 나 없이 어떻게 하나. 겨우 서른 초반의 남자가 평생을 혼자 살 수는 없지 않겠는가. 다른 여자에게 이 남자를 보내야 한다. 순수해서 곧잘 어리광까지 부리는 이 남자를 포근하게 잘 안아주고 재워줄 여자……. 내 발 씻겨주기를 좋아하고 내가 자기 얼굴 씻어주는 걸 좋아하는 이 좋은 남자의 새로운 여자가 될……여자…….

생각만 해도 가슴이 쓰렸다.

"참, 그 아가씨 잘 있어? 이름이 영은이랬지? 우리 결혼식 때 꼭 참석하고 싶다고 하는데 자기가 일부러 먼 곳에서 날아올 필요가 없다고 했던 그 여자 말이야."

"에이, 왜 그래? 순전히 농담인 거 알면서."

"알아. 하지만 갑자기 그 여자가 궁금해서."

"결혼했어. 우리 결혼한 뒤에 1년 정도 지나서. 남편은 교수고 영은이는 개업의고, 잘 사는 것 같아."

"으응 그렇구나. 연락은 하고 사는 모양이네."

"작년 연말에 전화 왔었다고 내가 애기했었잖아. 넌 그때 인쇄소에서 나온 영화 팸플릿 고르느라 정신없었고. 그 이후 론 연락 안 왔어."

"후회 안 해? 그 여자, 어머니가 최고라고 하셨던 것 같은데. 예쁘고 젊고 집안 빵빵하고 당신 무지 사랑하고."

"아아, 왜 이러니, 이 멋진 날에. 나 너 없으면 3일도 못 산다는 거 잘 알면서 괜히 트집이네."

"후후후, 별로 그럴 것 같지 않은데?"

"미주야. 너처럼 머리에서 국화 향기 나는 여자가 흔한 줄 아니? 그 향기에 내가 완전히 갔다는 거 아냐. 난 미스터 세계 챔피언 같은 거 뽑지 말고 '여자 사랑하기 세계 대회' 같은 거 열렸으면 좋겠어. 내가 나가면 보나 마나 챔피언일 텐데. 같이 살고 있어도 아직 날 모르니? 섭섭하다."

"만약 나 죽으면 혼자 살아야 돼. 알았지? 하지만 난 승우 씨 갑자기 죽으면 절대 혼자 안 살 거다. 이제 웬만큼 지위가 잡히니까 주변에 괜찮은 남자들 쌔고 쌨더라."

"에이! 젤 듣기 싫은 소리다. 나 화낼 거야. 그런 무책임한 말을 하다니! 부탁하는데 더 이상 재 뿌리지 마. 마치 어이없게 골을 내고 갑자기 심통 부리는 철부지같이 보이니까."

"하긴 내가 좀 심했다 그치?"

"응. 위로해줘."

"응?"

"내 가슴 쓰다듬어줘. 아까 네 말에 경기 일으켰거든."

미주는 손바닥으로 그의 가슴을 쓰고 토닥거렸다. 그의 표정은 금세 천진난만하게 바뀌었다.

미주의 눈에 눈물이 어렸다. 그녀는 얼른 자기 쪽의 창문으로 고개를 돌렸다. 산다는 게 점점 더 절실하게 느껴지고 있었다. 하루하루의 일상이란 게 점점 더 뼈저리게 가슴속으로 파고들고 있었다. 가볍게 흘러가버린다고 느꼈던 시간은 얼마나 소중하고 안타까운 것인가. 작열하는 태양 아래 펼쳐진 자연의 생생함. 아름다웠다. 처음 눈 뜨고 보는 것처럼 산의 나무들은 푸르렀고 싱그러웠다.

미주는 창문 너머 풍경을 보고 중얼거렸다.

"녹음 빛깔이 너무나 생생하네!"

주문진을 지나자 바로 양양이었다. 4차선 도로 옆으로 커다란 돌에 음각으로 새긴 지명이 세워져 있었다.

승우는 액셀러레이터에서 발을 놓고 브레이크를 밟아 속도를 줄이며 미주를 돌아보았다.

"주소가 정확히 어디랬지?"

미주는 수첩을 뒤적거렸다.

"양양군······ 손양면······ 상운리······ 상운초등학교! 하조대를 지나서 공항휴게소를 찾으면 돼. 거기서 보면 넓은 벌판이 있고 맞바라보면 긴 들둑 너머 폐교 교사가 보인다고 했잖아."

"그래. 어림잡아 한 20분만 달리면 될 것 같아."

"나, 거기 가서 도자기 만들어야지."

"네 속셈이 보인다. 너무 욕심은 부리지 말라고."

"잔 1개만 만들 거야. 자기가 평생 쓸 수 있도록. 국화꽃도 그려 넣고 손잡이 아래 내 이름도 써놓고."

"2개 만들어야지. 세트로. 자기하고 나하고 같이 마시는."

"아니, 1개만 만들 거야. 만들어서 승우 씨 준다니까! 욕심 부리지 말라며?"

"야아, 정말 오늘 언어불통이다. 맘대로 해!"

그렇게 몇 번 가볍게 티격태격하다 보니 공항 휴게소가 나왔다. 그들은 차를 세웠다. 선배 부부가 일러준 대로 앞쪽에 넓은 벌판이 펼쳐져 있었고 오른쪽으로는 바다가 있었다. 시선이 벌판을 가로지르자 기다란 기차 같은, 성냥갑 같은 교실 건물이 들둑 너머로 보였다.

"승우 씨! 저기야!"

"햐, 무지 찾기 쉽군. 이건 너무 빨리 도착한 거 아냐?"

오후 2시가 조금 넘어있었다.

"전화해볼까?"

"바로 코앞에서 무슨 전화냐?"

"점심 때문에 그렇지. 시간이 좀 그렇잖아."

"배고프니?"

"아니, 승우 씬?"

"오면서 계속 군것질을 했더니, 전혀. 그냥 가보자. 바다가 가까우니 나중에 회라도 좀 먹으면 되지."

"승우 씨 정말 살판난 얼굴이다. '회'라는 말만 하면 자기 침부터 흘리는 거 알아?"

"그랬나? 흐흐, 난 정말 솔직한 게 탈이야."

공항 휴게소에서 500m 정도 속초 방향으로 달리자 주철 선배가 말했던 대로 갈라지는 지점이 있었다. 다리도 있었다. 오른쪽 바다로 난 길로 200m 정도 서행을 해서 폐교 입구에 닿았다.

〈핸드메이드〉라는 간판이 걸려 있었고 도자기, 염직한다는 소제목이 입간판에 자잘한 페인트 글씨로 씌어 있었다.

"염직?"

"천에 물들이는 거 아냐? 아아, 근데 경희 선배 그런 것도 했었냐? 몰랐네!"

"손재주 있는 거 알아줬잖아. 생각 안 나? 나 4학년 때 OB 모임 있었을 때 말이야. 경희 선배 쪽빛 나는 개량 한복 입고 왔었잖아. 자기가 만들었다면서."

"그랬었나?"

"근데…… 아아, 여기 정말 살기 좋다. 바다도 가까운 데 있고 교통 편하고, 공기 좋고, 맘껏 뛰어놀 넓은 운동장도 있고."

"나도 이런 데서 살고 싶다. 한 1년 만이라도!"

"승우 씨, 우리 정말 그럴까? 주철 선배랑 경희 선배한테 한번 부탁해볼까?"

"어이구, 아서요. 미주 너는 아마 1달도 못 견딜 거다. 영화가 하고 싶어서 미칠걸."

승우는 아직 미주가 영화사를 정리하고 있다는 사실을 모르고 있었다. 그만큼 미주가 기획실장에게 철저히 입단속을 시켰기 때문이었다.

승우는 차를 교문 안쪽에 주차시켰다. 운동장 반대쪽에서 어린아이 2명이 그네에 매달려 놀고 있었다. 7칸의 교실로 된 일자형 교사가 산사처럼 조용했다. 흰 페인트칠이 되어 있어 정갈한 느낌을 주었다. 미주와 승우는 일단 아이들 쪽으로 걸어갔다.

"누가 태민이고 태현이지?"

"큰 녀석이 태민이, 작은놈이 태현이. 2살 차이라지 아마. 큰 녀석이 7살 됐을걸."

미주에게 대답하며 승우는 아이들을 향해 크게 소리 질렀다.

"야, 태민아! 태현아! 작은아버지 오셨다!"

승우는 손을 활짝 펼쳤다. 하지만 아이들은 말똥거리는 표정이었다. 우리 삼촌이나 작은아버지는 아닌데, 처음 보는 사람이 와서 아주 다정스럽게 아는 체하는 것이 이상하다는 듯이.

똘망똘망한 아이들이었다. 둘 다 야무지게 생겼고 눈빛이 초롱초롱했으며 되받아치는 것도 똑똑했다.

"아저씨, 혹시 유괴범 아니에요?"

"야, 이런 좋은 데 사는 아이가 그런 흉악한 말도 알고 있네. 네가 태민이니?"

"예."

"넌 태현이고?"

"……예!"

동생은 밤톨머리를 한 번 긁더니 주먹을 자기 입으로 가져가며 쭈뼛거렸다.

"아빠, 엄마는 어디 계셔?"

"흙 파러 갔어요."

"흙? 아하, 도자기 만드는 흙?"

"아뇨. 인형 만드는 막흙이에요."

"야, 이놈 정말 똑똑하네. 언제 오시니?"

"조금 있으면요, 근데 아저씨 아줌마는 누구세요?"

"아, 우리…… 너희 엄마 아빠의 후배들이다."

"후배요? 그럼, 울 아빠 엄마 졸병들이겠네요?"

"졸병? ……하하하, 맞다 맞아. 그렇지."

승우는 녀석들이 귀여워 죽겠다는 표정이었다.

승우와 미주는 아이들을 그네에 태우고 밀어주었다. 형제는 잠시 누가 하늘 높이 발로 차나 시합을 벌이다가 약속이나 한 듯이 그네를 멈췄다. 그러고는 무슨 만화인가 비디오인가를 봐야 한다며 부리나케 교사 뒤쪽으로 달려가 사라졌다. 미주와 승우는 아이들이 떠난 빈 그네에 앉아 몸을 흔들었다.

교사 왼쪽으로 커다란 은행나무 한 그루가 서 있었다. 조금만 더 자라면 시골 동네 어귀에 선 느티나무처럼 보일 것이다. 나머지 은행나무는 어디 서 있을까? 은행나무는 암수가 마주 서야 열매가 열리고 꽃이 핀다던데. 미주는 막연히 그런 생각을 하며 주변을 두리번거렸다. 하지만 근처에는 자잘한 단풍나무와 얼룩버즘나무, 측백나무만 보일 뿐 또 한 그루의 은행나무는 보이지 않았다.

초등학교 정경은 옛날이나 지금이나 별반 변한 게 없었다. 건물과 그 앞의 화단, 국기봉, 네모난 연단, 시소, 그네, 철봉 따위. 하지만 미주의 눈엔 참으로 정겹게 보였다. 연단 가까이에는 도자기를 굽는 큰 가마와 작은 가마통 같은 게 보였다. 미주는 속눈썹을 오므려 천천히 정겨운 풍경들을 바라보았다. 다시 그 시절로 돌아갈 수 있다면 얼마나 좋을까, 하는 생각이 들었다. 그러면 암 따위는 가볍게 비켜나갈 수 있는 지혜와 기회를 가질 수 있을 텐데.

쇠줄에 커다란 고무판을 얹은 그네를 끼끄덩 끼끄덩 쇠줄 소리를 내며 타던 승우가 미주를 돌아보았다.

"내가 밀어줄까?"

"됐어. 자기나 맘껏 타."

"춘향이 만들어줬랬더니!"

"반바지 입은 춘향이도 있냐? 치마폭이 나부껴야 맛이지."

"그래도 내 눈엔 춘향이보다 예뻐 보인다, 뭐."

"향단이로 보이겠지."

"또 삐딱선 탄다. 우리 말 나온 김에 배도 한번 탈까? 요즘 고깃배도 하루 정도 싸게 빌릴 수 있다던데?"

"그래. 내일 타자. 주철 선배하고 낚시도 하고."

"어이구, 그거였군요."

"파닥거리는 고기를 낚아 올리는 즉시 회를 떠서 초장에 찍어 먹는 그 맛을 네가 몰라서 그래. 둘이 먹다 하나 죽어도 몰라."

"그래. 그럴 거야. 승우 씬, 나 죽어도 입가에 초장만 질질 흘리고 있을 거야."

"왓핫하! 정말 오늘 네 심통 못 말리겠다."

"잘못 말린 오징어는 배배 꼬이게 돼 있어."

"뭐? 역시 네 쏘는 맛은 일품이야."

"우리 저녁때 쏘가리탕 해 달래자. 승우 씨 혓바닥 쏘이게!"

"하하하, 또 당했어. 오! 난 역시 너 없인 못 살아!"

미주는 들은 체도 않고 정색을 했다.

"승우 씨. 주철 선배하고 경희 선배 있을 때 나보고 너, 너, 하지 마."

"그건 또 왜?"

"선배들은 내가 너보다 선배란 거 알잖아! 창피하단 말이야."

"풋, 알았네요. 미주 씨! 됐어?"

"응. 알고 있니? 그 맛에 내가 널 데리고 산다는 거?"

"알지 그럼. 내가 바본 줄 아는가 봐. 히히히!"

바다 쪽에서 바람이 불어왔다. 들판에 자라는 키 큰 녹색의 벼들이 일으키는 소리가 마치 파도 소리처럼 담장 너머로 밀쳐 들었다.

"언제 오려나? 멀리 간 거 같진 않은데?"

"우리 그 녀석들 보러 갈까? 학교도 둘러보고. 아님, 녀석들이랑 만화 영화나 같이 보든지."

"넌 애들이 그렇게 좋니?"

"그럼. 애들 보면 요 땅콩 같이 작은 것들이 언제 다 자라나, 신기하잖아."

"아들이 좋아, 딸이 좋아?"

"그건 또 왜?"

"글쎄 말해봐."

"글쎄…… 흐으음, 그래. 난, 딸이 더 좋아. 우선 예쁘잖아. 하는 짓도 그렇고. 노란 원피스에 흰 스타킹, 빨간 구두를 신기고 리본을 매주면 인형 같잖아. 손을 요렇게 모으고 무릎을 까닥대면서 병아리 같은 입을 삐죽이며 노래를 부르면……. 야아, 생각만 해도 행복하다."

그러다가 자기의 들뜸을 쥐어박듯이 아차, 하는 표정을 지었다.

"……미주야, 그냥 그렇다는 거지 별 뜻은 아냐."

"내가 뭐랬니? 흐으음, 딸이라…… 좋아, 그럼 그쪽으로 내가 한 번 노력해보지."

미주는 흐뭇한 표정을 지었다. 정란이가 태아 성별이 딸이란 것을 애기해줬기 때문이다. 승우가 외아들이라 아들을 원하면 어떡하나 걱정했는데 한결 가벼워졌다.

"뭐……? 너 방금 뭐, 뭐랬냐? 그…… 그럼 너……너…… 혹시? 미주야…… 너?"

미주는 그네에 앉은 채로 턱을 쳐들고 한쪽 다리를 꼬고는 거만스레 팔짱까지 꼈다.

"그래. 나, 임신했어!"

"저……저…… 정말이냐? 미주야 진짜지? 지금 자…… 장난하는 거 아니지? 농담이라면…… 나…… 나 무지 화낸다. 농담이라면 지금 말해!"

"승우 씨. 정말이야. 정란이가 그러는데 4개월이래. 아기가 완전히 들어섰대. 안전하게."

미주는 핸드폰을 꺼내 들었다.

"못 믿겠으면 확인해볼래? 그럴 필요도 없지. 내 아랫배를 만져봐도 돼. 도톰한 정도를 지나 약간 볼록해졌으니까."

"내가 그걸 어떻게 몰랐지? ……어디?"

승우는 환희가 터지기 직전의 얼굴로 한쪽 무릎을 꿇으며 미주의 셔츠 밑으로 손을 갖다 대었다. 확실하게 배가 좀 불러 있었다. 그런데 그걸 아직도 눈치채지 못했다니.

갑자기 승우는 벌떡 일어나 운동장 400m 트랙을 질주하기 시작했다. 마구 소리를 지르면서. 마구 펄쩍거리면서.

재 참 별나네. 결혼 전 백사장에서도 비슷하게 하더니. 역동적이긴 하지만 좀 그렇네. 점잖게 미소를 짓고 어깨를 가볍게 안아주면 안 되나? 저 날뛰는 것 좀 봐.

그런 생각을 하면서도 미주는 행복하게 승우가 헉헉거리며 4바퀴째 운동장을 도는 것을 지켜보았다. 담백 미소를 지었지만, 미주의 눈에는 눈물이 얼비쳤다.

운명이 가혹하지 않고 좀 너그럽게, 그냥 평범하게 대해주었으면 얼마나 기뻤을까. 그냥 처음 임신한 여느 여자들처럼. 그러나 지금 미주는 평범하다는 것이 얼마나 어려운 경지인지 절감하고 있었다.

승우는 텅 빈 운동장을 온몸으로 휘저어 기쁨으로 가득 채운 뒤 헉헉거리며 미주에게 달려왔다. 그리고 무릎을 꿇고는 미주의 다리 사이에 얼굴을 파묻었다.

"⋯⋯고마워. 미주야! 정말 너무나 고마워."

"고맙긴 뭐. 그 대신 2호는 안 만들어준다. 하나로 만족해야 돼. 알겠어?"

"물론이야. 하나라도 난 우주를 통째로 얻은 것 같아. 그 이상 뭘 바랄 수 있겠어?"

"근데 그거 전에 나한테 썼던 말 아냐?"

"그래? 너를 가졌을 때는 내가 여신을 얻은 것 같다고 한 것 같은데? 아닌가?"

"에구구, 능청스럽게도 이젠 잘도 잡아떼요."

미주는 자신의 무릎에 빰을 붙이고 두 손으로 자신의 허리를 싸안은 승우의 머리칼을 매만져주었다.

하늘이 파래. 햇빛은 눈부시고. 나뭇잎은 너무나 푸르러. 바람결엔 바다가 묻어 있는 것 같아.

미주는 고개를 들고 자꾸 그런 생각을 했다. 그녀의 가늘고 긴 손가락은 승우의 검은 머리숲에서 어찌할 줄을 모르고 문득문득 떨고 있었다. 그의 머리숲에서 빠져나오기 무섭다는 듯. 승우는 배 속에 있는 아기에게 끊임없이 무슨 말인가를 하며 행복한 웃음소리를 냈고, 미주는 턱을 치켜든 채 하늘을 향해 목을 늘였다.

이 남자는 여자와 사랑을 아는 사람이다. 여자에게 굽혀주고 무릎을 꿇어주어도 그만큼 더 높아지는 사람이다. 부드러움과 착함과 겸손함과 밝음을 가진 이 남자. 이 남자와 함께했고 함께하는 것만으로도 나는 행복하지 않았는가.

미주는 서러운 기운을 삼키며 목을 완전히 젖혀 눈부신 하늘을 가뭇하게 올려다보았다.

이 순간을 영원히 기억하고 싶어서. 뼛속에 푸른 바람과 함께 깊이 스며들게 하도록. 자신이 사랑을 만지고 있다는 것을 순간순간 확인하여 저 하늘 구름 어디엔가 모아 두기 위해서.

그
대
로

두
어
라

내가 곤경에 처해 있을 때 메리 수녀님은 나에게 와서

지혜의 말씀을 해주셨어요. 그냥 내버려 두라고

내가 암흑 속에 있을 때도 메리 수녀님은

내 앞에 와서 그냥 내버려 두라고 말씀하셨죠

그냥 둬, 내버려 두렴. 그냥 둬, 내버려 두렴

그냥 흘러가는 대로 두라고

지혜의 말씀을 속삭이시죠.

세상의 모든 상처받은 사람들이

아파하며 살아갈 때도 해답이 있을 거예요

그냥 내버려 두라고 비록 그들이 헤어지더라도

서로 다시 만날 기회는 있을 테니까

구름이 잔뜩 낀 밤이었을 때

날 비추는 한 줄기 빛이 있어요

그 빛은 내일 태양이 뜰 때까지 비출 거예요

나는 음악 소리에 잠을 깨죠

메리 수녀님이 내게 와 지혜의 말씀을 들려주죠

그냥 그대로 두렴. 그것이 유일한 방법이야 라고

— 〈Let It Be〉, The Beatles

* 미주와 승우가 서울로 돌아가는 차 안에서 같이 흥얼거렸던
  노래

태
아

   3일동안 미주는 대단히 행복했다. 주철 선배와
경희 선배는 자족할 줄 아는 사람들이었다. 삶이
소박하고 검소한 만큼 바닷빛, 하늘빛 쪽빛의 마음
을 가진 사람들이었다.

   그들 가족은 일자형 교사 뒤 오른쪽 구석에 있는
관사에서 생활했다. 그 옆으로 20m 떨어진 독단
외채가 기숙사였는데 미주와 승우는 그곳에 머물
렀다. 수도 시설이며 화장실, 우물까지 옆에 있어
서 그 물을 두레박으로 퍼마시면 내장이 시원해질
정도였다. 학교 뒤편으로 이어진 마을에는 순박한
사람들이 모여 살고 있었다. 산나물도 흔했고 해산
물도 흔했다.

   주철 선배는 밤마다 여러 종류의 물고기를 가져

와 석쇠 위에 올려놓고 물고기 파티를 벌여주었다. 우물 옆에 앉아 갓 잡아 올린 물고기를 회 쳐 먹거나 생불에 구워 먹는 맛은 일품이었다.

주철 부부는 미주가 아기를 가졌다는 것을 알자 환호성을 지르며 박수를 쳤다. 그들은 생각 이상으로 잘해주었다.

교실 7칸 중 3칸은 부부가 만든 도자기들이 진열되어 있었고 1칸은 작업실이었다. 부부가 쓰는 물레 2개, 흙을 반죽하여 뽑아서 재어놓은 연통 모양의 비닐로 싼 흙더미들. 초벌, 재벌한 도자기 제품들인 생활 그릇들, 접시들, 갖가지 모양과 색깔이 그려진 머그잔과 다기 세트들, 도자기 시계, 도자기로 만든 거울, 달마와 난이 쳐진 도자기 그림 접시……. 없는 게 없었다. 한쪽 벽은 초벌한 흙인형들로 채워져 있었다. 도자기 탈과 가정을 지키는 작은 도자기 장승들, 박수근 그림에 나옴 직한 아기 업은 엄마 인형, 시리즈 인형 등등. 작업실 옆 안 칸은 염직실이었고, 나머지 2칸은 가끔씩 오는 단체나 모임을 위해 대여해주는 공간으로 쓰였다. 그곳엔 물레와 가마도 있었다.

미주가 경희 선배와 함께 도자기를 만드는 동안 승우는 주철 선배와 릴낚시를 하러 바다에 갔다. 1시간만 물에 찌를 담그고 있어도 손바닥 이상 크기 돔 고기 4마리는 거뜬하게 물려 올라왔다.

때로는 하조대해변으로 나가 커피와 주스를 마시고 오기도 하고, 생필품을 사러 양양 읍내로 가 대형 매점에서 필요한 것들을 뒷좌석에 가득 싣고 오기도 했다.

종종 이곳을 찾는 손님들은 직접 도자기를 만들거나, 주철 선배 부부가 만든 생활 도자기를 골라 갔다. 신혼부부나 아이들을 데리고 온 부부들이 흙판에 기념 손도장을 찍거나, 커튼이나 식탁보를 치잣빛으로 염색하기 위해 오기도 했다.

미주는 양손에 태민이와 태현이의 손을 잡고 마을 안쪽 길을 걸어 바닷가에 나가 모래성을 쌓다가 돌아오기도 했다. 설악산이나 오대산도 멀지 않아 한번 같이 가보려고 별렀는데 승우가 릴낚시에 재미 들려 그 기회는 놓치고 말았다.

아름다운 산과 아름다운 바다 사이에 자리 잡은, 아늑하고 조용한 마을에서 주철 선배 부부는 살고 있었다.

미주는 아기를 낳을 때까지 이곳에서 살았으면 싶었다. 맑은 공기와 조용함이 더없이 좋았다. 정란에게 핸드폰으로 그렇게 얘기를 했더니 정란은 한마디로 잘라 말했다.

"너! 정말 미쳤니? 넌 아직 극심한 고통을 안 당해봐서 그래! 안 돼!"

"여기 있으면 왠지 저절로 나을 것 같아서 그래. 맑은 바다와 공기, 산나물과 싱싱한 어류도 흔하고, 햇빛 풍성하고 조용하고, 게다가 네가 우물 맛을 안 봐서 그래. 완전 약수 저리 가라야! 독채도 있고 말이야. 환상적이지 않니?"

"주철 선배하고 경희 선배한테 얘기는 해봤니?"

"아니. 떠날 때 은근슬쩍 물어보려구! 보나 마나 있으라고 할 거야. 좋다고 하니까 아예 눌러앉으라고 하던데 뭐."

"그럴 거다, 그 선배들이면."

"어떻게 방법이 없겠니?"

"……혼자는 절대 안 돼. 승우 씨가 네 옆에 붙어 있다면 모르겠지만."

"승우 씨도 그러자고 하면 그렇게 할걸. 사실 나 서울에 돌아가려고 생각하니까 벌써 답답해 미치겠어. 공해 때문에 숨 쉬기 어렵지, 물 나쁘지, 사람들에게도 치이지. 그리고 뭐 내가 지금 영화 일을 하는 것도 아니잖아. 손 털었다는 거 내가 말했지?"

"방법이 아주 없는 건 아냐. 그쪽으로 현대 아산재단이 만든 시설이 좋은 병원이 하나 세워졌거든. 거기서 차로 30분 정도 걸리니까 거리도 괜찮고. 내 동기 하나가 그 병원 내과 과장으로 가 있어. 어쨌든 일단 서울로 돌아와 상의해보자. 내려가도 돌아와서 충분히 준비한 뒤 내려가. 알겠니? 너, 내가 준 약 가지고 있지? 몸에 꼭 지니고 다니라던."

정란은 몸에 통증이 올 때 먹으라고 미주에게 조그만 병에 진통제를 담아주었었다. 보라색 알약인 MS콘틴. 정란은 이제 미주에 대해서는 거의 포기한 상태였다. 다만 미주가 바라는 대로 무사히 아기를 낳으려면 산모에게 극심한 고통은 금물이었다. 그러다가 아기가 유산되거나 잘못될 수도 있었다.

다행히 깡체질인 미주는 자궁이 튼튼한 편이었고 아기집도 건강했다. 정란이 우려하는 건 암에 의한 고통이 언제부터 시작되느냐, 하는 거였다. 그 점이 정작 미주 본인과는 달리 정란에게는 하루하루 살얼음판을 걷는 기분이었다. 그런데 이 속없는 친구는 그런 기미는 눈곱만큼도 없었다며 까르륵 웃어대는 게 아닌가. 미주의 목소리는 확실히 밝고 건강해진 것 같았다.

3일째 되던 마지막 날 밤, 미주는 그득한 생선 횟감으로 가져가던 나무젓가락을 멈추었다. 그녀는 경희 선배가 입고 있는 보라색 개량 한복을 예쁘다는 듯 쳐다보았다.

"경희 선배! 그런 개량 한복도 만들어줘?"

"그럼. 재봉질이 얼마나 재밌다고. 벌써 몇 벌 만들어줬애. 자연염료로 물까지 들여서."

"그럼 우리도 만들어줘. 내 거랑 승우 씨 거랑! 승우 씨도 개량 한복 괜찮지? 입으면 잘 어울릴 거야."

"좋지. 굿 아이디어야!"

"미주 너…… 나 돈 받는다. 설마 공짜로 해 달라는 거 아니겠지? 품이 많이 든다고. 나, 많이 받을 거야."

"어이고, 그러서. 역시 장사하는 사람이라 다르긴 다르네."

"어떻게 만들어줄까? 내가 입은 것처럼? 색깔은 뭘로 하고?"

"그냥 선배 입은 것처럼 편하게. 물론 맵시는 살아야겠지? 색은……."

미주는 승우를 흘끗 돌아보곤 말을 이었다.

"승우 씨 건 쪽빛으로 해주고 나는 엷은 황토색으로 해줘."

"바뀐 거 아나? 쪽빛은 오히려 여자한테 더 잘 어울리는데?"

"아냐 요즘 커플룩이 유행이잖아. 아예 한 색으로 통일하면 어떨, 미주 씨?"

"참 내, 모두들 나의 깊은 심중을 잘 모르시는구면."

"응?"

"자고로 남자는 하늘이고 여자는 땅이라지. 지아비인 남편은 하늘빛 옷을 걸치고 아내는 땅빛의 옷을 입어라. 즉 천지의 음양을 맞추겠다는 뜻이지."

미주의 말에 사람들은 와르르 웃어댔다.

"야아, 미주 너 많이 변했다. 학교 다닐 때는 왈패 저리 가라였는데!"

"선배님들! 지아비의 사랑을 듬뿍 받으면 이렇게 변하나이다. 그리 타박 마소서!"

미주는 사람을 웃기려고 작정했는지 승우를 향해 머리까

지 조아렸다. 하지만 그렇게 하는 데에는 미주의 숨은 마음이 있었다. 만약…… 내가 머잖아 죽으면 땅이 되어 하늘을 향해 눕겠지. 그러면 하늘만 보일 것이다. 막막한 하늘……. 승우가 하늘빛의 옷을 입는다면 하늘 전체가 승우로 보일지도 모른다. 미주는 누워서도 승우가 보이길 바랐다. 하늘 전체가 그의 얼굴과 모습으로.

속 모르는 한바탕의 킬킬거림 뒤에 몇 순배의 술이 미주를 제외하고 돌았다. '정말 미주가 저렇게 변할 줄 몰랐다' '능력이 대단한가 보네' 하는 걸쭉한 농담까지 좌중에 웃음꽃을 피우며 돌았다. 주철 선배와 경희 선배는 다음 날 헤어지는 게 정말 아쉽다면서 서운함을 표시했다.

미주는 사이좋게 소주잔을 채우는 선배 부부의 모습을 쳐다보았다.

"주철 선배, 경희 선배!"

"응? 왜? 야아…… 너 그런 눈으로 보지 마라. 술 좋아하는 너한테 술 못 권하는 이 심정, 술 못 먹이는 이 애틋한 마음을 헤아린다면 그런 안타까운 눈으로 바라보지 마라."

"이이가 또 오버하네. 미주야, 뭔데?"

"응. 나 말이지…… 애 낳을 때까지 여기 와 있으면 안 될까? 저기 기숙사 엄청 편하더라고. 방도 널찍하고. 시설도 좋고. 물맛 기막힌 우물도 있고."

"잉? 그럼 나는 어떻게 하고?"

"그래, 우리야 대찬성이고 쌍수를 들어 춤이라도 추고 싶지만, 승우 쟨 어떡하냐? 가엾어서?"

"승우 씬 일주일에 1번씩 내려오면 되지 뭐. 안 그래?"

"미주 씨, 그건 좀 그렇다. 나 미주 씨 없으면 잠 못 자. 그리고 난 미주 씨 배가 부푸는 걸 매일매일 봐야 한다고. 안 그렇습니까? 주철 선배! 그죠? 경희 선배?"

"그래. 승우 얼굴을 봐, 벌써 사색이잖아. 껄껄껄, 너 미주한테 잘못한 거 있냐? 깽판 친 거 있냐고. 임산부가 혼자 있겠다고 하면 무슨 곡절이 있는 거야. 고해하고 용서받아라!"

"참 내, 하도 어이가 없으니까 말도 잘 안 나오네. 내가 미주 씨한테 깽판이라고요? 그건 나한테는 자살 행위예요. 정말 이 평화로운 밤에 끔찍한 말 나오게 만드시네."

"그럼, 네 마누라가 왜 너랑 떨어져 있으려고 하냐고."

"그걸 내가 어떻게 알아요? 선배님이 직접 물어보세요."

"미주야! 털어놔 봐. 쟤가 널 구박했냐? 그랬다면 내가 번쩍 들고 가서 바닷물에 처넣어버릴 테니까."

"내가 보기엔 승우 씨가 미주한테 굉장히 잘하던데 뭐. 내가 아침에 본 좀 받으라고 해서 당신 지금 승우 씨한테 괜한 화풀이 하는 거 아냐?"

"……내가 저런 새파란 후배 때문에 바가지 긁힐 나이냐?

너무나 보기 싫은 승우!"

익살스러운 과장의 몸짓이었다.

"어머머, 이이 좀 봐. 질투의 불꽃까지 내보이네."

미주와 승우는 실실실 웃고만 있었다. 경희 선배가 가까이에 앉은 승우의 팔에 다정스럽게 팔짱을 꼈다. 그걸 본 주철 선배의 눈꼬리가 확 올라갔다.

"너…… 선배인 미주 마음을 뺏었다고 자만해서 내 마누라도 어쩔 수 있다고 생각하지 마. 태민이 엄마는 눈이 높아. 절대로 연하는 안 좋아해. 그치, 여보?"

"요즘 연하 싫어하는 여자 있으면 나와보라고 해!"

"뭐…… 뭐야?"

주철 선배가 가슴에 칼을 맞은 듯 '겨…… 경희! 너…… 너마저!' 하며 뒤로 벌렁 나자빠지자 폭소탄이 터졌다. 만나기 힘든 따스한 사람들이었다. 주철 선배와 경희 선배는 미주에게 '언제든 필요하면 연락하고 내려오라'고 말했다. 경희 선배는 승우에게 장기 휴가를 내고 함께 내려오라고까지 했다.

"앗? 그런 방법도 있었네요. 그거…… 한 번 심각하게 고려해봐야겠는데요?"

승우는 그렇게 말하며 고개를 주억거렸다. 여기에 내려와 있는 며칠 동안 미주의 표정이 눈에 띄게 밝아졌고 기분이 좋아 보였기 때문이었다.

경희 선배는 내년에 태민이가 초등학교에 입학하는데, 그 전에 일본 신주쿠에 사는 오빠네 집에 몇 달 가 있을지도 모른다고 말했다. 만약 그렇게 되면 열쇠를 저쪽 상수리나무 섬돌 밑에 놓아둘 테니 마음 놓고 와서 관사며 도예실을 쓰라고 했다. 언제 가느냐고 물었더니 모른다고 했다. 자신들도 그쪽에서 연락이 오고 비행기 가족 티켓을 보내줘야 가지 그렇지 않으면 꿈도 못 꾼다고. 어느 것 하나 결정 난 일이 아니어서 그 얘기는 그쯤 해서 마쳤다.

평퍼짐하게 완전히 수더분한 아낙으로 변한 경희 선배는 미주를 돌아보며 말했다.

"근데, 미주 너 너무 못 먹는 것 같더라. 임신했을 땐 몸매 신경 쓰지 말고, 당기는 것부터 일단 부지런히 먹어야 돼. 입덧 아냐?"

"그래. 조금씩밖에 못 먹는 것 같던데. 여기 오징어회하고 아나고 좀 더 먹어."

"선배, 나 많이 먹었어."

"근데 4개월이라면 입덧은 지난 거 아냐?"

"그건 태민이 아빠가 몰라서 하는 소리야. 애 낳으러 분만실로 들어가서까지 입덧하는 여자도 있어. 천차만별이라고."

"그래? 야, 승우야! 너나 많이 먹어라. 입덧 까다로운 아내 건사하려면 남편인 네가 일단 무조건 먹어줘야 해."

술기가 거나하게 오른 승우는 고개를 주억거리며 히죽히죽 웃었다. 주철 선배가 승우 잔에 술을 넘치게 따랐다.

"너 왜 그렇게 혼자 히죽거리니? 아빠 되는 게 그렇게 좋으냐?"

"네. 사실 저 여기 내려온 며칠간 꿈꾸고 있는 것 같아요. 가만히 있다가도 막 웃음이 나오고요. 미주 씨 얼굴보다도 자꾸 배를 보게 돼요. 얼마나 더 불렀나 하고요."

"그래? 춤이라도 한번 추지 그러냐?"

"출까요?"

"추려면 아예 미주까지 업고 춰라!"

"어이구, 그건 곤란합니다. 제가 좀 취했는데 업고 추다가 넘어지면 어떻게 합니까? 미주 씬 보물입니다. 조금도 흠이 가선 안 돼요."

"하하하, 딴은 그렇다. 태민이 엄마, 승우 춤사위 놀기 좋게 육자배기 한번 걸게 불러 봐. 전문이잖아."

"승우 씨 팝송 프로듀서라면서 덩실덩실 어깨춤이랑 발놀음을 할 수 있을런가 모르겠네."

하지만 경희 선배가 노래를 부르기도 전에 승우는 제자리에서 벌떡 일어나 춤을 추기 시작했다. 그 춤에 맞게 경희 선배는 젓가락으로 냄비며 회 접시를 두드리면서 능수버들 꺾듯이 유장한 타령을 불러대기 시작했다.

달빛처럼 환한 미소를 머금고 남편 승우의 춤을 박수 치며
즐기던 미주가 갑자기 '윽!' 하고 단말마 비명을 지르며 배를
싸안았다. 복통이었다. 아니, 장기 어느 한 부분을 찌르고 잘
라내는 듯한 통렬한 통증이었다.

"미, 미주야, 왜 그래?"

"체한 거 아냐? 빨리 병원에 데려가야 하는 거 아냐?"

"괜…… 괜찮아요. 승우 씨…… 무…… 물 좀 갖다줘."

미주는 핏기가 가신 얼굴로 식은땀을 흘리며 주머니 속에
넣어두었던 약병을 꺼냈다. 그리고 두 알을 입에 털어 넣고
물을 마시자, 이제 웬일이야? 임산부는 함부로 약을 먹어선
안 되는데, 하는 표정을 주철 선배 부부는 짓고 있었다.

MS콘틴의 위력은 빨랐다. 배를 싸쥐고 웅크린 지 1분이 채
안 되어 단말마적으로 들이친 통증이 가시는 느낌이었다. 미
주의 등은 식은땀으로 젖어 있었다.

전쟁이 시작되었군. 놈이 선전포고를 해왔어.

이쯤 해서 쉬는 게 좋겠다고 판단한 승우는 미주를 기숙사
로 데리고 들어갔다. 미주의 얼굴은 눈에 띄게 창백하고 핼쑥
했다. 까닭 모를 불안감이 승우에게 엄습했다. 미주는 괜찮아
졌다고 하면서 벽에 잠시 기대앉았다.

"체했나 봐."

"그러면 급체인가? 어떻게 약을 주머니에 갖고 있었어? 누가

처방한 약이야? 먹어도 아기한테는 괜찮은 거야?"

"응. 내가 요즘 속이 안 좋고 꽉 막혀서 척추 중간이 아플 때가 있다고 하니까 정란이가 조제해준 거야. 먹어도 괜찮대."

"······그래? 일단 편하게 눕는 게 좋겠다."

승우는 걱정스러운 눈빛으로 일어나 등이 배기지 않게 자리를 깔고 배를 덮을 수 있는 가벼운 이불을 꺼냈다. 미주가 베개를 베고 눕자 승우가 그녀의 팔다리를 주물렀다.

"정말 괜찮아? 얼굴빛이 안 좋은데? 답답하진 않아? 속이 아프다거나? 그러면 병원에 가자. 근처에 현대 아산병원이 있다고 했잖아. 웬만하면 가자. 자다가 내 가슴 덜컥 내려앉게 하지 말고."

"괜찮대도 그러네. 눈 아퍼. 어서 불 꺼! 그리고 나 좀 안 아줘."

승우는 불을 끄고 미주 옆에 누워 그녀를 살포시 안았다.

무서웠다. 머릿속 필라멘트가 나가는 동시에 배 속으로 날카로운 이빨이 콱 박히는 기분. 그 통증은 물 주름을 일으켜 온몸으로 퍼지며 납작하게 전신을 압박해왔다. 미주는 가벼운 오한을 느끼듯 몸을 떨었다.

······이제 시작됐어.

미주는 승우의 등을 힘껏 싸안았다. 그는 잠을 재우려는지 자신의 뺨을 미주의 가슴에 가볍게 대고는 한쪽 손으로 미주의 어깨며 머리칼을 쉼 없이 토닥이고 쓸어내렸다. 어둠이 편안하게 내려앉았다.

미주는 소리 없는 눈물을 흘렸다. 아기는 얼마나 놀랐을까.

아가야, 엄마도 잘 싸워나갈 테니까 너도 겁먹지 말아야 해. 이 엄마를 믿어. 엄마는 어떤 일이 있어도 너를 보호할 거란다.

미주는 한쪽 손으로 살짝 아랫배를 덮으며 쓸었다.

"당신 또 배 아파?"

"아니, 혹시라도 우리 아기가 놀랐을까 싶어서."

"……그렇구나. 내가 다독거려줄게. 너는 편안하게 자."

승우는 양반다리를 하고 앉아 미주의 아랫배를 둥글게 원을 그리며 아주 부드럽게 쓸었다. 그리고 마치 자장가를 부르듯 나지막하고 느리게 속삭였다.

"아가야, 놀랐니? 아무 일도 아냐. 엄마가 좀 체했대. 네가 먼저 편안하게 자야지, 엄마도 자거든. 예쁜 꿈꾸며 자렴. 아빠가 널 지켜보고 있을게. 엄마도 빨리 주무세요, 해야지. 정말 난 네가 엄마한테 와줘서 얼마나 기쁜지 몰라. 정말 신기하거든. 네가 벌써 있을 것은 다 있게 자라다니. 정말 너 씩씩하고 용감하기도 하다. 혼자서 그 일을 해냈으니까 말이야. 네 엄마도 너무나 대견하고 말이야. 미주야…… 자니? 빨리 자. 네가 자야 아기도 따라 자지. 둘이서 꿈나라에서 만나. 사실 난 그곳까지 갈 수 없는 게 심술 나긴 하지만, 미주랑 우리 아기랑 한 몸속에서 같은 꿈을 꾼다고 생각하면 너무 흐뭇해. 정말 너무너무 기다려진다. 기다리는 내내 행복한 건 바로 우리 아기를 만나고 싶은 설렘 때문일 거야. 난 네 엄마에게 무지무지 감사해. 아기, 우리 아기, 너한테도 너무너무 고맙고. 어쨌든 일찍 자고 일찍 일어나야 새 나라의 씩씩한 아기로 자랄 수 있는 거야. 봐라, 엄마는 벌써 잠들었네. 엄마 숨소리에 맞춰 쌔근쌔근 우리 아기도 잠들었네……."

1988년 9월 28일

상운 폐교에서 휴가를 보내고 서울로 돌아온 지 2주가 넘었다. 승우는 차츰 심각성을 깨닫기 시작했다. 미주는 몇 숟가락 먹은 것마저 토해내기 시작했고, 정란이가 처방했다는 알약을 먹는 것도 2번이나 목격했다.

체중도 눈에 띄게 주는 느낌이었다. 승우가 아무리 먹을 것을 사 오고 입에 넣어줘도 미주는 먹지 못했다. 승우는 입덧이 유달리 심하고 오래가는 특이한 체질일 거라고 여겼다. 잘 먹지 못하니까 자꾸 체중이 주는 건 당연하다고.

승우는 몇 번이나 병원에 가보라고 권했다. 데려간다고 나서기까지 했다. 화를 내기도 했다. 그런데 미주는 계속 막무가내로 싫다고 했다. 입원하자는 게 아니고 힘이나 좀 차리게 영양 주사나 링거만 맞고 오자고 해도 미주는 무조건 괜찮다며 고개를 저었다.

배가 조금씩 불러오면서 승우가 이해하기 힘든 고집 같은 게 미주에겐 생겨나고 있었다. 서울 공기가 나쁘다고, 물맛도 비리고 건물과 사람들에게 갇힌 듯해서 서울이 싫다고, 미주는 자꾸만 주철 선배가 있는 곳으로 같이 내려가자고 했다. 그곳 환경이 산모의 정서에 좋고 선배 부부가 잘해주긴 하지만 그래도 남의 집 아닌가.

직장은 어떻게 하고? 승우 씨 휴가 내면 안 돼? 아내 임신 휴가 낼 수도 있잖아. 아니, 아예 1년쯤 병가를 내면 안 되는 거야? 하며 어떨 때는 버럭 화를 내며 소리를 지르기도 했다.

미주는 정란 외에는 누구에게도 도움을 청하지 않았다. 미주는 거의 혼자서 병마와 싸우고 있었던 것이다. 배는 눈에 띄게 불러왔다. 배에 손을 올려놓았을 때, 어렴풋하게 느껴지던 태아의 움직임도 이제는 완연히 느낄 수 있었다.

그즈음 승우는 매우 바빴다. 〈한밤의 팝세계〉가 20주년을 맞아서 청취자들로부터 들어온 엽서와 팝송 전문가들, 음악 기자들, 국내 팝 아티스트들, 록 가수들까지 참가하는 '팝 베스트 100선' 코너를 마련했으며, 1부에는 가수들이 나와 라이브로 연주와 노래했다. 국내에 내한한 팝 가수 초대도 줄을 이었고 외국 유명 팝 가수와의 전화 인터뷰도 준비해야 했다.

그러는 사이 9월이 거의 지나갔다.

어느새 가을이었다. 나뭇잎들이 노란빛으로 창백해지거나 각혈하듯이 붉게 단풍으로 변하는······. 핼쑥한 얼굴로 아파트 창문가 흔들의자에 앉아 있는 미주의 눈에 비치는 것은 온통 비장하거나 절박하거나 두려운 것뿐이었다. 신경도 날카로웠다.

집 안에 혼자 있을 때 미주가 믿는 것은 남편도 자신도 아닌 배 속에서 움직이는 태아뿐이었다.

흐르는 강물

"현주 씨, 미진 씨! 오늘도 왔어?"

"네, 여기 있습니다!"

승우는 방송 스튜디오 옆 회의실로 들어가 팩스를 받아 들고는 담배를 물고 선 채로 읽었다. 작가는 오늘 진행자가 읽을 대사를 빠르게 체크하고 있었고, 대학생 아르바이트생인 현주와 미진은 전국에서 온 엽서며 편지, 팩스에서 방송으로 내보낼 알맞은 사연들을 뽑아내느라 바빴다.

요즈음 〈한밤의 팝세계〉 스태프 사이에서는 3주째 하루도 빠지지 않고 날아오는 한 팩스 사연이 단연 화제였다. 암 선고를 받고도 사랑하는 남자에게 말을 하지 못하고 그 마음을 무명으로 써 보내는 한 여자의 편지였다. 너무나 절절해서 읽는 이의 눈시울을 뜨겁게 만들었다. 그녀의 사연과 신청곡은 이미 여러 번 방송을 탔다. 약간 경박한 데가 있는 진행자조차 그 편지를 읽으면서는 목이 메었다. 그녀가 누군지 알 수 없겠느냐며, 마음으로나마 친구가 되어 돕겠다고 전화를 하는 사람도 여럿 있었다. 진행자는 제발 이름과 전화번호를 명기해 달라는 주문을 여러 번 전파에 실어 내보냈지만, 그녀는 끝끝내 이름을 밝히지 않고 있었다.

어젯밤, 나는 홀로 일어나 당신의 잠든 모습을 새벽이 올 때까지 지켜보았습니다. 천천히, 그리고 아주 조심스럽게 손을 뻗어 당신의 머리카락을 만지고 우수가 서린 당신의 이마와 짙은 눈썹, 속눈썹, 뺨과 귀, 코와 섬세한 입술, 당신의 턱과 매끄러운 목을 만졌습니다.

나는 당신을 만질 수 있다는 것에 행복해서 울다가 웃고 웃다가 울었습니다. 너무나 사랑하는 당신을 내가 오랫동안 힘들게 했다는 아픔과 후회도 함께 만졌습니다. 어떻게 하면 내가 세상을 떠나더라도 당신의 이 모습을 잊지 않고 가져갈 수 있을까. 당신의 고요하고 평화로운 숨결과 가슴의 움직임, 뒤척거림까지 가져갈 수 있을까, 밤새워 그것만을 생각했습니다.

손바닥에 묻혀 가면 안 될까. 입술 속에 담아 가면 안 될까.

죽으면 제일 오래 남는다는 머리카락 속에 담아 가면 안 될까. 뼛속 마디마디에 담아 가는 방법은 없을까…….

나는 당신의 머리카락에서부터 발끝까지 조심스레 천 번의 입술을 맞추었습니다. 내가 떠나더라도 당신의 온몸은 내 입술의 꽃으로 무성하길 바라며. 내 손가락이 닿았던 곳이 언제나 당신을 지켜주길 바라며. 평화롭기를 바라며. 나는 당신을 찬찬히 들여다보고 머리카락을 슬쩍 빗겨주거나 콧날에 손을 댔다가 재빨리 떼고 입술을 눌러주기도 합니다.

재미있기도 하고 떨리기도 하고, 나는 마냥 즐겁고 슬픕니다. 당신을 어떻게 떠나야 하는지 난 모르겠습니다. 도대체 이런 마음을 가지고 당신을 어떻게 떠날 수 있는 건지. 그것이 가능한지. 하지만 나는 당신에게 남겨드릴 아름답고 귀한 선물을 조금씩 물을 주며 키우고 있습니다. 당신은 나의 선물을 기뻐할 것입니다.

나는 당신의 발에 눈물을 떨구었습니다. 나를 찾아 그토록 헤맸던 발이기에. 나는 당신의 손에 또다시 입술을 맞추었습니다.

나를 안아주고 업어주었던 손이기에. 당신의 가슴과 입술, 눈, 팔, 다리, 어디 한 군데 감사하지 않은 곳이 없습니다.

당신이 아니었다면 나는 지금 절망과 공포에 떨며 고작 신음을 흘릴 뿐이겠지만, 나는 당신으로 인해 더없이 아름다운 이별을 매일매일 꿈꿉니다. 당신이 목숨을 주듯 나를 사랑했기에 내 마음이 자유롭습니다. 모래시계처럼 삶의 시간이 내게서 빠져나가는 소리가 들리는 것 같은 지금도 나는 당신이 내 옆에서 잠들어 있다는 것만으로 미소 지을 수 있습니다.

창문이 부옇게 밝아옵니다. 새벽이 오는 것은 그리 달갑지 않습니다. 당신이 일어나 내 입술과 손길과 눈빛이 닿지 않는 곳으로 가버리는 밝음은 내게는 오히려 어둠입니다.

오늘은 이만 접어야겠습니다. 당신이 모로 돌아눕는 건 깨어날 시간이 그리 멀지 않았다는 것을 뜻하기 때문입니다. 나는 내게 남아 있는 시간 전부가 당신이 깊은 잠에서 깨어나지 않는 길고 긴 밤이기를 바랍니다. 아, 제가 너무 욕심이 많은 걸까요?

신청곡은 저니의 〈Open Arms〉.

승우는 방금 읽은 팩스를 작가에게 흔들었다.

"읽어봤어요?"

"네."

"어때요?"

"뭐 같은 여자로서…… 늘 가슴이 저리죠! 오늘 방송으로 내보내실 건가요?"

"그것보다도……."

승우는 고개를 돌려 젊은 스태프 2명에게 팩스 용지를 흔들었다.

"어떻게 발신자 신원을 아는 방법을 생각해봤나?"

"전화국에 공문을 내는 수밖에 없죠. 뭐. 팩스는 전화 라인으로 보내니까요. 일종의 발신자 추적 장치와 똑같대요."

"근데 굳이 자신을 알리지 않으려는 사람을 찾을 필요가 있을까요?"

"나도 그게 맘에 걸려. 하지만 방송으로 공개하진 않더라도 한 번 꼭 만나보고 싶군. 그냥 이렇게는 너무나 속절없이 안타까워서 말이야."

"공문을 보내려면 국장님 결재가 필요한데요?"

"흐으음…… 알았어. 조금 더 기다려보자고! 참, 오늘 출연자 세 사람 다 섭외된 거지?"

"네. 방송 시작 30분 전에 도착하겠다고 했습니다."

"좋아. 장비 점검해보고. CD도 순서대로 미리 뽑아놓고. 지난번처럼 엉뚱한 곡 나가게 하지 말고 대본과 맞춰 봐."

"알았습니다."

"김 PD님! 이 익명의 사연은 어떻게 처리할까요?"

"전문은 내보내지 말고, 신청곡만 틀어주는 식으로 연결해. 그리고 사연 감사하게 읽었고 힘내시라는 멘트도 넣고."

"그러죠."

복도에서 작가와 함께 커피를 뽑아 마시고 있는데 승우의
핸드폰이 울렸다.

"여보세요?"

"나, 정란이야."

"어! 정란 선배 이 시간에 웬일이에요?"

"몇 시에 마치니?"

"아무리 빨라도 새벽 1시죠. 왜요?"

"너랑 술 한잔 마시고 싶어서. 시간 좀 잠깐 내줄래? 내가
그 시간쯤 방송국 앞으로 갈게."

"……그러죠, 뭐. 근데 무슨 일 있으세요?"

"일은 뭐…… 독신녀가 초가을에 바람 잡아보는 거지 뭐.
미주한테는 얘기하지 말고."

"네?"

"미주가 알면 안 좋아할 것 같아서 그래. 걔가 털털해도 예
민한 구석이 있잖아."

"알았습니다. 좀 있다가 뵙죠."

정란은 차를 두고 택시를 타고 방송국 앞에 내렸다. 그녀는
손목시계를 들여다보며 착잡한 표정으로 정문 앞에서 서성거
렸다. 한밤중이었지만 방송국 주변은 촬영과 관계된 사람들
로 떠들썩했고 분주했다.

"정란 선배! 오래 기다렸어요?"

"아니. 여의도에는 포장마차가 많다고 들었는데? 난 여기 처음이라서 잘 모르거든."

"많지요. 근데 선배 술 잘 못 하잖아요."

"나, 요즘 술 많이 늘었어. 승우 씨랑 웬만큼 대작할 정도는 될걸?"

"그래요? 그럼, 제가 근사한 데로 모시죠."

"아니, 실내 말고 포장마차 가자. 내가 답답해서 느껴서 그래."

길모퉁이를 2번 꺾자 포장마차 3개가 보였다. 걷는 동안 정란은 내내 말없이 침울하게 인도 블록을 향해 고개를 꺾고 걸었다. 두 사람은 포장마차 안으로 들어가 자리를 잡고 앉았다. 정란이 맥주보다 소주가 좋겠다고 해서 승우는 어리둥절한 얼굴로 안주를 이것저것 시켰다. 맥주 마시는 것은 여러 번 봤어도 정란이 소주를 마시는 건 처음이어서 우선 안주를 많이 권했다.

그러나 정란은 승우가 따라주는 잔을 거푸 비워냈다.

"천천히 드세요."

"괜찮아. 승우 씨! 나, 괴로워서 그래. 정말⋯⋯."

"왜요?"

정란은 잠시 무표정한 얼굴로 승우를 지그시 바라보았다.

정란을 많이 대했어도 오늘처럼 난처한 경우는 처음이었다. 그녀는 언제나 감정과 매너가 단정하고 깔끔했기 때문이었다.

"선배님 문제예요? 심각해요?"

"그래. 내 문제이기도 해. 하지만…… 네 문제야. ……미주 문제이기도 하고."

그 말에 승우는 얼어붙었다. 오늘 통화를 못 했는데, 아기가 혹시 유산된 게 아닌가 싶었던 것이다. 미주는 요즘 계속 컨디션이 좋지 않은 편이었다. 승우가 그렇게 묻자 정란은 고개를 가로저었다. 승우는 일단 하나는 안심이 되는 표정이었다.

"승우 씨…… 모르는구나, 아직. 그치?"

"대체 무슨 말이에요? 뭐가요? 정확하게 얘기해봐요!"

그러나 맘이 여린 편인 정란은 말을 꺼내기가 부담스럽고 곤혹스러운지 소주잔을 다시 비워냈다. 술에 의지하는 것은 분명 정란 선배다운 행동이 아니었다. 직감적으로 뭔가 큰일이 터졌다는 느낌이 들자 다리부터 후들거리기 시작했다.

"미…… 미주 일이죠? 그렇죠?"

"그래…… 지금껏 너무 미뤄왔어. 이제 모든 걸 얘기할게. 미주에게 좋지 않은 일이 있어."

"어……어떤?"

"개…… 개…… 아…… 암이야. 위암."

"……."

처음에 승우는 눈을 휘둥그렇게 뜨고 잠시 말을 못 알아들은 표정이 되었다. 하지만 정란의 표정을 다시 보고는 현실감이 돌아왔는지 삽시간에 경악하는 눈빛으로 얼어붙었다.

"미안하다. 승우 씨에게 이런 말을 하게 돼서. 또 너무 늦게 얘기하게 돼서…… 정말 미안하다. 어쩌면 좋니! 나로서도 아무 방법이 없었어. 어떻게, 어떻게 해볼 도리가 없었어."

"암…… 이라고요? 어느 정돈데요?"

"늦었어. 이젠 손쓸 방법이 없어."

승우의 머릿속에서 번개가 쾅쾅 치고 있었다. 앞이 기우뚱해지더니 뿌옇게 변해 하나도 보이지 않았다. 갑자기 안개가 자신을 삼켜버린 것 같았다.

…… 잠시 후 승우는 비틀거리며 포장마차에서 혼자 걸어 나왔다. 앞이 보이지 않았다. 무단 횡단을 하는 바람에 몇 대의 차가 급정거를 하고 운전사들이 차창을 열고 욕을 해댔다. 정란이 뒤쫓으며 불렀지만, 그는 허깨비처럼 그저 앞만 보며 허위허위 걸어갔다.

강변으로 내려가는 경사진 시멘트 블록에서 승우는 발을 접질려 몇 바퀴 굴러떨어졌다. 그는 천천히 일어나 강을 향해 걸어갔다. 시민공원 중앙에서 그는 잠시 비틀거리다가 멈춰 섰다. 그의 마음은 뿌리가 뽑히기 직전의 나무처럼 사납게 흔들렸다.

나빠…… 이미주, 너…… 나쁜 여자야. 난 너를, 너를……
절대 용서할 수 없어. 어떻게, 어떻게 나한테…… 이럴 수 있
니? …… 지금껏 단 한마디도 내게, 내겐 말 안 하고! ……저
혼자 다 결정해버리고…… 날 허수아비, 바보처럼 만들어버
리고. 어떻게 너 그렇게…… 잔인할 수 있니? 독할 수 있냐고!

승우는 폭포처럼 울부짖고 싶었다. 폭풍의 언덕에 선 삼나
무처럼 울고 싶었다. 하지만 그는 망연자실 흔들거리며 가물
거리는 눈빛으로 흐르는 밤 강물을 언제까지나 굽어보고 서
있을 뿐이었다. 그러나 기실 그는 아무것도 보고 있지 않았
다. 그가 보는 것은 참담한 절망뿐이었다.

소리 없는 눈물이 흘렀다. 지금껏 감춰온 미주에 대한 원망
과 야속함, 이 지경이 되도록 눈치를 채지 못한 자신의 무신
경함에 승우는 미친 듯이 비명을 질러대고 싶었다. 하지만 너
무나 큰 슬픔이 그의 몸을 박제로 만들어버린 듯했다. 그의
에너지 전부는 삽시간에 모두 강탈당하고 도망간 상태였다.
입술도 더 이상 달싹일 수 없이 탈진된 것 같았다.

몸이 사시나무처럼 떨렸다. 몸속 어딘가에서 끊임없이 무
너져내리는 소리가 들렸다. 승우는 강변에 누군가 박아놓은
입상처럼 서 있다가 무릎을 꿇으며 무너져 내렸다.

에덴은 마법의 세계

눈을 크게 뜨고 주위를 둘러보고

벌떡 일어나 걷기도 하고

걷다가 하늘을 보기도 하지만

나는 외로움을 느껴요

주변에 꽃들이 만발하고

하늘 높이 태양이 찬란하게 비치고

대지는 생명으로 가득 차 있지만

내 마음은 여전히 외롭습니다

에덴은 신비의 세계. 에덴은 마법의 세계

에덴은 신비의 세계. 에덴은 마법의 세계

푸른 바다가 내 두 눈 속에 가득 차고

푸른 나무들이 내 곁에 무성하지만

아무도 그곳에 없는 것 같아요

그러나 내 마음에는 행복이 자라고 있습니다

에덴은 신비의 세계. 에덴은 마법의 세계

에덴은 신비의 세계. 에덴은 마법의 세계

— 〈Eden is a Magic World〉, Olivier Toussaint

* 미주가 익명으로 승우의 프로그램에 자주 신청했던 노래

승우는 정란의 애기부터 확인했다. 미주가 검사
했다는 3곳의 종합 병원과 암 센터로 가서 미주를
검사했던 담당 의사들을 만났다. 그들의 반응은 두
가지였다.

'아직도 입원을 안 했단 말입니까?'

'발견 시기가 너무 늦었었습니다.'

후자의 의사는 병원에 왔을 때 이미 전이가 빠른
속도로 진행되고 있는 상태였기 때문에, 입원해도
완치는 어렵고 다만 삶을 조금 더 연장할 수는 있
었을 거라는 판단을 하고 있었다.

"어쩌면 부인의 선택이 현명할 수도 있습니다.
환자나 의사 모두 답이나 결과를 모르는 시험을 치
르는 것과 같은 상황에서 태아를 선택한 것 말입

니다. 위암 3기면 살 수 있는 시간이 보통 6개월에서 5년 정도입니다. 사람에 따라 진행 속도가 천차만별이라는 거죠. 암 처치의 경우 수명 연장에 도움이 될 거라고 저희는 믿지만 '반드시'라고 확신할 수 없습니다. 결국 현대 의학이 암에 대해서는, 그러니까 진행된 암에 대해서는 여전히 무력하다는 거죠.

……네. 가능할 수도 있습니다. 환자분께서 최소 1년을 산다고 가정할 때 아기는 태어날 수 있습니다. 몇 가지 외국 임상 사례를 보면 암 말기의 환자가 건강한 아기를 낳았다는 보고도 있습니다. 하지만 제가 볼 때 환자분의 경우는 가능성이 아예 없는 것은 아니지만, 쉽지도 않은 일입니다. 우선 환자분이 치료를 거부하셨으니 혼자서 암과 싸우는 것과 같습니다. 그것도 아기를 가진 채로요. 환자의 영양 상태며 불안정한 심리 상태, 극심한 동통, 죽음에 대한 공포 등 예상되는 어려운 점이 한둘이 아닙니다. 환자분께서 아기를 낳겠다는 신념이 대단했습니다만.

……보호자께서는 이런 점도 참작해두셔야 합니다. 아기를 가진 엄마의 감정 상태는 태아에게 영향을 미칩니다. 임산부가 흥분하거나 분노에 차 있으면 스트레스로 감정의 변화를 일으키죠. 그러면 엄마의 혈액 내로 증가한 스트레스 호르몬인 아드레날린, 엔도르핀, 스테로이드가 태반을 통하여 태

아에게 전해집니다. 태아도 똑같은 긴장감과 흥분 상태를 유발할 가능성이 크다는 거죠.

특히 아드레날린은 엄마의 자궁 근육을 수축시켜 태아에게 전해지는 혈류량을 떨어뜨립니다. 이 때문에 산소와 영양분을 충분하게 공급하지 못해 아기의 뇌 기능계에 치명적인 손상을 입힐 수도 있습니다. 또한 임산부가 심한 정신적인 충격이나 육체적인 충격을 받을 때 유산이 되는 경우가 많다는 것도 염두에 두셔야 합니다. 이런 표현을 쓰긴 좀 그렇지만 부인께서 아기를 낳으려면, 그것도 건강한 아기를 낳으려면 지뢰밭을 통과하는 것처럼 앞으로 매 순간 조심하셔야 할 것입니다.

……네. 환자분을 병원에 강제로 입원시킨다 해도 현재 저희가 할 수 있는 건 강한 항암제를 투여하는 것밖에는 없습니다. 발견 시 신속하게 그 장기를 들어내는 외과 요법이 가장 확실하고 좋은 방법인데, 지금은 그 시기를 많이 놓쳤습니다. 그때도 전이가 의심되었거든요. 요약하자면 부분적인 국소요법인 방사선과 외과 수술은 불가능하고 전신 요법인 화학 요법만 가능합니다.

……그렇죠, 네. 솔직히 좋은 결과를 기대하기 힘듭니다. 어느 정도 확신조차 드릴 수 없다는 게 실무자의 고충입니다. 더군다나 환자분께서 아기를 버려야 하는 화학 요법을 받으

실 리 만무하잖습니까. 몸속을 독가스로 가득 채우는 화학 요법을 받으면서 태아도 함께 살릴 방법은 없으니까요.

……네, 그렇습니다. 현재로선 방법이 없습니다. 최근 인간의 세포 지도인 게놈 지도가 완성되면 암이나 에이즈 정복이 시간 문제라고 하지만 실용화는 요원한 얘깁니다. 어쨌든 환자분께서 아기를 택한다면 병원에서도 영양제 주사나 링거, 그리고 동통이 올 때, 그때그때 고통을 덜어주는 게 고작일 겁니다. 허 선생을 잘 아신댔죠? 그 문제는 그분과 상의해보세요. 그 정도는 허 선생이 충분히 조치해드릴 수 있을 겁니다. 실력 있는 산부인과 전문의니까요."

의사는 회진을 돌기 전에 마지막으로 승우에게 이렇게 말했다.

"전 사실 부인을 대하고 놀랐습니다. 아무리 여자의 모성애가 강하다고 하지만 자신을 포기하면서까지 아기를 선택하는 여자는 그리 많지 않습니다. 부인은 말할 수 없는 번민과 심적 고통을 겪은 뒤에 결정하셨을 겁니다. 그 선택이 헛되지 않도록 보호자께서 부인을 도와주십시오. 이제 명확한 건 부인의 목숨을 살리는 일이 아니라 아기를 살리는 일입니다. 그게 부인의 한결같은 뜻이고 의지였으니까요. 이렇게 말씀드리면 외람된다 하시겠지만 전 그때 부인의 남편은 어떤 사람일까, 참으로 행복한 남자구나, 하는 생각을 했습니다. 남편

248

을 절대적으로 사랑하는 마음이 없다면 그런 결정을 내린다는 것이 불가능했을 테니까요. 30대 중반의 젊은 나이라면 어떻게 해서든 자기 목숨부터 구하려 하지 않겠습니까.

제 생각엔 부인의 그 애틋한 마음을 헛되지 않게 하는 건 보호자의 뜻에 달려 있다고 봅니다. 보호자께서 어떻게 마음먹고 어떻게 부인과 함께하느냐에 따라 결과가 달라지리라고 생각됩니다. 의사란 신분을 떠나 같은 남자로서 저는 보호자께서 부인을 도와 그 힘든 싸움을 이겨내시길 바라고 있습니다. 반드시 부인이 자신의 품에 아기를 안을 수 있도록 말입니다. 저도 그렇게 되기를 간절히 바랍니다."

배려 깊은 의사의 설명과 격려는 승우가 상황을 빠르게 정리하는 데 도움을 주었다. 승우는 지금까지 모든 것을 혼자서 처리하고 자신에게는 단 한마디의 말도 없던 미주에게 못내 서운함과 야속함, 안타까움, 분노, 충격을 받았다. 극심한 혼란 속에 허탈감에 빠져 죽고 싶기까지 했던 승우는 이내 미주에 대한 사랑을 회복했다. 그리고 뒤는 돌아보지 말고 지금 현재, 어떻게 해야 하고 앞으로 어떻게 해야 하는가에 대해서만 생각했다.

그 무렵, 승우는 마음에 걸리는 게 있었다. 믿고 기댈 것이 없으니까 미신이 자꾸만 그의 마음에 밟히는 거였다. 영은이……. 그녀가 자신과 마지막 만났던 자리에서 했던 말. 남

자에게 불행을 안겨주는 저주의 주문을 자기가 외울 수 있다
던 그 말. 미주가 세상을 떠나는 것보다 더 큰 불행과 저주가
어디 있겠는가. 하지만 그런 의심과 추측은 터무니없는 생각
이었다. 승우는 영은을 잘 알고 있었다. 영은의 성품으로 보
건대 자신을 향해 그런 것을 외웠을 리 만무했다.

하지만 필리핀으로 돌아가는 비행기에서 눈물을 흘리며
한 번이라도 외우지 않았을까? 아니야, 그럴 리가 없어.

영은에게 그런 면이 없다는 것을 승우는 확신하고 있었지
만, 사람의 마음은 미묘하다는 생각이 머리에서 떠나지 않았
다. 영은은 그 주술을 푸는 주문도 알고 있다고 하지 않았는
가. 만약 영은이 한 번이라도 외웠다면 승우는 미주에게 그
해독 주문을 외워주고 싶었다. 승우는 자신이 이 시점에서 할
수 있는 일이 고작 이런 어처구니없는 일뿐이라는 데 낭패감
과 무력감에 휩싸였다. 그러나 그는 지푸라기라도 잡는 마음
으로 며칠을 허둥대다가 결국 마음을 굳혔다.

승우는 영은의 치과 병원 전화번호를 알아냈다. 하지만 국
제 전화번호를 누를 때까지도 내내 망설였다.

"헬로우?"

"여…… 영은이니?"

"오빠? 오빠! 승우 오빠구나? 어머나, 이게 웬일이야? 오빠
가 나한테 전화를 할 줄은 꿈에도 몰랐어."

"전화 받기 불편한 거 아니지?"

"무슨 말을 그렇게 해. 난 오빠 목소리를 듣는 것만으로도 너무너무 좋아. 오빠, 잘살지? 언니가 영화 만드는 감독이라는 소식 들었어. 대단해. 비디오로 구해 보기도 했는걸. 오빠만큼은 아니지만 나도 자리 잡고 잘살고 있어······. 오빠, 근데 무슨 일 있어?"

"아니, 그저······."

"그러고 보니 그냥은 오빠가 내게 전화를 할 리가 없어. 무슨 일이야? 뭐든지 말해봐······. 어서, 말해봐!"

"너무 유치한 질문 같아서······."

"괜찮아, 해봐. 내가 도울 수 있는 일이면 좋겠는걸. 뭐야? 속이 터질 것 같아. 얼른?"

"그래 말할게. 호, 혹, 혹시 말이야. 너 그 주문 외우지 않았나 해서."

"주문?"

"남자에게 불행을 가져다준다는 주술 말이야."

"마······ 맙소사! 오빠, 그걸 말이라고 해? 내가 어떻게 그럴 수 있겠어? 오빠한테······ 아냐! 그런 적 없어. 정말이야!"

"그렇겠지. 나도 그렇게 생각했어."

"무슨 일이야? 대체? 무슨 일 생겼어?"

"별일 아냐. 근데····· 예전에 그 주술을 푸는 주문도 알고 있댔잖아. 그거 가르쳐줄 수 있니?"

"오빠가 그런 걸 믿다니 정말 이상하네."

"다른 얘긴 하지 말고, 몰라? 잊은 거야?"

"아니, 가르쳐줄게. 옛날 티벳에서 수도를 닦고 온 필리핀 고승(高僧)이 퍼뜨렸다는 설이 있는데, 이래. '라흐마니 나도루 마타부부 가이타. 사자가니 바메, 바메바메 라흐마니!' 이걸 세 번 외우고 자신의 미간 사이에 점을 찍고 합장하면 돼. 물론 그 저주에 걸린 사람이 외워야지 효험이 있겠지."

"한 번만 하면 돼?"

"글쎄…… 그건 나도 모르겠어. 오빠, 정말 무슨 일 있어?"

"그래, 고맙다. 조만간 다시 연락할게. 잘 있어."

승우는 서둘러 전화를 끊었다. 그리고 종이에 적은 주문을 외워보았다.

'라흐마니 나도루 마타부부 가이타. 사자가니 바메, 바메바메 라흐마니!'

승우는 아예 외워버렸다. 그리고 그날 밤 예쁜 아기를 낳는 주문이라며 미주에게도 외우게 했다. 승우는 미주에게 예쁜 딸을 낳으려면 수시로 외워야 한다고 말했다. 미주는 재미있어하는 표정이었다. 그래서 혼자서도 곧잘 그 주문을 외우는 모양이었다.

그렇게 해서라도 미주의 몸속에서 암세포들이 연기처럼

사라져버릴 수만 있다면 얼마나 좋겠는가. 그러나 승우가 보기엔 별로 나아지는 것 같지 않았다. 미주의 얼굴은 더 핼쑥해졌다. 미주는 최후까지 자신의 병을 숨기기로 작정한 모양인지 승우에겐 두려움이나 아픈 내색을 하지 않으려고 애썼다. 그게 화가 나기도 하고 그지없이 안쓰럽기도 했지만 승우도 내색하지 않았다.

승우는 방송국에 일신상의 이유로 사직서를 제출했다.

이유는? 그래, 흐음! 어떤 것인지 모르겠지만 난 김 PD가 이 일에 적성이 맞고 탁월한 재능이 있다는 것을 잘 아네. 사유는 묻지 않겠네. 1년 동안 자네 사표를 보류해두고 있겠네. 정리되면 언제든 돌아오게나, 하고 국장은 말하면서 후임자를 물색할 때까지만 자리를 지켜달라고 했다. 얼마 안 걸린다는 거였다. 그 청은 도저히 거절할 수가 없어서 승우는 그러겠다고 했다.

승우는 매일 정란을 찾아갔다. 자신이 미주와 함께 싸우기로 결정한 이상 탁한 공기와 소음으로 가득한 서울에 더 이상 머물 이유가 없었다. 미주도 상운 폐교로 내려가길 원하고 정란도 만약을 대비해 몇 가지를 보완하고 승우가 미주와 늘 함께 있다는 전제라면, 반드시 서울을 고집할 이유가 없다고 했다. 게다가 강릉에서 속초로 가는 4차선 길에 시설 좋은 종합병원이 생겼고, 거기에 정란이 잘 아는 동기생이 내과 담당의로 있으므로.

하늘이 도왔는지 며칠 전에는 경희 선배로부터 연락이 왔
다. 태민이, 태현이, 남편과 함께 일본으로 간다고. 일본의 오
빠 집에 몇 달간 가게 됐다고. 만약 오게 되면 방 하나 달랑인
기숙사 쓰지 말고 관사 열쇠와 도자기실 열쇠를 우물 쪽 상수
리나무 밑 섬돌에 놓아둘 테니 편하게 사용하라고 했다.

그곳에 어떤 의미가 있는지 몰라도, 미주가 원하는 대로 자
연스럽게 일이 풀리는 게 승우로선 기이하게 여겨질 정도였
다. 만약 주철 선배 가족이 일본에 가지 않았다면 그곳에 내
려가겠다고 결정하기 힘들었을 것이다. 아무리 좋은 선배들
이라지만 승우가 암투병하는 산모를 데리고 허덕거리는 것을
이해하기는 힘들 것이고, 그들 가족을 결과적으로 힘들게 하
는 것일 테니까.

해가 저물어 어둑어둑해질 무렵 승우는 정란이 근무하는
병원 주차장에 차를 주차했다. 몇 가지의 의료 조치를 배우기
위해서였다.

그는 정란의 집무실을 노크했다.

"왔니?"

"네."

"미주는 어때?"

"나를 속이는 즐거움에 취해 있어요."

"그래. 그렇게 말하니까 듣기 좋다. 난 또 승우 씨가 미주에게 한바탕 난리를 치거나, 승우 씨 스스로 비탄과 절망에 빠져 헤어나지 못할까 봐 염려했는데."

"휴우, 어디 그럴 여유라도 있었으면 좋겠네요."

"그래. 승우 씨 마음 내가 잘 알아. 자, 시작해보자."

탁자 위에는 몇 종류의 링거병과 주사기, 알약, 앰풀 등이 놓여 있었다. 소독수와 탈지면, 반창고, 밴드, 그리고 혈압을 재는 기구와 온도계까지.

"일단 이런 조치가 필요해진 경우엔 빨리 병원으로 가는 게 좋아. 하지만 시간이 없거나 미주가 거부할 경우에 승우 씨가 조치를 해줘야 돼. 잘 익혀 둬."

정란은 승우에게 주사기 다루는 법부터 가르쳤다. 앰풀 따는 것에서부터 주입하고 공기를 뺀 뒤 엉덩이 위쪽이나 팔에 주사하는 법. 일회용 주사기를 많이 준비해줄 테니 그걸 쓰고, 혹시라도 다 쓰면 현대병원 박 선생에게 말해놓을 테니 도움을 청하고, 유리 주사기와 바늘도 줄 테니 필요한 경우 사용한 뒤 팔팔 끓인 물에 소독하고 쓰면 된다고 일러주었다.

"이게 모르핀이야. 진통제지. 주사로 놓을 수도 있고 링거관 속에 넣어 링거액과 함께 주입하는 방법도 있어. 이 앰풀은 용량이 1cc야. 처음에 열 개 정도, 10cc를 500cc 링거관 속에 주사하면 돼. 지금은 통증이 2, 3일에 1번씩 온다고 하지만 점점 더 잦아지고 심해질 거야."

고개를 끄덕이며 승우는 열심히 메모했다.

"이 앰플은 데메롤이야. 모르핀과 같다고 보면 돼. 물론 이것들은 병원 밖으로 반출하지 못하게 돼 있지만 승우 씨가 떠날 때 챙겨서 보내줄게. 모아놓은 것도 좀 있고. 나중에 승우 씨가 돌아와서 환자인 미주가 사용했다는 서명란에 사인만 해주면 돼. 물론 그것을 처방하고 결재한 담당의는 나야."

"네."

"그리고…… 앞으로 자주 링거를 맞아야 할 거야. 미음은 그런대로 아직 잘 먹는댔지?"

"네."

"승우 씨가 끓여줬어?"

"네. 전복죽, 깨죽 끓이는 데는 도사 다 됐습니다."

"잘했어. 하지만 임신 중후반기쯤 되면 미주는 전혀 먹지 못할 가능성이 커. 아기를 낳을 때까지 조금이라도 먹어준다면 큰 시름 하나는 더는데 말이야. 어쨌든 앞으로 승우 씨가 미주 팔에 링거를 꽂아야 할 때가 많을 거야. 중환자들은 링거의 힘으로 산다고 해도 과언은 아니니까."

"네."

"이건 영양을 보충하는 거고, 이건 단백질, 이건 아미노산, 이건 병원에서 제일 널리 쓰는 포도당 링거야. 보통 병원에선

2가지만 써. 큰 차이는 없거든. 문제는…… 정맥 속에 링거 바늘을 찔러 넣는 거야. 좀 연습이 필요하거든. 봐, 바늘을 끝에 대고 이렇게 끼우는 거야.”

정란은 링거선 끝에 바늘을 끼우고 승우의 팔에 푸른 정맥을 찾아 가볍게 찔러 넣었다. 따끔했다. 그녀는 다른 바늘로 갈아 끼우고는 승우에게 들려준 뒤 자기 팔을 내밀었다.

“해봐!”

“서…… 선배 팔에요? 아니에요, 내 팔에 할게요.”

“미주의 가는 팔이 승우 씨 닮았어, 나 닮았어? 정맥 속으로 바늘을 집어넣는 건 초보자로선 쉬운 일이 아냐. 어서 해봐. 연습을 많이 해봐야 돼. 미주가 막 아프다고 하는데 정맥을 제대로 찾지 못해 몇 번이나 꾹, 꾹 찔러 봐라. 누가 좋아하나. 이건 사소하게 넘겨버릴 부분이 아니야. 굉장히 중요한 기술이야. 숙련되면 될수록 환자에게 고통과 공포를 빨리 줄여주니까. 어서 해!”

정란의 하얀 팔에 실 같은 푸른 정맥이 얼비쳤다. 바늘을 든 승우의 손이 일순 파르르 떨렸다. 차라리 자신의 살갗을 뚫는 게 속 편하지, 어떻게 정란 선배를 찌르나 해서였다.

승우는 조심스럽게 찔렀다. 정란은 애써 미소를 지었다.

“비슷하게는 찔렀는데 제대로 안 들어갔어. 봐, 정맥을 비껴갔잖아. 다시 뽑아서 해봐. 핏줄을 따라 약간 경사지게 해서 스키를 타는 기분으로 가볍고 야무지게. 한 번에 찔러서 밀어 넣어야 환자가 불필요한 고통을 느끼지 않아. 해봐."

정란은 주먹을 움켜쥐어 푸른 정맥을 돋우었다. 승우가 바늘을 찌르자 정란은 입술을 깨물었다가 풀었다.

"그래, 하지만 이번엔 각도가 안 맞았어. 마음 편하게, 그래, 독하게 먹고 해. 미주를 생각하면서. 다시 해봐. 바늘을 너무 세우니까 더 이상 들어가지 않는 거야."

"저…… 정란 선배……!"

"승우 씨 다시 해봐. 한번 제대로 넣으면 자신감이 붙어. 감정 없이 해."

바늘을 정맥에 제대로 끼워 넣기 위해서 승우는 무려 6번이나 정란의 손목 윗부분을 바늘로 찔렀다. 찔렀다가 뺄 때마다 빨간 피가 맺혔다.

"자…… 잘했어. 그다음에 반창고로 단단히 고정시켜. 선을 한 번 말아붙여도 좋아. 튼튼하게 해도 상관없어."

정란은 웃었다. 이마에 송골송골 땀이 맺혔다. 승우도 마찬가지였다.

"주사를 잘못 끼워 넣으면 그 부위가 수포가 차는 것처럼 붓거든. 그러면 당황하지 말고 즉시 바늘을 뽑고 그 부위를 눌러서 액을 뽑아내면 돼. 반대편 팔에 놓거나, 손등…… 이런 데, 이런 데 있지? 이런 푸른 핏줄에 놓아도 돼. 살이 빠지면 혈관 찾기도 힘들어지거든. 그럴 때는 고무줄로 팔뚝을 묶고 손바닥으로 치면 혈관이 잠시 살아. 알았어? 단번에 놓을 정도가 돼야 해."

"쉽지 않네요."

"그럼, 간호대학 과정을 며칠 만에 속기로 이수하려니 당연히 어렵겠지. 내일은 3번 만에 성공해. 난 뭐 안 아픈 줄 아니?"

"내일도 또 해요?"

"당연하지. 단번에 성공할 정도로 숙련되어야 해. 환자들은 몸이 아프니까 신경이 아주 날카롭거든. 환자들이 간호사들에게 제일 불만인 게 바로 이 링거야. 초보 간호사들도 몇 번이나 찔러대다가 겨우 집어넣거든. 그러다가 환자한테 뺨 맞은 간호사들도 많아. 난 승우 씨가 미주에게 호되게 당하는 걸 원치 않아."

정란이 미소 지었다. 계속해서 정란은 알약 진통제 복용 방법, 주사로 놓는 것과의 효과 차이, 혈압 재는 법, 수치로 상태 읽는 법, 온도계 사용법, 온도계 수치에 따른 행동 범위를 설명했고, 승우는 그것을 일일이 직접 해보고 수첩에 기록했다.

"목이 마르네. 뭐 마실 거야?"

"주스 주세요."

정란은 냉장고 문을 열면서 6번이나 찔린 부위를 보이지 않게 주물렀다. 왜 아프지 않고 쓰리지 않겠는가. 생살을 6번이나 뚫었는데.

승우는 잔을 받으며 말했다.

"정말 고맙습니다. 이렇게까지 애써주시니."

"승우 씨, 그건 내가 할 말이야. 승우 씨에겐 미주가 아내지만 나에겐 둘도 없는 친구잖아. 그런데 정말 걔 성격 이상해. 지난번에 강원도에 내려가겠다고 하기에 그러면 내가 따라가겠다고 했거든. 그런데 싫대. 무조건. 간호사 하나 붙여주겠다고 했는데도 싫대. 걔, 정말 무슨 깡다구로 자신을 그렇게 몰고 가는지 이해가 안 되는 점도 있어. 그렇다고 내가 강제로 뭐 어떻게 할 수 있는 것도 없고."

"정란 선배가 뒤에서 이렇게 애써줄 줄 다 아는 거지요 뭐."

"가운 입은 지 7년 됐는데, 이렇게 말 안 듣는 환자는 처음이야. 환자 모두 걔 같다면 의사들 전부 필요 없을 거야."

속이 상해하는 말이었다. 미주가 걱정되는 건 두말할 필요도 없고 승우도 염려되긴 마찬가지였다.

"언제 갈 예정이랬지?"

"모레요."

"미주가 좋아해?"

"신혼여행 가는 것처럼 들떠 있어요. 얼굴이 아주 밝아졌어요."

"거기가 왜 그렇게 좋대? 무슨 속인지 도통 모르겠어. 현대

병원 박 선생한테 내가 일단 전화해놓을 테니까 시간 나면 먼저 한 번 찾아가 봐. 그 병원은 송림으로 둘러싸여 있고 건물도 지은 지 얼마 안 돼서 깨끗하거든. 미주가 아기 낳을 날이 임박한 시점까지 그 병원에 입원해 있는 게 가장 좋을 거 같아. 승우 씨가 미주를 잘 구슬려 봐."

"그렇게 하죠."

"일은?"

"내일로 마감해요."

정란은 고개를 끄덕이더니 참, 하고 가볍게 소리를 질렀다.

"미주가 요즘 매일 승우 씨 프로에 사연 보낸다고 하던데. 방송에도 나왔다며?"

"네? 금시초문인데요?"

"이상하다…… 방송을 여러 번 탔다고 해서 승우 씨가 뽑아줬나보다고 생각했는데. 내가 잘못 들었나?"

그…… 그럼? 승우는 자신의 머리를 쥐어박고 싶은 심정이었다. 3주 넘게 매일 팩스로 오던 무명의 편지……. 암 선고를 받고 사랑하는 사람에게서 떠나야 하는 애절한 사연의 주인공이 미주일 거라고는 꿈에도 생각하지 못한 일이었다. 어떻게 이렇게 바보 같을 수 있단 말인가. 눈과 마음이 멀지도 않았는데 어떻게 이렇게도 미주의 마음을 알아볼 수 없었단 말인가. 몇 번이나 그녀의 편지를 읽으며 눈물을 흘렸으면서도.

정말 바보, 멍청이, 얼간이었다.

미주는 매일매일 자신에게 남은 날들을 세며 암호 같은 연서를 한밤에 띄워 보냈다. 그런데 어리석게도 자신은 안타깝기는 하지만 자신과는 상관없는 일로만 여겨오지 않았던가. 매일 한 침대에서 자는 여자, 그리고 죽어가는 여자. 자신의 아기를 낳기 위해 기꺼이 죽음을 선택한 여자인 미주의 마음을 받아 들고서도 몰라보다니.

힘없이 고개를 떨군 승우는 떨리는 손으로 얼굴과 머리를 와락 싸안았다. 여태껏 참았던 격한 감정이 일시에 터져 나왔다. 정란은 깜짝 놀라 승우의 어깨를 흔들었지만, 승우는 마치 죄책감에 빠진 사람처럼 참담한 슬픔을 토해내고 있었다.

구
원
의

종

나는 당신을 위해 울었습니다

나는 우리 둘을 위해 울었습니다.

나는 당신을 위해 거짓말을 했습니다

나는 당신의 회전목마에 달린 종으로 구원됐습니다

당신이 그 남자를 사랑한다고 해도

나는 우리의 위대한 좁은 길을 갈 것입니다

나는 당신을 위해 죽겠습니다

나는 당신을 위해 살겠습니다

그리고 내 인생을 당신께 드리겠습니다

— ⟨Saved by The Bell⟩, Bee Gees

* 승우가 마지막 음악 방송에서 미주만을 위해 틀어준 곡

주
문

1998년 10월 14일

승우의 마지막 음악 방송이 있는 날이었다. 새벽
1시 40분경, 개인 사정으로 연출을 그만두게 됐다
는 진행자의 안내 말과 함께 승우는 마이크를 건네
받았다. 승우는 간단하게 후임으로 오는 PD는 뛰
어난 능력이 있는 분으로 팝을 아끼는 청취자 여러
분들의 마음에 들 거라는 말부터 했다. 그리고 진
행자가 멘트를 넣어주고 다시 그의 차례가 되자 승
우는 오늘 받은 익명의 팩스 용지를 꺼냈다. PD가
직접 방송하는 것은 마지막 방송이라 해도 분명 이
례적인 일이었다.

"그동안 우리 프로의 청취자들에게 깊은 인상을
남겼던 익명의 편지가 오늘도 도착했습니다. 이제

다시는 보내지 못하게 됐다는 추신도 덧붙여져 있어서 그분께 감사하는 마음으로 연출을 맡았던 제가 대신 읽어드리겠습니다."

오늘 도시 건물 뒤로 지는 해를 바라보았습니다. 바라보면서 또 하루가 저무는구나 생각했습니다. 해의 끝자락을 보면서 중얼거렸습니다.

"그렇게 빨리 질 이유가 있는 거니? 쉬었다 가렴. 옥상에 앉아도 좋고 유리창이 가득 달린 건물에 기대 있어도 좋아. 그냥 그렇게 속절없이, 무심하게 빛을 거두지 말았으면 좋겠어. 네가 가면 지상의 모든 것에게서 하루가 지나가버린다는 것을 넌 잘 모르는 것 같아. 그게 얼마나 무섭고 두려운지를 말이야."

하지만 무정한 해는 야속하게도 어둠을 대지에 가득 퍼뜨려 놓고 홀연히 사라져버렸습니다.

단풍이 든 나뭇잎들이 일제히 어둠이 싫다는 듯 머리를 흔드는 게 보입니다. 그 마음을 알 것 같습니다. 가을이 깊으면 그들도 떨어질 것이고 자신이 쓸쓸한 만큼 거리를 쓸쓸하게 만들 테니까요.

앙상한 가지만 있는 나무처럼 내 뒤에 홀로 남을 사람을 생각하면 가슴이 아픕니다. 내가 가는 곳으로 따라오지 못하는 그는 겨울이 되면 칼바람에 나뭇가지를 흔들며 아파하고, 삭정이 가지를 부러뜨리며 기나긴 울음소리를 낼 것입니다. 그것이 마음에 걸려 나는 눈 둘 곳을 찾지 못하고 있습니다.

사랑하는 사람에게 아직도 그 사실을 알리지 못했습니다. 그는 눈치를 챈 것 같지만 묵연히도 잘 참고 있습니다. 나라면 그 사람처럼 하지 못할 겁니다.

"도대체, 그럼 난 뭐야? 나한테 준비할 시간도 주지 않으려고 했다면 너 너무나 이기적이고 잔인한 거 아냐? 어쩌면 그럴 수 있어!"

나라면 이렇게 감정을 폭발시켰을 겁니다. 홀로 남는다는 억울함과 분노를 도저히 감당할 수 없기 때문입니다. 그러나 그는 알면서도 일상을 유지하려고 애씁니다. 나를 웃기기 위해 광대 짓도 여전히 잘한답니다. 하지만 이젠 그러지 않았으면 합니다. 그것이 절 더 아프게 한다는 것을 그 사람은 잘 모르고 있는 것 같습니다.

아니, 그건 제가 감당해야 할 몫입니다. 그 사람도 지금 어쩔 줄 모릅니다. 가만히 있어도, 내 옆에서 마냥 날 지켜봐도, 잠자리에 같이 들어도, 밤새도록 뒤척거리고 서성거리는 그의 마음이 느껴집니다. 그는 나 이상으로 훨씬 잘 참아냅니다.

이런 두 사람의 상황과 감정이 이해되실지 모르겠습니다. 내가 그에게 아직까지 얘기하지 못한 것은 할 말을 찾지 못했기 때문입니다. 나, 머잖아 당신을 떠나, 나 머잖아 죽는 대, 하는 말을 어떻게 할 수 있겠습니까. 자존심이 상해서 도저히 못 하겠습니다. 그의 슬픔이 무서워서 엄두가 나지 않습니다. 나는 그를 떠날 수밖에 없는데, 내 사랑이 그렇게 약해 보이는 건 너무나 싫기 때문입니다. 그가 나 때문에 절망하는 것을 보고 싶지 않기 때문입니다.

얼마 전에 그 사람이 퇴근해 돌아와서는 제게 이상한 주문을 가르쳐주었습니다.

"라흐마니 나도루 마타부부 가이타. 사자가니 바메, 바메바메 라흐마니!"

그 사람은 티벳에서 수학한 고승이 오래전에 필리핀 민간에 퍼뜨린 주문이라고 하더군요. 그 사람은 다르게 말했지만, 제 생각엔 사랑하는 사람에게 사랑을 전하는 주문과 같이 느껴졌습니다. 여러분도 사랑하는 사람이 있다면 그 주문을 세 번 외워보세요. 사랑이 이루어질 것이고 이루어진 사랑은 영원히 변함없을 것입니다. 제가 이런 선물을 드리는 것은 이제 더 이상 사연을 드릴 수 없기 때문입니다.

그동안 정말 고마웠고, 감사했습니다. 여러분들과 제가 사랑하는 그 사람에게도 오래도록 건강과 사랑을 빌어드립니다!

사연을 읽으면서 승우는 눈물을 흘렸다. 진행자도, 스태프도 놀라서 어리둥절했고 어쩔 줄 몰라 하는 표정들이었다. 주문 대목에서부터, 승우는 완연히 목이 메었고 슬픔을 참느라 입술을 질끈 깨물며 순간순간 터져 나오려는 울음을 손으로 틀어막았다. 미주가 처음으로 발신자가 누구인지 승우가 알 수 있도록 사연을 띄웠기 때문이었다.

미주는 혼자 어두운 실내에서 승우의 마지막 라디오 방송을 듣고 있었다.

승우가 직접 자신의 사연을 읽는다고 했을 때 미주는 너무나 놀랐다. 가슴이 덜컥 내려앉았고 숨도 쉬기 힘들 정도로 떨렸다. 남편이, 세상에 한 사람밖에 없는 나의 남자가 방송에서 흐득 흐드득 소낙비 뿌리는 소리를 내며 우는 소리를 듣자, 그녀는 처음으로 목놓아 울었다. 발을 뻗고 비비적거리며 아이처럼 울었다. 가슴이 아파서, 너무나 아파서 자신의 가슴을 두드리고 쌰쥐고 쉼 없이 문지르며 울었다.

승우야…… 미안해……. 너무나 미안해……. 네가 나 때문에 오랫동안 힘들었다는 것을 너무 잘 알기에…… 나, 잘해주려고 했는데…… 네게 받은 사랑의 반만이라도 열심히 따라가려고 했는데……. 이게 뭐야, 너를…… 너를……. 또 이렇게! 이처럼 참혹하고, 무섭게, 아프게 너를 만들어버리다니!

나처럼 못된 여자도 없을 거야. 저…… 정말, 이렇게 되고 싶지 않았는데. 바보 같이, 바보 같이…… 가엾은 사람…….

미안해…… 미안해…… 승우 씨, 정말 미안해!

그날 퇴근하는 승우의 손에는 미주 나이만큼의 장미 송이가 담긴 꽃다발이 들려있었다. 평소와 다름없었다. 그는 싱글벙글하며 당신 오늘 어땠어? 슈퍼마켓에 다녀왔다고? 무거웠겠네. 뭐하러 그래. 배달을 시키거나 나한테 다녀오라고 그러지. 요새 흔해 빠진 게 편의점인데. 그럼 우리 공주님을 배 속에 넣고 캥거루처럼 다녔겠네? 하긴…… 뭐, 아직 그 정도 배는 아니다, 하며 미주 옆 소파에 앉아 연신 뺨에 입을 맞추고 손으로 배를 쓸었다.

하지만 승우의 눈두덩은 두드러지게 부풀어 있었다. 미주도 마찬가지였다. 두 사람은 서로의 눈을 보지 않으려고 애썼다. 누구 한 사람이라도 입을 열면 아파트 안이 눈물로 다 차도록 울 것 같아서였다. 그건 안정을 취해야 하는 미주에게 좋은 일이 아니었다.

태아를 슬픔으로 만들고 양수 대신 눈물로 채우는 어리석은 행동을 하지 않기 위해 두 사람은 무척 애썼다. 그래서 승우와 미주는 쉼 없이 냉장고 문을 열고, 텔레비전을 켰다가 끄고, 침대보를 다시 깔고 하면서 움직이고 또 움직였다.

미주는 승우가 먼저 누워서 팔을 벌리고 자리를 툭툭 치는 침대로 가서 누우며 말했다.

"승우 씨, 기분이 좀 그렇겠다. 좋아하는 팝 방송 당분간 못 하게 됐잖아."

"음악이야 뭐, 턴테이블과 CD만 있으면 어디서든 실컷 들을 수 있지. 내일 강원도 내려갈 때 CD 잔뜩 싣고 가지 뭐. 아참, 지난번에 샀던 태교 음악 CD도 가져가야겠다. 모차르트 음악 전집도 가져가야겠지?"

"그래, 좋은 대로 해!"

"미주, 너 마지막 방송 들었니?"

"아니! 텔레비전 봤어. 개그펀치 나오는 유머박스!"

"그럴 줄 알았어. 잘했어. 아기를 위해서도 슬픈 건 안 듣는 게 좋아."

"슬픈 거? 왜? 무슨 일 있었어?"

"아니, 아무 일도. 하지만 끝 방송이라 좀 내 마음이 그랬어. 그래서인지 나답지 않게 슬픈 곡이 몇 개 더 들어갔던 거 같아. 곡 안배가 잘못됐어."

"끝 곡은 뭐 틀었어?"

"〈Saved by The Bell〉. '회전목마에 달린 종'이야."

"야아, 제목 죽인다. 나도 우리 아기 태어나면 회전목마 타러 가야지. 딸랑딸랑 종을 흔들어주면서 탈 거야."

"좋았어. 그럼, 내가 사진 찍어줄게. 무지무지하게 크게 확대해서 벽 한 면에 척 붙이는 거야."

"정말? 흐으응, 그 생각만 해도 기분이 좋아진다."

"그러니까 이제 자. 네가 자야 우리 공주님도 잘 테니까."

승우는 미주를 향해 돌아누워 반대편 손으로 그녀의 가슴을 토닥거렸다. 미주는 살포시 눈을 감았다. 가슴속에서 뭔가 치밀어올랐지만, 미주는 애써 억눌렀다. 승우도 마찬가지였다. 그녀의 입가에 걸린 미소를 조금만 건드려도, 들추어도 거대한 슬픔이 폭발할 것만 같았다.

〈Saved by The Bell〉! 끝 곡으로 너무 슬픈 걸 틀었어. 가사도 엉망이었고. 바보 같은 짓이야. 정말…… 어이없는 실수야!

승우는 옅은 어둠 속에 파묻혀 고개를 설레설레 흔들었다. 미주에게 좀 더 밝고 경쾌하고 건강한 음악을 틀어줄걸. 승우는 멍청한 자신을 맘껏 욕했다. 자기감정에 못 이겨 눈이 통통 붓도록 미주를 더 슬프게 만들다니.

승우는 미주의 아랫배를 부드럽게 쓰다듬고 토닥이는 것을 오래도록 반복했다.

그
들
만
의

가
을

1998년 10월 16일

상운 폐교는 몇 개월 전 그대로였다. 마을과도 조
금 떨어져 있어, 고요한 정적이 물든 단풍나무가 커
다란 은행나무와 함께 가을 성채를 이루고 있었다.

둑 앞에는 황금 들판이 자리하고 있었고, 왼쪽
마을 뒤편 야트막한 산 사이로 삼각형 모양대로 물
구나무선 푸른 바다가 보였다. 건물 사이의 바람이
아닌 완전히 방목된 가을바람이 햇살 사이로 곡선
을 그리며 자유로이 날아다녔다.

미주는 주위를 둘러보며 한껏 공기를 들이마셨다.

"이제야 살 것 같아."

"그렇게 기분 좋아?"

"응. 날아갈 것 같아. 승우 씬?"

"나도 좋아."

"봐, 내려오길 잘했지?"

"그래."

승우는 안에서 빗장만 질러 놓은 교문을 열고 차를 천천히 몰아 교사 뒤편에 세웠다. 차에는 필요한 생필품과 턴테이블, CD, 책, 옷가방과 냉장고에 들어가야 할 물품들이 뒷좌석과 트렁크에 가득 실려 있었다. 물론 정란이가 승우에게 준 여러 개의 의료 박스도.

세 개의 열쇠가 달린 뭉치는 경희 선배의 말대로 상수리나무 밑 섬돌 아래 놓여 있었다. 관사 현관 열쇠와 기숙사 열쇠, 도자기실 열쇠였다.

승우는 열쇠를 미주에게 자랑스레 흔들어 보였다.

"어떡할까?"

"우리 그냥 기숙사 써. 보일러 난방도 괜찮고 작은 부엌도 딸려 있잖아. 가스레인지도 있고, 냉장고도 있고, 전화도 연결해서 쓸 수 있고, 아무 문제 없잖아?"

"그럴까?"

"그래. 나중에 필요한 게 있으면 관사에 있는 것을 빌려다 쓰지 뭐."

"그러면 물건 옮기고 정리하는 건 내가 할 테니까 미주 너는 학교를 돌아봐. 돌아온 관리인처럼 말이야."

"그래도 방 청소는 내가 할게. 같이 정리하면 빠르잖아."

"배 속의 우리 공주님이나 잘 모시세요. 얼마 안 걸릴 테니까 산책하듯이 천천히 돌아봐."

"정 그러시다면. 흠, 우물 물맛부터 점검해볼까?"

"좋으실 대로!"

승우는 문을 활짝 열어젖힌 기숙사 안으로 물건을 나르기 시작했다. 미주는 깊이가 열 길 정도 되는 우물에 나무 두레박을 던져 넣었다. 맑은 수면 위에 자신의 얼굴이 부서져 일렁였다. 병색이 도는 해쓱한 얼굴이었다. 볼살이 빠져서 광대뼈가 조금 드러나 있었다.

미주는 머리카락을 귀 뒤로 쓸어 넘기고 미소를 지어 보였다. 아직도 아름다움이 남아 있었다. 비록 말라깽이더라도 화장한다면 아가씨 같아 보일 수도 있겠다 싶어 웃음이 흰 치아 사이로 비집고 나왔다.

식도를 타고 내려가는 청량한 우물물은 위를 씻어주는 느낌이었다. 우물…… . 서울에서는 도저히 맛볼 수 없는 정갈한 물맛이었다. 폐교되기 전 인근 마을의 어린 학생들이 달라붙었을, 체육 수업이 끝나면 아이들은 시멘트에 타일을 붙인 수돗가로 뛰어가기보다는 틀림없이 이 우물로 뛰어왔을 터였다. 여름에는 시원하고 겨울에는 따스한 물이 우러나 고인 이 우물 때문에 이곳이 그렇게 그리웠나 싶었다.

미주는 주머니에 있는 조그만 물병에 든 생수를 쏟아버리고 우물물을 채웠다. 이제는 하루에 적어도 한 번씩 동통이 왔다. 통증의 시작은 위가 있는 복부에서 시작되지만, 순식간에 바깥으로 튀어나와 온몸을 무너뜨리는 위력이 있었다.

미주는 항상 주머니에 강력한 진통제와 물병을 넣고 다녔다. 자신을 위해서라기보다는 자신을 믿고 몸속에 자리 잡아 미주에게, 아빠인 승우에게, 그리고 세상을 향해 걸어오는 아기를 위해서였다.

"정란아, 진통제를 장기복용해도 아기에게는 아무 문제가 없을까? 통증이 심해지면 진통제로도 안 된다며? 그럴 땐 모르핀을 맞는다던데, 아기에게 괜찮을까? 난 그게 제일 걱정 돼."

"물론 태아에게 좋다고는 할 수 없지. 그렇지만 진통제와 모르핀이 반드시 아기를 비정상 상태로 빠뜨린다는 학계의 정식 보고는 아직 없어. 단지 쓰는 것보다는 안 쓰는 것이 여러모로 바람직하다는 거지.

하지만 네 경우엔 이렇게 생각해야 돼. 약이나 모르핀이 필요한데 안 먹고 주사도 안 맞으며 네가 그 끔찍한 통증을 참아낸다면, 그 통증이 약물보다 태아에게 훨씬 나쁜 영향을 미친다는 거야. 심한 경우엔 출산의 문제가 아니라 즉시 유산될 수도 있거든. 임신 후기에는 사산을 염려해야 하고. 넌 그걸 제일 조심해야 돼. 내가 승우 씨한테 연습을 시켜놓았거든. 승우 씨 이제 링거나 주사도 잘 다뤄. 그러니까 넌 남편과 괜찮은 남자 간호사와 같이 그곳에 내려간 거야.

그리고 너희 둘만으로는 상황이 힘들겠다 싶으면 즉시 현대병원으로 가. 차 타면 30분 정도니까. 서울의 교통 체증을 생각하면 그 정도는 아무것도 아니지. 그곳에 가서 박민식 내과 전문의를 찾아. 이미 내가 여러 번 부탁했고 책임감 있는 사람이니까 전부 다 알아서 해줄 거야. 승우 씨한테 그 사람 핸드폰하고 집 전화번호도 알려줬거든. 만약 야간 응급실에 갈 경우, 박 선생에게 연락을 먼저 하고 가는 게 좋아. 집이 병원 근처라서 기다려준다고 했으니까. 그리고 내가 필요하면 언제든지 불러. 승우 씨를 믿긴 하지만 내가 얼마나 불안해하는지 넌 잘 모를 거다. 아무튼 연락하면 전화 받는 즉시 네게로 달려갈게.

그리고 출산 예정이 3월이니까. 최소한 1월에는 다시 서울로 돌아온다고 생각해. 그 병원 시설도 좋긴 하지만 네 경우에는 출산 때 최고의 시설과 전문가들이 달라붙어야 해. 그래서 2월부터는 우리 병원에 1달 정도 입원해야 해. 아기를 무사히 낳고 싶다면 그것만은 내 말을 꼭 들어줘야 돼."

정란의 얘기가 귓바퀴에서 쟁쟁거리는 듯했다. 미주는 교사 뒤편으로 난 흙길을 걸었다. 화장실과 창고, 코스모스가 피어 있는 화단, 측우기와 온도계, 습도계를 달아놓은 비둘기 장 같은 흰 관측대를 지났다. 둥근 연잎이 퍼져 있는 자그마한 연못 둘레에 여러 종의 단풍나무와 측백나무가 있었고 그 앞에 커다란 은행나무가 서 있었다.

황금빛으로 불타는 나무는 셀 수 없이 많은 잎을 달고 우람하게 서 있었다. 어쩌면 저렇게도 곱게 햇빛에서 노란빛만을 뽑아 잎에 물들일 수 있는지 신기할 정도였다. 은행나무를 보면 편지가 쓰고 싶었던 10대 초반의 시절이 떠올라 미주는 가슴이 뭉클했다.

바닥은 떨어진 노란 은행잎으로 가득한 둥근 원을 그리고 있었다. 황금의 나뭇잎을 밟는 기분은 그만이었다. 무도장 같다는 느낌이 들었다. 언제 승우와 같이 여기서 춤을 춰 봐야지. 탱고, 자이브, 살사 댄스, 지르박까지. 그런 건 좀 힘들겠지?

기획실장의 취미가 스포츠댄스였기 때문에 미주는 간단한 스텝 정도는 익혀두었다. 턴테이블을 연못 옆 바위 위에 놓아두고, 영화 《여인의 향기》에 나오는 알 파치노와 그 여인처럼 승우와 멋진 춤을 춰야지. 후후후, 배가 더 불러온다면 블루스를 추는 것조차 영 맛이 안 날 것 같은데. 이 몸으로 겨우 출 수 있는 춤은 그의 품에 안겨 발을 가볍게 이리저리 뗐다 붙였다 하는 블루스뿐일 텐데 말이야. 어쨌든 은행잎이 다 떨어지기 전에 꼭 이곳에서 승우랑 블루스를 출 거야.

미주는 담백한 미소를 머금으며 걸었다.

농구대와 자그만 축구 골대, 높다란 태극기 깃봉 사이에는 도자기를 굽는 가마가 설치되어 있었고, 고구마 굽는 통을 바로 세워놓고 위에 연통을 단 시설도 곁에 있었다. 고구마 통 같은 시설은 인형을 주로 굽는 초벌 통이었다. 뒤에 있는 창고 안에 재어놓은 통나무를 팬 장작들은 가마 불에 쓰이고, 흙 인형을 굽는 데는 왕겨가 쓰인다고 했다. 왕겨 자루가 60여 개나 쌓여 있고 불을 붙이는 법도 지난번에 웬만큼 들어서 알고 있었다. 방법은 의외로 간단했다. 미주는 승우와 같이 인형을 만들고 접시를 만들어 말려서 꼭 한 번 구워볼 작정이었다.

그렇게 되면 주황색보다 더 빨간 초벌 인형들과 접시를 초벌통에서 건져낼 수 있게 될지도 모른다. 미주는 배 속에 있는 딸에게 줄 인형을 만들 수 있다고 생각하니 벌써부터 가슴이 설레었다.

"자, 엄마랑 같이 그네 타러 가자!"

한 손으로 배를 쓰다듬으며 미주는 그네로 가서 앉았다. 아주 조금만 몸을 흔들고 발로 땅을 디디며 그네를 움직였다.

"어때? 기분이 좋지? 널 캥거루 새끼처럼 배 바깥에 넣고 키울 수 있다면 얼마나 좋을까. 엄만 우리 딸 얼굴이 너무너무 보고 싶거든. 캥거루 어미는 얼마나 좋을까. 손가락 한 마디도 안 되는 게 엄마 배 주머니에 기어들어가서 그 안에 달린 젖을 먹고 커다랗게 자라니까⋯⋯."

그때 아기가 발로 차는 것이 느껴졌다.

"너도 그러고 싶다고? 하지만 조금만 더 기다리렴. 이 아름 다운 세상이 너를 맞이하기 위해 아직 단장을 덜 했거든."

하지만 태아는 계속해서 움직였다. 그 순간이었다. 미주는 헉, 하는 신음 소리와 함께 호흡이 정지되었다. 언제나 부지 불식간에 덮치는 놈이었다. 그놈의 통증이 위를 꽉 움켜잡은 느낌이었다. 식은땀이 관자놀이에서부터 등줄기까지 좍 흘러 내리는 것 같았다.

위 부위를 싸잡으며 가쁜 숨을 몰아쉬던 미주는 떨리는 손 으로 주머니에서 약병을 꺼내 알약 3개를 입에 황급히 털어 넣고 물병 꼭지를 열어 거푸 물을 마셨다. 야윈 볼이 푸르르 떨렸다. 여러 번 맞닥뜨렸지만 매번 섬뜩했다. 분명히 공포였 다. 자기 몸 안에서 자신을 노리는 음흉한 살인자의 검은 눈 빛 같은. 마치 모체를 숙주로 해서 자라는 또 하나의 악한 힘 이 자신의 몸을 부지불식간에 헤집어 완전한 장악을 가늠하 는 듯한.

놀랍게도 계속해서 움직이던 태아가 움직임을 딱 멈췄다. 마치 사나운 짐승 떼가 돌아다니는 초원의 수풀 속에서 숨어 엄마가 돌아오길 기다리며 숨도 쉬지 않는 가젤 새끼처럼. 태 아는 미주가 느끼는 확연한 공포와 죽음에 대한 두려움에 정확하게 반응하고 있는 듯했다.

통증은 그물망 같은 촉수를 뻗어 내려가다가 검고 끈적거리며 날카로운 껍질을 가진 삿갓조개가 황급히 웅크러들 듯 잦아들었다. 미주는 두 손으로 아랫배를 감쌌다. 엄마…… 무서워……, 엄마…… 어딨어, 하는 태아의 두려움이 파들거리며 얇은 배 살갗 바깥으로 전해지는 듯했다. 눈물이 왈칵 솟구쳤다.

미안…… 미안해, 아가야. 너는 어두운 둥지 속에 혼자 놓아둔 날지 못하는 새끼처럼 불안하고 무섭겠지? 너의 주변에 나쁘고 무서운 것들이 돌아다니게 만들다니! 정말 이 엄마가 무책임하고 자격이 없는 것 같아 가슴이 아프구나. 엄마가 네가 있는 곳으로 들어갈 수만 있다면 아무도 널 건드리지 못하게 할 자신이 있는데. 그러나 엄마는 너무 커서 네가 있는 곳까지 들어갈 수가 없단다.

하지만 아가야! 두려워하지 말고 용기를 가지렴. 엄마랑 너는 한 몸이야. 우리는 서로 격려하면서 함께 나쁜 것들과 싸워야 해. 엄마는…… 이 엄마는 …… 네가 얼마나 먼 길을 돌아 엄마에게 와주었는지 너무나 잘 안단다. 넌 은하수와 카시오페이아자리보다 더 먼 곳에서 너 혼자 엄마를 보기 위해 찾아왔어. 부디 그 용기를 잃지 말거라. 엄마가 널 항상 지켜보고 너와 함께할 테니까. 그 사악한 것들이 네 몸에 손끝 하나 대지 못하게 엄마가 언제나 깨어 있어서 널 지킬 테니까.

아가야, 넌 더 이상 불안해하지도 말고 아름다운 꿈을 꾸면서 건강하게 무럭무럭 자라나야 한단다. 그게 네 일인 거야. 엄마가 널 지켜줄게. 엄마가 약속하마. 어떤 일이 있어도 너를 몹쓸 그 어둠의 손에서 지켜내겠다고.

미주의 말을 알아듣는 듯 아기는 조심스럽게 배 속에서 움직였다. 마치 '네……. 네…….' 하고 대답을 하는 것 같았다.

"그래그래. 우리 아가 착하지! 절대로 겁먹지 말고 잘 자고 잘 먹어야 해. 앞으로 점점 더 힘들어지겠지만 엄마는 너를 목숨과 바꿀 만큼 사랑한다는 걸 명심하고 너도 힘을 내길 바란다. 알겠니? 너무 소중한 사랑하는 아가야!"

통증은 완전히 사라졌다. 태아도 배 속에서 불던 검은 바람이 멎었다는 듯 어항 속의 물고기처럼 아주 평온하게 움직이며 놀았다. 미주는 고개를 끄덕이며 미소를 지었다.

미주는 승우에게 가려고 했지만 균형을 잡을 수 없어 다시 그네 위에 살그머니 주저앉았다. 거꾸로 있는 태아의 발 바로 위 어디엔가 잠복해서 세력을 퍼뜨리고 있을 이놈들은 확실히 독성이 강한 이빨을 가진 놈들이었다. 암세포가 갈퀴나 발톱 모양으로 변하여 내장 기관을 한 번 찍은 후유증 때문에 진이 다 빠져나간 것 같은 기분이었다. 숨 고르기를 하면서 미주는 그네를 양손으로 잡고 몸속의 건강한 세포가 건네주는 힘을 모으고 있었다. 교실 7칸의 일자형 건물, 흰색 페인트 칠이 된 건물은 언뜻 기차같이도 보였다. 하늘은 나는 《은하철도 999》처럼. 영화 《나는 교실》처럼. 세상 사람들이 모두 잠들고 난 뒤 하늘로 날아올랐다가 제일 먼저 눈뜨는 사람이 깨기 직전에 살그머니 그곳 그 자리에 내려앉은 것 같은.

미주는 평온한 몸과 마음을 되찾았다. 미주는 바다 반대편에 있는 서산 쪽으로 지는 노을빛이 운동장 가득 내리고 쌓이는 것을 보았다. 서산은 굳이 일어나 돌아보지 않아도 꽃잎을 가득 싣고 와 부려놓은 것처럼 붉을 것이다. 그 빛의 꽃잎이 바람에 이곳까지 날려 와 텅 빈 운동장이며 유리창마다 쌓이고 달라붙은 것이다. 눈물겹도록 아름답게 느껴지는 시간이었다.

고요와 적막감이 푸르게 푸르게 학교 담장을 경계로 거대해지는 느낌이었다. 운동장은 거인의 앞치마처럼 풍성하게 펼쳐져 바람을 담고 어둠을 꺼내 방목하고 있었다.

나는 왜 이곳에 그토록 오고 싶어 했을까? 혹시 내가 초등학교 시절 배우지 못했던 것이 있어서 누군가가 날 다시 이곳으로 오게 했을까. 내가 빠뜨린 것, 배우지 못한 것이 있다면 그게 무엇일까? 혹시 잊은 것은 없을까?

문득 그런 생각이 들면서 자신의 초등학교 시절이 떠올랐다. 그 기억들이 빈 운동장을 뛰어다니고 있었다. 삶에 대한 어떤 두려움도 고통도 몰랐던 그 시간. 친구들과 해가 질 때까지 고무줄놀이하거나 공기놀이, 땅따먹기하던 기억이 떠올랐다. 어떤 날은 술래잡기를 하기도 했고 사내애들과 같이 말타기 놀이를 했던 것도 아련하게 기억났다.

양갈래로 땋은 머리를 어깨 뒤로 늘어뜨리고 텅 빈 어슴푸레한 운동장을 뛰어다니던 여자아이. 반장도 했고 사내애들이랑 싸우기도 했던 여자아이. 엄마 아버지가 교사라 공부는 1등이 당연하다고 친구들이 말했던 아이. 그 아이가 텅 빈 운동장을 깔깔깔 웃어대며 혼자 뛰어다니고 있었다.

"미주야! 저녁 준비까지 다 했어!"

"벌써?"

"그래. 뛰지 말고 천천히 걸어와."

승우가 은행나무 옆으로 내려서며 미주를 향해 소리쳤다. 승우는 미주를 향해 걸어왔다. 우주를 가로질러, 저 먼 시원의 어떤 곳으로부터 사랑하는 이를 찾아온 기사처럼, 뚜벅뚜벅 흔들림 없이 승우는 걸어오고 있었다. 승우의 뒤에 선 은행나무는 거대한 그림자 나무가 되어 양 귀와 가지 끝에 장식으로 별 귀고리와 머리핀을 벌써 꽂은 듯 영롱한 별빛을 반짝이고 있었다.

삽시간에 어두워지고 삽시간에 푸르러지고 삽시간에 초롱초롱 빛이 나는 것들. 승우가 손을 잡아주자 미주는 걸음을

멈추고 운동장과 흰 건물과 하늘에 뜬 황금달과, 주먹처럼 소
눈망울처럼 굵어지기 시작하는 별무리를 올려다보고 다시 운
동장과 교사를 손으로 가리키며 말했다.

"정말 아름답지 않아? 여긴 우리 둘만의 세계야. 고요와 외
로움과 쓸쓸함이 깃들여 우리가 서로를 더욱 절실하게 느낄
수 있는 별 같은 세계. 내가 왜 그토록 그리워했는지 이제는
확실히 알 수 있을 것 같아."

내가 당신을 사랑하는 이유는 당신이 이 세상에 단 한 사람
뿐인 당신이기 때문입니다. 저는 당신을 통해 즐거움과 기쁨
을 얻고자 하는 게 아니라, 당신의 고통과 슬픔을 벗고 안
고 토닥이는 게 내 사랑이라 믿습니다. 기쁜 내 사랑이 아니라
아프고 슬픈 내 사랑입니다. 내 사랑이 그렇게 간절한 이유는
단 한 번뿐인 제 삶으로……, 그러니까 제 몸 안에서 자라나
는 죽음의 깊이와 높이만큼 당신 삶을 껴안으려 하기 때문입
니다. 내 안에서 자라는 죽음으로 당신을 사랑하려는 것입니
다. 그러므로 전 당신을 위해 매번 절 죽일 수 있고 죽음의 강
력함으로 당신 마음과 몸을 자유롭고 평화롭게 할 수 있습니
다. 이것이 제가 당신을 완전히 사랑해내는 방법입니다.

시간을 병 속에

내가 만약 병 속에 시간을 저장할 수 있다면

가장 먼저 하고 싶은 것은

흐르는 시간을 영원히 저장하는 것입니다

당신과 함께 그 시간을 보낼 수 있도록

내가 만약 세월을 영원하게 할 수 있다면

말로 소원을 성취시킬 수 있다면

하루하루를 보물과 같이 저장했다가

다시 그 시간들을 당신하고만 지낼 거에요

그러나 그 시간들을 찾게 되면,

당신이 하고 싶은 일들을 성취하기에는

충분하지 못하겠죠. 저는 늘 생각했어요

내가 시간을 함께 지낼 사람이 바로 당신이라는 걸

알만큼 충분히 주변을 둘러보았어요

내가 만약 절대로 이루어지지 않는

소원과 꿈만을 담는 상자가 생긴다면

그 상자는 나의 소원에 대한

당신의 대답을 제외하곤 비워버릴 겁니다

— 〈Time in a Bottle〉, Jim Croce

＊ 승우가 미주에게 간절한 마음을 실어 자장가로 불러줬던 곡

주단 인형

미주는 승우가 끓인 전복죽을 몇 숟가락 뜨다가 구토기를 느끼는지 구역질을 하며 밥상에서 물러났다. 승우는 김과 멸치, 김치를 놓고 밥을 먹다가 슬그머니 수저를 내려놓았다.

"속에서 안 받아?"

미주는 벽에 등을 기대며 고개를 끄덕거렸다.

"큰일인데…… 오늘 하루 종일 3숟갈밖에 못 먹었잖아? 내가 영양 링거 놓아줄까?"

그 말에 미주는 승우의 얼굴을 빤히 쳐다보며 킥킥대고 웃었다.

"정말 놓을 줄 아는 거야?"

"그럼. 정란 선배가 나 남자 간호사로 취직할 수준은 된다고 말했으니까 믿어도 돼. 맞을래?"

"아니. 아직 그 정도는 아냐. 승우 씨나 많이 먹어."

"네가 그런데 먹을⋯⋯."

"그래도 먹어. 날 위한다면. 승우 씨가 건강해야지 내 뒤처리를 잘할 수 있잖아. 그게 우리 아기를 위하는 거기도 해. 난 조금 속이 진정되면 다시 먹을게. 응?"

"⋯⋯그래."

모래를 씹는 맛이었다. 하지만 승우는 목이 메자 물을 마시고 얼른 아내 미주에게 씩 웃어 보인 뒤 밥을 물에 말아 쿡, 쿡 용감하게 떠먹었다.

"텔레비전 켜줄까?"

"아니. FM 라디오 음악. 승우 씨 없으면 FM 방송국 문 닫을 줄 알았더니 돌아가긴 돌아가네?"

미주는 언제부터인가 텔레비전 보는 것이 싫어졌다. 텔레비전에서 나오는 연속극, 개그 프로 들이 마음에 들지 않았던 것이다. 정말 아무것도 아닌, 하잘것없는, 문제가 되지도 않은 일을 가지고 서로 헐뜯고 싸우고 웃고 떠드는 것이 구역질이 날 정도로 싫었다. 살 시간을 넉넉하게 가진 자들의 횡포 같았다.

상황이 변해서일 것이다. 미주도 건강을 잃기 전에는 텔레비전을 들여다보며 같이 킬킬대며 웃었으니까.

하긴 라디오 프로그램에도 그런 요소가 적잖았다. 시시콜콜

한 것을 가지고 떠들어대는, 인생이, 살아 있는 시간이, 지금 이 순간이 얼마나 중요한지 모르는 무리의 사람들이 필사적으로 인생을 가볍고 경박하게 만들기 위해 갖은 용을 써대는 것 같은. 하지만 라디오는 시끄러운 사람들의 소음을 어느 정도 멈춰 주는 음악이 중간중간 흘러서 그런대로 견딜 만했다.

미주는 승우가 보지 않을 때는 한순간도 놓치지 않고 그의 얼굴이며 움직임을 재미있다는 듯 지켜봤다.

야아, 승우 씨 전엔 몰랐는데 주로 밥을 왼쪽 어금니로만 씹네. 반찬을 수저로 집을 때는 그 안을 슬쩍 뒤집어 안쪽을 집어 들고. 열세 번 정도 밥을 씹고…… 밥과 물을 꿀꺽 삼킬 때는 가볍게 콧잔등을 움찔하는구나.

울대뼈가 총 가늠쇠처럼 상하로 크게 움직이네. 목이 유난히 가늘고 길어서 그런가 봐. 저 사람 확실히 좀 말랐어. 하지만 가슴팍에 살은 없어도 어깨는 넓어 보여. 확실히.

등은 아무래도 좀 구부정한걸. 개다리소반을 들고 나갈 때는 엉덩이를 쭉 빼고 팔자걸음을 걷네. 저 봐, 나를 볼 때는 흰자위가 더 크게 드러나. 짙은 눈썹 때문에 그런가. 참 차분하게도 그릇을 개숫물에 담그는군. 나보다 훨씬 소리가 덜 나.

고무장갑 끼는 소리, 퐁퐁을 수세미에 묻혀서 식기를 닦고 물로 헹구어 찬장에 엎어놓는 소리, 수저를 거머쥐는 소리 쓱쓱 닦고, 다시 떨어지는 수돗물에 헹구는 소리…….

미주는 방안에 앉아 소리만 듣고서도 그의 움직임을 정확하게 체크할 수 있었다.

승우는 세숫대야에 물을 받고는 목에 수건을 두른 채 미주를 불렀다.

"씻어야지!"

"야아, 이거 완전히 난 손가락 하나 까딱 안 해도 되네. 승우 씨 서비스 베리굿이야."

"발은 내가 씻겨줄게. 세수만 해. 칫솔에 치약도 짜놨어."

"에구구, 고마워!"

"뭐 그렇게 고마워할 건 없어. 너 애 낳을 때까지 만이야. 몸 풀고는 그때부터 국물도 없어. 그때부터는 내가 너한테 한 것처럼 네가 나한테 똑같이 해줘야 돼."

정말 그렇게 된다면…… 얼마나 좋을까.

"그러지 뭐. 얼마 동안?"

"글쎄…… 한 50년 동안은 해야 하지 않을까?"

"그러면 우리 아기는 다 키웠다. 난 응석받이 당신 시중드느라 정신이 없을 테니까."

"그럼…… 내가 20년은 봐준다. 30년만 이렇게 해줘. 그 뒤 30년은 내가 너한테 이렇게 무료 봉사해줄게."

"그러다 보면 우린 너끈히 백수(白壽)는 누리겠네?"

"당연하지. 부부가 백년해로한다는 말이 괜히 나왔겠니?

우릴 위해 지혜로운 선조들께서 만든 거지."

승우는 미주의 발을 뽀득뽀득 두 손으로 씻겼다. 발이 작아
지고 있었다. 그것이 마음에 걸려서 승우는 반수다꾼이 되어
가고 있었다.

두 사람은 요를 깔고 누웠다. 습기를 말리기 위해 보일러를
한번 돌린 뒤라 온기가 기분 좋게 등허리를 파고들었다. 봉창
에 달빛이 어렸고 아늑함이 고요함을 다섯 손가락으로 쓰다
듬는 듯한 경음악이 라디오에서 흘러나왔다.

미주는 승우의 팔을 베고 누운 채 꺼진 형광등이 달린 천장
을 바라보며 말했다.

"참 조용하다, 그치?"

"그래. 차 소리 하나 안 들린다."

"……어, 귀뚜라미 소리 들린다. 깊은 가을도 아닌데 정말
부지런한 녀석이네?"

"기숙사 담장 뒤쪽 밭 기슭에 서 있는 감나무 잎 소리도 들
려. 소의 귀 같은 감나무 잎들이 수런거리는 소리를 내잖아.
들려?"

"들리네. 정말 이런 기분 나 처음 느껴."

"나도 도시에서만 크고 자랐으니 온통 처음 듣는 것들뿐이
야. 저 달빛이 스며든 봉창 좀 봐. 누가 대금만 불면 우린 조
선 시대에 사는 기분이 들 것 같아."

"우리 내일부터 개량 한복 입을까?"

"그래, 딱 어울릴 것 같아. 여기서 우리가 주철 선배, 경희 선배 밀어내고 새 주인이 되는 거지."

"여기서 한 몇 년만 살아도 승우 씬 하늘이 되고 나는 땅이 될 수 있을 것 같아."

"이왕이면 우리 다 별이 되는 게 더 좋아. 우리도 지구란 별에서 태어나고 자랐으니까 아주 나중엔 정말 별이 될 수 있을지도 모르지."

"그럴까?"

두 사람은 고요가 주는 광휘로운 아름다움을 느끼고 있었다. 인간의 소리가 닿지 않는 곳에서 마을을 이루어 살고 있는 자연의 일부분들이 내는 고요함의 광채. 미주와 승우도 그 일부가 되어 교감을 하는 것 같은 느낌이었다.

"문득 이런 생각이 드네. 우리…… 참으로 먼 길을 걸어왔구나, 하는. 여기에 같이 눕기 위해서 얼마나 많은 일을 겪어냈는지. 얼마나 많은 시간과 성장의 아픔을 겪어냈는지 오롯이 느껴지는 것 같아."

"승우 씨도 그런 생각을 했어? 나도 내가 지구, 서울에서 태어난 게 아니고 아주 먼 행성에서 태어나 이곳에 잠시 불시착해서 누워있다는 느낌이 들어. 승우 씨를 만나고 이렇게 같이 누워 있기 위해 일부러 우주선을 고장 낸 것 같은."

"후후후, 그림이 그려져."

창호지를 바른 봉창에는 달빛이 얼룩져 있었다. 깊은 적막감을 이기지 못한 달빛이 뺨을 대고 있는 것 같았다. 미주는 자신의 배에 얹힌 승우의 손등을 손으로 살포시 덮었다.

"승우 씨, 우리 아기 이름 뭐라고 지을 거야?"

"너는?"

"딸이니까…… 윤지? 혜현이? 다경이? 소미? ……또 …… 아무래도 승우 씨가 지어야 할 것 같은데? 하나만 대봐."

"실은 나…… 벌써 정해둔 이름 있다."

"그래? 뭔데?"

"으응…… 주미! 김주미!"

"주미…… 주미……. 미주……. 주미……. 내 이름 거꾸로 네?"

"맞아. 난 딸이 당신을 닮았을 것 같아. 그러길 바라고. 당신 속에 있었으니까 이름도 당신 속에 있어야지. 예쁘잖아, 이름도. 김주미. 난 여자아이 이름 지을 때는 이런 것도 생각해둬야 한다고 봐."

"어떤……?"

"여자아이니까 자라면 처녀가 되고 아가씨가 되겠지? 그럼 떠꺼머리총각 녀석들이 따라다니며 부를 때 좀 도도하고 상큼하고 격이 있게 느껴지는 이름 말이야. 주미! 그 이름 속에는 당신도 있고 그런 품격이 스며 있는 것 같지 않아?"

"그래. 좋네…… 김주미……. 내 이름 가지고 지어서 당신에게 미안한 마음도 들지만 당신이 말한 감이 오는걸. '저어…… 주미 씨! 바쁘지 않다면 저와 차 한 잔 하시겠습니까?' 그러면 우리 주미는 턱을 쳐들겠지. '그럴 시간 없어요!' '주미 씨…… 주미 씨! 제발 한 번만 만나주세요! 주미 씨가 절 만나만 주신다면 전 제 목숨까지 기꺼이 바칠 것입니다. 결혼해주신다면 물 한 방울 손에 묻히지 않고 살 수 있게 해드리겠습니다.' 그러면 우리 주미는 콧방귀를 뀌며 이렇게 말할 거야. '누굴 거지 만들 일 있어요? 손에 물을 안 묻히면 대체 어떻게 세수하고 목욕하라는 거예요? 그리고 사람 잘못 봤어요. 난 내 삶을 내 힘으로 당당히 개척하고 내 능력으로 살아가는 타입이지 남자가 벌어다 주는 돈만 바라보고 앉아 사는 그런 여자가 아니에요, 헛짚어도 한참 헛짚었으니까 딴데 가서 알아보세요!' 하고 휑하니 돌아서서 갈 것 같아. 눈에 보여."

"크크크, 그러고도 남을 거야. 당신을 닮았다면!"

"칭찬인지 욕인지 헷갈리네."

"당연히 칭찬이지. 당신 그런 점을 내가 좋아했던 거 아냐?"

"내 머리카락에서 난다는 국화 향 때문이 아니고? 한번 맡아봐. 아직도 나?"

승우는 코를 킁킁거렸다.

"나. 내 코와 당신 머리카락은 사이클이 맞는 것 같아."

"그런 것도 천생연분인가?"

"그럼. 더 이상의 앙상블은 지상에 없겠지."

"하여튼 간에 승우 씨 결론은 늘 절묘해."

그들은 키득거리며 웃었다. 미주는 자기 배를 쓰다듬었다.

"아가야. 네 이름 주미야. 김주미! 어떠니? 맘에 드니? 아빠가 지어주셨어. 엄마 이름도 네 이름 속에 들어 있어서 엄마는 기분이 좋네. 성은 물론 아빠 성이지. 으응…… 너도 좋다고? 그래. 그럼, 앞으로 널 부를 때는 주미라고 부른다. 꼭 외워둬야 해. 알겠지?"

"좋다고 해?"

"응."

"역시 한 몸이라 비밀 전화선이 가설돼 있구나."

"몰랐어? 탯줄! 그걸로 우리는 쉼 없이 교신한다고."

"피곤하지 않아?"

"아니. 나른하긴 하지만 기분이 참 좋아."

"다행이다. 잠이 오면 자."

"그래. 여기에서의 잠은 아마도 바다 쪽에서 걸어올 것 같아. 자박자박, 찰랑찰랑 물 밟는 소리를 내면서."

미주는 눈을 감고 미소를 지었다. 승우는 미주의 머리카락을 매만졌다. 혹시라도 무리할까 봐. 머리카락 속에 숨은 잠을 찾아내 주려는 것처럼. 미주는 눈을 감고 중얼거리듯이 말했다.

"지붕 위로 별이 흐르는 소리 같은 게 들려. 정말 이곳으로 내려오길 잘했어. 건강해질 것 같아……. 승우 씨……."

"응?"

"아까…… 나 그네에 혼자 앉아 있으면서 아니 주미랑 함께 있으면서, 주미는 잠들었고……, 혼자 있으면서 예쁜 교실들을 바라보다가 내 초등학교 시절이 떠올랐어. 초등학교 1학년 때의 일 말이야."

"그래?"

"응. 내가 다녔던 초등학교는 역사가 오래됐거든. 담쟁이덩굴이 건물 벽을 뒤덮고 등나무가, 무지무지하게 큰 등나무들이 만든 그늘이 여름이면 운동장을 빙 돌아가며 가득했었어."

"……."

"……근데, 내가 처음 울었던 날이 불현듯…… 떠올랐어."

"왜 울었어?"

"교실이 낡았거든. 특히…… 나무 마룻바닥이 그랬어. 1학년 애들이 걸어 다녀도 곳곳이 삐걱대고 그랬으니까. 교실 구석에 필통보다 더 크게 뚫린 구멍이 있었어. 틈도 여기저기 벌어져서, 연필이며 지우개, 책받침 같은 것도 그 사이로 굴

러떨어질 정도였어. 내 짝은 좀 통통하고 눈꼬리가 사납게 올라간 사내 녀석이었는데, 이 녀석이 글쎄……! 그때 내가 제일 아끼는 인형을 학교에 가지고 갔거든. 흑단의 머리카락과 까만 머루눈의 주단 인형이었어. 내가 매일같이 놀고 잠도 한 이불에서 자던……. 이름이 제니였어. 지금 생각하니 동양 인형한테 제니라고 이름 붙였으니 좀 우습다……. 그땐 그렇게 부르는 게 멋있었던 것 같아."

"미주야. 잠이 오면 그만 말해도 돼."

"아직 덜 왔어. 교문 바깥에서 들어오지도 않고 서성거리는 걸. ……아무튼, 그 짝꿍 녀석이 그처럼 애지중지하는 내 인형을 낚아채서는 필통도 떨어뜨릴 수 있는 그 구멍 속으로 욱여넣더라고. 뭐…… 뭐 그런 고약한 녀석이 있었나 몰라. 아무 이유도 없이 다짜고짜로……. 난 비명을 지르며 주저앉자 울었고 한참 울다가 구멍 있는 데 가서 들여다봤어. 마룻바닥 밑이 꽤나 깊더라고. 처음엔 잘 안 보였는데 그 밑에 고인 어둠이 익자 내 인형이 희끗하게 시커먼 흙 위에 누워있는 게 보이는 거야. 플라스틱 필통과 연필, 노트 같은 잡동사니 같은 것도 보이고. 난 손을 간신히 집어넣었지만 닿지가 않아. 그래서…… 그래서 또 울었지. 그렇게 울고 있으니까 다른 사내아이가 오더니 인형을 꺼낼 큰 구멍이 있다며 가르쳐주겠다는 거야. 난 따라갔지. 교실 뒤편 아래에 난 마룻바닥으로 통하는 개구멍들이 검은 네모 박스 크기로 뚫려 있더라고. 세 번째 구멍을 통해 한 3m 저쪽에 누워있는 내 인형을 보았어. 사내아이는 이미 가버렸고. 개처럼 기어가야 하는데…… 난 도저히 그 속으로 들어갈 용기가 안 났어. 왜냐하면 그곳은 너무나 어둡고, 음습하고, 먼지가 가득하고, 거미줄이 가득 쳐져있고, 그리고…… 결정적인 건 쥐들이, 엄청 큰 쥐 한 마리가 돌아다니고 있었어……."

승우는 가볍게 한숨을 쉬었다.

"인형을 못 꺼냈겠구나?"

"응. 분명히 내 몸 크기는 구멍으로 들어갈 수 있었는데……. 내가 제일 좋아하는 인형이 한 3m 저쪽에, 시커먼 흙바닥에 누워있었는데…… 난 용기를 내지 못했던 거야. 그래서…… 그래서…… 나는 해가 저물도록 그 구멍을 지켜보며 울었어. 내 인형을 저 시커먼 곳에 무섭게 놔두고 집에 가려니까 도무지 발이 안 떨어지고…… 무지 슬프고…… 무지 내가 싫었어. 인형이 집으로 가려는 나에게 '너…… 혼자만 집에 가니? 나를 구해줘!' 하고 계속해서 말하는 것 같았거든."

미주의 뺨에 한줄기 눈물이 흘러내렸다.

"그래서…… 내가 구하지 못한 인형이 마룻바닥 밑에 누워 쥐에게 물리고 더럽혀져 가는 그 교실을 1년 동안 드나들면서 나는 매일 지옥에 다니는 것 같았어. 그때는 그냥 싫었지만 지금 생각하니까 그건 분명히 자책감이었어. 인형을 구할 사람은…… 나밖에 없었거든. ……승우 씨, 내 말 이해해?"

"그래…… 그만 자."

"잘 거야. 이젠…… 잠이…… 와. 하지만 난 두 번 다시 그런 실수는 하지 않을 거야. 캄캄한 곳에 누군가를 혼자 놓아두고 자기만 따스한 불빛이 걸려 있는 집으로 돌아가는 짓 같은 것은 절대로 하지 않을 거야. 그런 점에서 주미는…… 안심해도 좋아. 주……미는 나와 함께 반드시 집으로 갈 거……야……."

미주는 더 이상 말이 없었다. 승우는 미주의 뺨에 흐른 눈물을 닦아주었다. 그리고 미주의 뺨에 자신의 뺨을 붙이고 팔로 싸안았다.

미주와 함께하는 시간의 소중함. 슬프지만 영혼이 깨끗해지는 이런 시간들 속에 미주와 영원히 함께할 수 있다면. 승우는 혼자서 중얼거리듯이 자장가처럼 미주의 귀에, 자신의 마음에 입술을 달싹거려 노래를 속삭였다.

내 눈빛이 등불처럼 걸린 아래에서 미주야, 주미야, 평화롭게 잠들렴. 내 눈은 새벽까지 타오를 수 있어. 이렇게 바라볼 수만 있어도 좋은데. 그저 옆에서 영원히 바라볼 수만 있어도.

"If I could saved time in a bottle, The first seen that I'd like to do, is to save everyday till enough passes a way just to spent them with you……."

　팝송의 장점 중 하나는 그 노래에 담긴 의미를 아는 사람이 듣는 사람에게 자기의 마음을 조금이나마 숨길 수 있다는 것이다. 팝 음악과 해석에 정통하지 않고서는 멜로디에 흐르는 가사 내용을 다 알아듣긴 힘들 테니까. 미주의 귀에 대고 부르는 승우도 그랬다.

　사랑하는 사람과 영원히 함께하고 싶다는, 속절없는 시간의 흐름을 어떻게든 붙잡아보고 싶어 하는 안타까운 마음이 담긴 애절한 노래였다.

우리가 어느 별에서

우리가 어느 별에서 만났기에

이토록 서로 그리워하느냐.

우리가 어느 별에서 그리워하였기에

이토록 서로 사랑하고 있느냐.

(중략)

우리가 어느 별에서 헤어졌기에

이토록 서로 별빛마다 빛나느냐.

우리가 어느 별에서 잠들었기에

이토록 새벽을 흔들어 깨우느냐.

(후략)

— 정호승 〈우리가 어느 별에서〉

1998년 10월 23일

가을비가 이틀 동안 내렸다. 강원도의 산들은 온통 단풍으로 불타오르다가 추적거리는 가을비에 기세가 꺾여 비안개를 두르고 엎드려 있었다. 화단에도 닭의 볏처럼 짙붉은 가을꽃들이 뜨거운 잎 빛깔을 빗물 세례로 연단하고 있었다. 그 꽃들의 꿈은 필경 불꽃이 되는 것일 테다.

오전에 미주는 누워서 링거 1병을 맞았다. 내려온 지 일주일 동안 3병을 맞았는데 승우는 이번에 처음으로 단 한번에 바늘을 미주의 혈관 속에 집어넣었다. 어제저녁에는 미음을 구역질하면서도 잘 참고 반 그릇쯤 먹었는데, 오늘은 야채죽을 1숟갈 입안으로 밀어 넣다가 그대로 토해버렸다. 당근,

오이, 사과, 키위를 한쪽씩 넣고 믹서에 간 즙도 미주는 겨우 한 모금 마시고는 손사래를 치며 드러누웠다.

사흘 전, 황금빛 은행나무 밑 노란 잎이 수북이 깔린 원형 무대에서 미주와 승우는 춤을 추었다.

연못 바위에 얹어놓은 턴테이블에서는 미주가 고른 감미롭기 그지없는 멜로디와 목소리가 흘러나왔다. 밟히는 노란 은행잎의 감촉, 쓸리는 소리, 거대한 은행나무가 그들을 내려다보고 있었다. 황금벌판에서 넘어온 바람과 바다에서 불어온 바람이 서로 춤을 추듯 유려한 곡선을 그리며 그들의 주위를 날아다녔다.

부드럽게 스텝을 밟으며 미주는 얼마나 행복했던지. 승우가 미주의 귀에 뭐라고 속삭이면 미주는 깔깔깔 웃어대기까지 했다. 신선한 아침빛이 그들을 감쌌다.

개량 한복이 익숙해졌다. 쪽빛을 입은 승우와 황톳빛을 입은 미주의 모습은 그 공간과 자연스레 어울렸다. 겨드랑이와 다리 사이에 여유가 있거나 트여 있어서 아주 편했다. 미주와 승우는 도예실 문을 열고 들어갔다. 오랫동안 잠든 공기가 반짝 눈을 뜨는 것 같았다. 미주는 창문을 열어 공기를 환기하고 도자기가 담고 있는 청아한 빛깔, 갖가지 그릇들과 작품들, 구운 흙 인형, 장식품들을 둘러본 후 팔을 걷어붙였다.

"드디어 솜씨를 발휘할 때가 됐군."

"물레를 돌리려고? 힘들 텐데."

미주는 흙물 튀는 것을 막는 커다란 앞치마를 했다.

"천만에. 전기 물레라서 발판을 밟아주기만 하면 저절로 돌아가. 완급도 조절할 수 있고. 그냥 물 칠한 흙을 보듬거나 쥐고 있기만 하면 저절로 빚어져."

"설마…… 네가 그 경지에 갔다는 것은 아닐 테지?"

"그럼 누가 더 잘 만드나 시합해."

"좋아. 해보자고."

승우는 전기 플러그를 꽂는 미주 옆에 알맞은 습도를 유지하고 있는 비닐에 쌓인 흙 한 덩어리를 가져다주었다. 비닐을 까놓고 한 양동이 물을 날라다 준 뒤 자신의 것을 챙겼다. 생각 같아서는 미주가 은행나무 옆 벤치에 앉아 있거나 벽에 기대 있거나 누워 있었으면 했다. 음식을 조금, 그것도 겨우 먹고는 저렇게 움직인다는 게 마음에 걸려서였다. 자신이 미주 곁에 앉아 재미있는 소설책을 읽어주거나 턴테이블을 돌려주는 게 더 나을 성싶었다. 하지만 미주는 도자기 빚는 것을 단단히 벼른 모양이었다. 굳이 만들려고 했다. 그리 힘들지 않다면서.

흙을 한 뭉치 떼어낸 미주는 물레 위에 올려놓고 차진 흙덩어리에 물을 듬뿍 발랐다. 그리고 두 손으로 감싸더니 발판을 밟았다. 기이이잉 소리를 내며 물레가 돌기 시작했다.

승우는 미주가 하는 것을 지켜보며 그대로 따라 했다. 생각보다 쉽지 않았다. 흙의 성질이 손바닥에 익지 않은 탓일 터였다. 흙덩어리를 감싸 쥔 손의 힘이나, 발판을 눌러 회전의 완급 속도를 조절하는 것도 제대로 되지 않았다.

"매끄러운 흙 감촉이 좋지?"

"그래, 근데 이 흙 가지고 머드팩도 할 수 있나?"

"이건 서울에서 가져오는 공장 흙이라고 하더라. 여러 가지를 섞어 만든 거래. 아무래도 머드팩은 곤란할 거야. 왜?"

"미주 너 해주려고 그러지. 피부가 까칠하잖아. 좀 검어지기도 했고."

"쯧쯧…… 모습은 도공 저리 가란데! 좀 심각하게 해봐. 이건 예술이잖아. 도예가들처럼 마음과 혼을 불어넣어 만들어봐."

미주가 가볍게 면박을 주자 승우는 나름대로 집중했다. 그러나 아무리 해도 제대로 되지 않았다. 텔레비전을 보면 물레가 돌아가면서 도공이 부드럽게 흙을 감싸 쥐면 금방 마법처럼 항아리 모양과 청자 모양이 유려한 볼륨으로 키를 키워 완성되지 않던가.

그런데 조금만 올라갔다 싶으면 삐뚤삐뚤해지거나 한쪽으로 픽 쓰러졌다. 특히 손가락을 넣어 안쪽을 파 내려갈 때는 두께를 조절하지 못해 한쪽이 터지기 일쑤였다. 확실히 시간과 정성, 재능이 가미된 숙련된 기술이 필요한 일이었다.

"발판을 꽉 밟으면 안 돼. 고속 회전은 그만큼 숙달과 감각이 필요하니까."

"어이구, 무슨 도예 선생님 같아요!"

"지난번에 승우 씨가 주철 선배랑 릴낚시 갔을 때 경희 선배한테 배운 거야. 봐, 난 웬만큼 하잖아."

그랬다. 미주는 어느새 2개의 찻잔을 만들고 있었다. 가는 철사로 만들어진, 흙을 잘라내는 기구로 원판에 붙은 찻잔 모양의 밑바닥을 당겨 자르고는 살짝 감아쥐듯 두 손을 받쳐 말릴 때 쓰는 나무판 위에 올려놓았다. 미주는 엄숙해보였다.

"몇 개 만들 건데?"

"3개 만들 거야. 승우 씨랑 나, 그리고 우리 주미 거."

"아기도 커피 마시나?"

"바보! 우유나 주스 마시면 되지."

"핫, 그렇군."

"잘 안 돼?"

"응. 난 포기해야겠어. 도예 하면 꼭 도 닦는 선인들이 하는 예의 경지 같단 말이야. 아무래도 난 범인(凡人) 쪽에 만족해야 할 것 같아."

"첨엔 나도 그랬는 걸 뭐."

소득 없이 흙물만 잔뜩 묻힌 앞치마를 쓰고 앉아 승우는 미주가 물레를 돌리는 것을 가만히 바라보았다. 그녀는 아주 조심스럽게 흙을 만졌다. 발판도 살짝 밟았다가 떼고, 밟았다가 떼고를 반복했다. 아주 집중한 모습이었다. 어떤 생각이 떠올라 승우는 미소를 머금었다.

"미주, 너 그러고 있으니까 꼭 데미 무어 같다?"

"응? 뭐⋯⋯어?"

"영화 《사랑과 영혼》에서 데미 무어가 너처럼 물레를 돌리며 도자기를 빚었잖아."

"아하⋯⋯ 그래, 그랬지. 패트릭 스웨이지가 함께 나왔어."

승우는 소리 없이 걸어서 미주 뒤에 가 섰다. 그리고 미주의 어깨 너머에서 두 손을 뻗어 돌아가는 흙을 쥐고 있는 미주의 손을 살포시 감싸 쥐었다.

"어머머, 뭐야? ⋯⋯망가지잖아!"

"난 패트릭 스웨지야. 넌 데미 무어고."

"⋯⋯흐응? 그럼, 자긴 웃통부터 벗어야겠네. 그런데 그 남자의 튼실한 가슴팍 필이 승우 씨한테서 날랑가 모르겠네?"

"그럼 나도 벗을까? 좀 추울 것 같은데!"

"에구구, 무슨 말을 못 해요!"

미주는 손바닥에 물 칠을 하더니 망가진 흙덩이를 다시 감아올렸다. 승우는 옆에 앉아 가볍게 탄성을 지르며 살아 있는 생물처럼 스스로를 빚는 것 같은 진흙을 바라보았다.

"⋯⋯승우 씨!"

"응?"

"다시 한번 그렇게 해줘 볼래?"

"응? 어떻게?"

"패트릭 스웨이지처럼!"

"망친다며?"

"괜찮아!"

"나야, 좋지. 얼마든지. 널 뒤에서 껴안을 수 있으니까."

승우는 다시 미주 뒤로 가 흙칠이 된 미주의 손을 부드럽게 감싸 쥐었다. 미주의 속눈썹이 파르르 떨렸다.

정말 그렇게 됐으면 싶었다. 그 영화처럼, 승우를 너무나 사랑하기에 죽은 뒤에 영혼이라도 되어 잠시 그의 곁에 와서 머물렀으면 싶었다. 《사랑과 영혼》에서 그게 가능했던 것은 바로 그 물레질 한 장면 때문이라고 여겨졌다.

흙은 모든 것이다. 삶과 죽음, 씨앗과 생명, 거름, 태고의 고향 원형질이 모두 흙 속에 녹아 있다. 그 흙을 빚는 동안 사랑하는 두 사람의 에너지가 흙을 통해 연결되었으리라. 그래서 죽어서도 잠시였지만 그 영혼이 연인을 지켜볼 수 있었던 게 아닐까.

"기분 좋아?"

"응."

"당신이 뒤에서 감싸고 당신 손이 나와 함께하니까 나는 우리 아기를 만지는 촉감이야. 한없이 부드럽고 매끄러워. 우리 주미의 살결은 이럴 거야."

"근데…… 나, 좀 허리 아프다!"

"됐어. 고마워!"

승우는 다시 미주 옆에 앉았다.

"무슨 생각했는데?"

"그냥……."

승우는 만들어진 2개의 흙 잔을 내려다보았다. 투박했고 크기가 일정하지 않았다. 하지만 잔으로 쓸 수 있을 만했다.

"이거 다 된 거니?"

"아니, 조금 마른 뒤에 손잡이 꼭지를 말아 붙여야지."

미주는 계속 물레를 돌렸다. 3번째 잔은 좀 더 정성을 들여서 만들어야지. 우리 주미 거니까. 예쁘게, 두께도 일정하고 가능한 한 가늘게, 깜찍하게. 좀 작아도 되겠지? 어린아이가 드는 게 무거우면 안 되니까.

미주는 흙을 만지는 촉감이 무엇보다 좋았다. 태초에 신도 이런 느낌 때문에 진흙으로 인간을 빚었던 게 아닐까. 이 흙의 촉감이 인간의 오감으로 다 살아났으리라.

승우는 열린 창문의 창턱에 팔꿈치를 대고 턱을 받쳤다.

"날씨 참 좋다. 단풍이 한창이라던데 우리도 단풍 구경해야 하지 않겠어?"

"어디 갈 건데?"

"설악산도 가깝고 오대산도 가깝고, 소금강 계곡 단풍도 기막히다던데?"

"그럼 가야지!"

"언제?"

"글쎄…… 가까운 날에 가야겠지."

미주는 학교 안에 있는 은행나무와 단풍나무로도 단풍 구경은 충분했다. 하지만 아름다운 것을 보여주려는 승우의 마음도 이해가 되었다. 나무 생각을 하니까 떠오르는 게 있었다.

"승우 씨, 그때 그 나무 있잖아."

"응? 무슨 나무?"

"안목해변 해송!"

"으응, 근데?"

"무슨 맘으로 그렇게 나무껍질을 벗겨내고 새겼던 거야? 힘들지 않았어?"

"조각도도 아니고 과도로 팠는데 안 힘들었겠어? 더구나 한 손으로는 플래시를 비춰 가면서 새벽 넘어서까지. 너랑 함께 살지 않으면 죽을 것 같아서 맹세하듯이 팠어. 참 열심이었지. 근데 갑자기 그건 왜?"

"궁금했어. 나무에 이름과 글씨를 새기는 사람들 마음은 어떤가 하고."

"응?"

"킥킥킥, 좀 몰상식하잖아. 나무가 아플 것 같기도 하고,"

"그렇긴 하지만 그거 반드시 그렇게만 볼 건 아냐. 브라질인지 페루인지, 아무튼 그쪽 나라 한 지방에서는 아이가 출생하거나 사랑하는 사람이 생기면 나무에 이름을 새겨 넣는대. 자기 나무가 1그루씩 있고, 그 나무가 사랑을 이어준다고 믿기 때문이지. 그리고 사는 동안 기쁘거나 슬픈 일이 있으면 그 나무를 찾아가는 거야. 나무는 변함없이 한 자리에서 기다려주니까. 난 그것을 유치한 짓이나 자연 훼손 같은 가치 척도로 재고 싶지 않아. 한 인간의 삶과 한 나무가 그처럼 합일된 경우도 또 없을 테니까. 또 그만큼 그 나무와 다른 나무를 보는 각도가 다를 것은 당연하고, 이를테면 영혼을 위한 거라고도 볼 수 있어. 나무가 자신의 영혼을 지켜주고 언제까지 오래도록 푸르게 해준다는 것이지."

"그렇구나. 난 그런 건 전혀 몰랐었지."

"밑둥치 지름이 40cm 이상 되는 나무들은 딱히 심각한 해는 입지 않아. 핑계 같지만 내 해송은 아마 문신쯤으로 알걸. 병과 해충들조차 그 문신을 보고 겁이 나서 달려들지 못할 거야. 남자들은 문신에 관심이 많아. 그건 바로 열망을 뜻하는 거니까. 어쨌든 그 나무는 내가 새긴 사랑의 징표를 가지고 있어. 내가 혼자서 너를 생각하고 기다리는 동안 그 나무가 내게 많은 힘을 줬다는 걸 넌 모를 거야. 난 언제나 그 나무를 생각했고, 그날 밤 우리의 첫 키스를 생각했고, 내 맹세를 생각했거든. 나무가 쓰러지지 않는 이상 미주 너를 향한 내 사랑도 쓰러지지 않는다, 하는. 인간의 의지는 사실 나무의 굳건함에는 비교가 안 되니까."

미주는 살풋 미소를 머금으며 고개를 끄덕였다.

"나무가 커지고 굵어지면서 그 상처 같은 글씨들도 점점 더 커져. 자라는 거지. 상처와 맹세가 흐려지거나 지워지지 않고 함께 자란다는 게 깊이 생각하게 만들잖아. 다 된 거야?"

"응. 우리 주미 거!"

"야아, 젤 예쁘다. 주세요. 잘 말려야지."

"어머! 창턱에 놓으며 어떡해. 모든 흙은 음지에서 말려야 돼. 아주 천천히."

"아, 그렇군!"

"다음에는 막흙을 가지고 인형을 만들 거야. 우리 가족 인형도 만들고, 주미 방에 놓을 예쁜 인형들도……."

미주는 문득 말을 끊고 승우를 향해 돌아앉았다.

"승우 씨……있지!"

"뭔데?"

미주의 눈빛은 차분해져 있었다.

"어떤 날……어느 날 말이야. 승우 씨 혼자서 있는데……

갑자기 바람이 불어와 승우 씨 앞 머리카락을 흩트려놓거나……. 그래, 어느 순간 공기 속에서 국화 향이 나면 내가 승우 씨 옆에 와 있다고 생각해줘."

"……무슨 뜻이야?"

"그냥, 그냥 하는 말이야. 그래서 내가 근처에 있다는 걸 알았다면 눈을 감고 손을 펴서 가만히 앞을 향해 뻗어봐. 그러면 뭔가 느껴질 거야. 내가 승우 씨 손에 뺨을 대고 있을 테니까. 온기든 서늘한 감촉이든 틀림없이 느껴질 거야. 우리는 함께 도자기를 만들었으니까 틀림없이 가능할 거야. 그들처럼,"

"미…… 미주야……!"

미주의 상태가 갑자기 나빠졌다. 모든 곡식과 꽃씨를 여물고 마지막 성숙을 시키는 햇빛 대신 가을비가 추적거리며 내리고 있기 때문인지도 몰랐다. 승우는 미주를 방으로 옮기고 맥박을 쟀다. 평균보다 10여 회가 느렸다. 체온은 1도가량 올라가 있었다. 승우는 힘없이 누워있는 미주의 해쓱한 이마 위에 손을 얹었다.

"병원에 갈까?"

"무…… 무슨! 병원 사람들이 승우 씨만큼 노련하게 처치해줄 수 있겠어?"

"그래도…… 어제저녁부터는 1모금도 삼키지 못했잖아. 벌써 약도 2번이나 먹었고. 고열이 오를 수도 있어. 해열제도 멀었는데 열이 안 내리잖아. 먹은 게 없어서 체력을 받치지 못하는 거야. 미주야, 병원에 가자."

"풋! 승우 씨 겁쟁이구나. 좋은 간호사 되긴 틀렸어. 병원에 가도 지금처럼 링거 꽂는 게 전부일걸?"

"……."

"괜찮아. 습기 때문일 거야. 보일러를 돌려서 방바닥이 따뜻해지니까 좀 몸이 풀리는 것 같아. 염려하지 마. 승우 씨 내가 너무 자기 말 안 듣는다고 야속하게 생각하면 안 된다. 난…… 정말 여기가 좋아. 다른 사람들에게 방해받지 않고 승우 씨만을 보고 승우 씨와 함께 지낼 수 있으니까. 그래서 정말 여기가 좋아."

그러다가 미주는 고개를 돌리더니 구토를 했다. 동통이 시작되었는지 얼굴빛이 순식간에 새파랗게 변했다. 미주 본인보다도 승우가 훨씬 당황했다. 정란 선배, 아니 며칠 전 전화로 인사를 나눴던 현대병원의 박민식 의사에게 전화를 넣을까 싶어 황급히 무릎걸음으로 전화기 가까이 다가갔다.

조금 전 미주는 진통제를 3알이나 먹었다. 미주는 영양제라고 했지만 그건 눈 가리고 아웅 하는 것일 뿐, 승우도 그게 암세포가 날뛸 때 잠재우는 약이라는 것을 알고 있었다. 하지만 이처럼 얼마 안 된 시간에 동통이 다시 찾아왔다면 이젠 더 이상 진통제가 먹히지 않는다는 증거였다.

"……승우 씨! 나…… 나, 주사……. 주사 1대 놓아줘!"

"응, 응? 응? 무…… 무슨?"

"모…… 모르핀 말이야. 너무, 너무 아파! ……난 참아낼 수 있을 것 같은데. 아기, ……우리 아기가 너무 힘들어할…… 것 같아!"

모르핀, 모르……핀! 그 얘기를 내뱉은 미주도, 그리고 승우도 잠시 당혹해했다. 모르핀을 써야 할 정도라면 중병임을 두 사람 다 상대에게 서로 시인하는 것이기 때문이었다.

승우의 얼굴도 새하얗게 탈색되었다. 그는 허둥거리는 몸짓으로 일어나 벽장을 열고 일회용 주사기와 모르핀 앰풀을 꺼냈다. 앰풀 꼭대기를 뚝 분질러내고 떨리는 손으로 주사액을 담았다. 조금 눌러 공기를 빼낸 다음 착잡하기 그지없는 얼굴로 승우는 미주의 손등을 소독수를 묻힌 탈지면으로 문질렀다.

효과를 빨리 전달시키려면 정맥 주사를 놓아야 했다. 승우는 미간을 찌푸리며 입술을 질끈 깨물었다. 그리고 신음을 흘리고 있는 미주의 얼굴을 한 번 쳐다보고는 용케 단 1번에 손등의 푸른 힘줄 속으로 바늘을 밀어 넣고 손잡이를 눌렀다.

역시 효과는 빨랐다. 미주는 위 부위의 배를 싸안고 몇 번 뒤척이다 가는 숨을 내쉬며 천천히 자세를 바로잡았다.

"괜……찮아?"

"휴우…… 으응, ……고마워."

미주는 그를 똑바로 보기 민망한지 고개를 돌렸다. 승우는 주사기며 사용한 앰풀, 한 번도 떠먹지 못한 죽 그릇 같은 것을 치우기 위해 밖으로 가지고 나갔다. 그리고 쓰레기통에 버릴 것은 버리고 수돗물을 크게 틀어놓고 그릇들을 씻었다.

입술을 깨물고 울음을 삼키느라 승우의 어깨는 격하게 떨렸다. 그러나 콸콸 넘치며 그릇에서 흐르는 물소리와 추적거리는 빗줄기 소리만 날 뿐이었다. 절대로 약한 모습을 보이지 않겠다고 스스로에게 얼마나 다짐을 했던가.

이제 모르핀을 사용했으니 미주나 자신이나 암에 대해 인정했다고 할 수 있었다. 애써 감춰온 여유가 바닥난 것이다. 상황은 달라질 것이었다. 모르핀 양도 점점 더 많아질 것이고, 미주에 대해선 하루도 마음 놓을 수 없는 생활이 본격적으로 시작된 거나 마찬가지였다.

마음속으로 떨어지는 비. 추적거리는 비. 그들의 작은 세계는 흐르는 것들로만 가득 찼다. 1998년 10월 말은 본격적으로 전쟁을 준비하는 두 병사의 심정으로 그렇게, 젖은 군화를 신은 보병의 발자국처럼 뚜벅뚜벅 지나갔다.

흰
비
단
같
은
밤

결코 도달할 수 없을 것 같은 하얀 비단 같은 밤

보낼 생각도 없이 썼던 편지들

두 눈으로 보고도 항상 그리워했던 아름다운 그녀

무엇이 진실인지 나는 더 이상 말할 수 없어요

왜냐하면 당신을 사랑하기 때문이죠

그래요, 나는 당신을 사랑해요

아, 내가 얼마나 당신을 사랑하는지

손을 맞잡은 연인들을 바라봐도

내가 겪는 아픔을 그들은 이해하지 못하죠

어떤 사람들은 자신들도 지킬 수 없으면서

여러 의견들을 말하려 하죠

결국 당신이 원하는 대로 될 수 있을 거라면서

나는 당신을 사랑해요. 그래요

나는 당신을 사랑해요

오 얼마나 당신을 사랑하는지요

— ⟨Nights in White Satin⟩, The Moody Blues

* 승우가 미주를 목욕시키던 시간, FM 라디오에서 흘러나왔던 곡

1998년 11월 23일

미주는 작은 담요로 무릎과 배를 덮은 채 휠체어
에 앉아 있었다. 승우는 운동장 한쪽에 서 있는 농
구대에서, 미주가 지켜보는 가운데 혼자서 농구를
하고 있었다. 미주가 농구하는 모습을 보여달라고
떼를 썼기 때문이었다.

미주는 골대 속으로 공이 미끄러지듯 들어가자,
손뼉을 치며 화이팅! 가볍게 소리까지 질러댔다.
남자가 운동하는 모습처럼 보기 좋은 것도 드물다
고 미주는 생각했다. 탄력이 살아나는 근육, 경쾌
한 몸짓, 순간순간 살아나는 천진난만한 소년 같은
표정. 훤칠한 키 때문인지 농구공을 던지는 승우의
포즈는 농구대와 너무나 잘 어울렸다.

미주의 얼굴은 야월 대로 야위었다. 담요 바깥으로 내놓은 미주의 팔은 삭정이처럼 가늘었다. 참기 힘든 기나긴 전투 중에 잠시 휴식을 맞고 있는 듯했다.

11월에 들어서면서 전신을 찍어 누르거나 창자를 시퍼런 낫으로 끊어내는 듯한 고통은 수시로 찾아들었다. 많은 날은 하루에 4번까지 찾아온 적도 있었다. 승우가 먹여주는 멀건 미음을 겨우 한모금 삼켜내다가, 간신히 몸을 추슬러 화장실 쪽으로 기어가려다가, 우물 속을 들여다보다가, 그리고 얕기 그지없는 잠을 자다가.

보이는 적이라면 얼마나 좋을까. 눈앞에 있다면 그 어떤 것도 이것만큼 두렵거나 섬뜩하지 않을 것이다. 그 녀석의 횡포는 무례하기 짝이 없고 정해진 시간이 없었으며 강도도 제멋대로였다. 몸속에 있어서 절대로 도망가지 않고 누구의 간섭도 제지도 받지 않는 적, 어떤 것으로도 위협받지 않는 적, 그래서 놈은 빠르게 자신의 영토를 확장해가고 있었다. 몸의 세포와 장기들을 하나하나 장악해 가면서 녀석은 주인의 목숨을 멈춰버리게 할 날을 용의주도하게 앞당기고 있었다.

놈들은 이제 진통제로는 끄떡도 하지 않았다. 잠시 주춤거리다가 곧장 안에서 날카로운 뿔로 몸속 곳곳을 동시다발적으로 찔러댔다. 그럴 때마다 미주는 숨도 쉬지 못했다. 숨을 쉬면 자신의 고통이 그대로 아기에게 전달될까 봐 우려됐다.

하지만 숨을 쉬어야 태아의 뇌에 산소를 공급해주기 때문에 간헐적으로 크게 숨을 들이키고, 이를 악물고 승우가 신속하게 조처해주기만을 기다렸다.

3일에 1번씩은 끝도 없는 가수면 상태에 빠졌다. 승우는 영양 링거병에 모르핀 10개, 10cc 주사해서 하루 종일 아주 천천히 미주의 몸속에 투여했다. 그것은 미주에겐 휴식이었다. 그럴 때면 승우는 밤새 미주를 들여다보거나, 근육과 뼈가 저리다고 잠꼬대를 하는 그녀의 전신을 주물러주며 밤을 보냈다. 낮과 밤, 특히 정적의 성채를 이루는 밤은 진지에 2명의 병사만이 남아 거대한 적의 습격을 초조하게 기다리며, 이를 악물고 필사적으로 싸우는 형국이었다.

미주는 상운 폐교 안을 승우와 자신만의 세계로 생각하는지 다른 사람의 입장을 허락하지 않았다. 정란이 몇 번이나 오겠다고 했지만, 미주는 화를 내며 거절했다. 차로 30분 거리에 있는 현대병원 내과 전문의도 내방하길 원했으나 거절했다. 그것 때문에 미주와 승우는 다투기도 했다.

승우도 꺼칠하게 말랐다. 하지만 그는 자신의 입술로 보라색이 되어버린, 그리고 열꽃으로 딱딱하게까지 느껴지는 미주의 입술을 축이고 촉촉하게 만드는 노력을 잊지 않았다.

미주는 아기를 위해 싸우고 있는 것이었다. 자신을 생각했다면 일찌감치 포기해버렸을 것이다. 병원에서 침대를 차지하고 앉아 자신의 몸을 의사에게 맡겨버렸을 것이다. 그러나 미주는 그게 아기에게 치명적이라는 강박증을 가지고 있는 듯했다. 혼자 자신의 몸속에서 왕성하게 크는 죽음의 그림자와 맞싸워 몸 안에서 자라는 생명을 지키려는 필사적인 의지. 그 의지가 자신과 태아를 잇고 있는 유일한 희망이라고 믿고 있는 것 같았다.

지난주 초에 승우는 현대병원으로 차를 몰고 가 정란이 소개한 내과의로부터 휠체어를 빌렸다. 미주가 모르핀을 맞고 잠든 시간에 잠깐 틈을 낸 것이어서 긴 이야기를 나눌 수는 없지만, 전문의는 승우의 얘기를 듣는 동안 시종일관 고개를 내둘렀다.

그런 식으로도 버틸 수 있구나! 그런 상태인데도 아기는 무사히 자라고 있단 말이지? 정말 무서운 정신력이군. 모성 본능이 그 힘의 원천이라고밖에 볼 수 없어, 하는 표정이었다.

전문의는 초췌한 승우의 성근 미소를 보고 고개를 무겁게 끄덕였다.

"정말 힘드시겠군요. 하지만 보호자 분과 이미주 씨의 상황이 그리 현명한 건 아니라는 것쯤은 잘 아시죠? 지금까지는 운이 좋았다고 생각하시면 됩니다. 그렇게 두 분이 힘들게 하루하루를 싸웠는데 막판에 한꺼번에 무너질 가능성도 배제하면 안 됩니다."

"……"

"하신 말씀을 종합해볼 때 암 말기 증상일 가능성이 다분합니다. 악액질(惡液質)에 의해 체중이 뚜렷이 감소하는 게 그 징후죠. 아직 출혈은 없었습니까?"

"어…… 어떤?"

"위로든 아래로든 피를 쏟는 일은 없었느냐는 뜻입니다."

"없었습니다."

"그건 고무적이군요. 어쨌든 환자의 상태를 보고 진단해야겠지만 그다지 좋은 상황은 아닙니다. 암세포의 침윤과 전이가 심해지면 동통이 심해지죠. 좌골 신경과 뼈에까지 전이되면 모르핀으로도 잘 수습되지 않는 격심한 통증이 유발됩니다. ……체중이 뚜렷하게 감소된다는 게 몹시 거슬리는군요. 영양 저하로 급격히 여위는 것은 말기 증세입니다. 출혈이나 소화관 협착 등이 더 심해질 텐데, 앞으로 문제군요."

"그…… 그러면?"

"……네, 말씀드리기 송구스럽지만 죽음이 그리 멀지 않았다는 것을 뜻합니다."

"……"

"제가 말씀드리고 싶은 건 선생께서 환자를 설득해서 하루라도 빨리 저희 병원에 입원시키라는 겁니다. 강제로라도요. 이젠 아기라도 살려야 하지 않겠습니까? 환자 본인도 그걸 원해서 일을 이 지경까지 끌고 왔고요. 서울의 허 선생과는 이틀에 한번씩은 통화합니다. 정란 씨도 전전긍긍하고 있더군요. 저보고 뭘 어떻게든 해보라는데 절친한 친구인 정란 씨와 남편인 선생도 못 하는 걸 제가 어떻게 할 수 있겠습니까? 흐으음, 그 정도라면…… 태아는 벌써 눈을 떴을 겁니다. 붉은 피부가 또렷하게 보이죠. 주름이 많아 노인처럼 보이지만 완전한 아기입니다. 키도 40cm 가까울 것이고 몸무게도 1.2kg 정도는 될 테니까요."

"선생님 말씀 잘 알아들었습니다. 제가 방도를 찾아보죠."

"네, 서두르셔야 합니다."

하지만 조심스럽게 꺼낸 승우의 권유에 미주는 아주 날카롭고 신경질적으로 반응했다. 그렇게 힘들면 자기 혼자 있을 테니 병원이든 서울이든 당장 가버리라며 물건을 집어 던졌다. 비명 같은 소리도 질러댔다. 승우가 갑자기 차 트렁크에서 꺼낸 휠체어를 보고 미주의 심기가 상해버려서인지도 몰랐다. 이젠 내가 저 쇠붙이에 올라앉아야만 움직이게 됐단 말이지. 승우 씨가 손을 잡아주고 부축해주면 아직 산책은 충분히 할 수 있는데. 나한테 제대로 단 한마디도 물어보지도 않고 저런 걸 끌고 오고 야단이야. 보기 싫어. 당장 치워버려!

승우는 미주가 휠체어를 보고 그렇게 화를 낼 줄은 전혀 예상하지 못했다. 박 선생이 링거와 일회용 주사, 그리고 모르핀을 가지러 온 승우에게, 환자에게 조만간 휠체어가 필요할 것이니 빌렸다가 서울로 돌아갈 때 반납하라고 해서 가져온 거였다.

미주의 눈에서는 분노의 서슬이 시퍼랬다. 그러나 미주는 이번 주부터 휠체어에 앉을 수밖에 없었다. 작아진 미주의 발과 가늘어진 다리는 몸체와 머리의 무게를 지탱하지 못해 잘 일어나지도 못했기 때문이다. 배만 민둥산만 하게 부른, 가엾기 그지없는 미주를 안아 처음 휠체어에 내려놓았을 때 미주는 눈을 즈려 감고 깊은 한숨을 내쉬었다. 삶이 주는 모욕과 수모를 감당해내려는 듯이.

미주는 금방 휠체어의 위력을 실감했다. 승우가 휠체어에 미주를 태우고 바닷가까지 산책길 삼아 나갔던 것이다. 파도가 넘실거리는 푸른 바다, 저 멀리 서 있는 희고 붉은 등대와 기다란 포구, 선착장 너머로 보이는 작은 도시의 건물과 수십 척의 어선들, 파도의 기울기로 넘어가는 작은 통통배들, 오와 열 맞춰 떠 있는 해초류를 양식하는 희고 둥근 부표들, 그 위를 날아다니는 물새들, 작은 어촌에서 그물을 손질하는 장화 신은 아낙네들, 나무 어선에 페인트칠하는 늙수그레한 사내들, 해안 바위를 타고 올라가 릴낚시를 던지고 있는 낚시꾼들.

그것이 휠체어가 미주에게 안겨준 생생한 삶의 풍경이었다. 차를 타고 유리창 안에서 보는 것과 하나하나 사람의 발로 걸어서 오는 길과는 천지 차이가 났다.

미주는 휠체어를 혼자 밀며 텅 빈 운동장을 아주 천천히 돌아보기도 했다. 승우가 지켜보는 가운데서.

다리를 잃은 대신 둥근 쇠바퀴 다리를 얻은 미주는, 그래서 지금 농구하는 승우를 비교적 밝은 표정으로 지켜보고 있을 수 있었다. 미주는 자신이 전직 영화감독임을 잊지 않은 듯 양손 엄지와 검지로 앵글을 만들어 승우의 모습을 이리저리 잡아보기도 했다. 다시 영화를 찍을 수 있다면……. 미주의 얼굴에 한 줄기 스산함이 스쳐 지나갔다.

미주는 승우가 던지는 주황색 농구공이 마치 그들만의 세계에서 뜨는 태양인 듯 문득문득 황홀한 표정을 지으며 손뼉을 쳤다. 골을 넣은 때마다 치어걸처럼 두 팔을 뻗어 V자를 만들기도 하면서.

승우는 튀는 공을 따라가 잡고는 미주를 돌아보았다.

"이제 그만하자!"

"왜? 더 해!"

"많이 했잖아."

"그럼 자유투 10개만 쏘아 봐. 6개 이상 들어가면 그만해도 되고 그 아래면 다시 10개를 쏴야 돼."

"이거 나 원 참, 무슨 농구 코치처럼 얘기하네."

"맞아. 바로 내가 지금 그 기분이야. 전번에 NBA 농구 보니까 휠체어에 앉아 지시를 내리는 감독도 있더라."

승우는 입맛을 다시며 자유투를 쏘는 지점에서 농구공을 머리 위로 두 손으로 받쳐 들고는 농구 골대를 향해 던졌다.

"슈우웃! 고올……. 아니 노고올! 이봐, 잘생긴 선수! 좀 잘해봐! 벤치로 쫓겨나지 않으려면 정신 차리라고!"

놀랍게도 미주는 그렇게 먹는 것이 없어도 농담도 하고 제법 튼실한 소리도 쳤다. 승우는 그게 기뻤다. 승우는 공을 몇 번 튀기고는 신중하게 포즈를 잡아 던졌다. 공은 링에 맞은 다음 백보드에 튀어 다시 링 안으로 들어갈 듯하다가 바깥으로 새버렸다.

"에이 아깝다. 이봐, 김 선수! 왜 그래? 처음 자유투 던질 땐 슉슉 잘만 집어넣더니만?"

"글쎄요…… 코치가 미인이어서 그런지 정신 집중이 잘 안 되네요."

승우는 뒷머리를 긁적거렸다.

"미인? 미인이 운동선수한테 골 넣어주나? 엉? 정신 자세가 틀려먹었군. 선수가 연습 중에 다른 생각하면 퇴출감인 거 모르나? 좋아, 이제부터 골을 넣으면 이 미인 코치가 키스를 허락하겠다. 상이다. 그럼 잘 넣을 수 있겠나?"

"물론입니다. 잘할 수 있습니다!"

미주는 코치가 아니라 유격 훈련장의 조교처럼 말했고, 승우는 상체를 젖히고 배를 한껏 내밀며 군인처럼 우렁차게 말했다.

하지만 3번째 던진 공 역시 빗나가고 말았다. 승우는 죽을 맛을 본 인상으로 공을 잡으러 뛰면서 얼차려라도 줄 미주의 목소리를 기대했다. 하지만 미주는 배를 싸안고, 갑자기 인상을 잔뜩 찌푸린 채 상체를 구부리고 있었다.

"미…… 미주야? 아프니?"

승우가 놀란 얼굴로 달려왔다.

"그…… 그게 아니고……."

미주는 참혹한 표정으로 울상을 지었다.

노골인에 맞춰 우렁찬 기합을 토해내려는데 힘이 아랫배에 실리자 그만 오줌이 새고 말았다. 휠체어 밑으로 오줌이 줄줄 흘러내리고 있었다. 마치 오줌 문을 열고 닫는 근육의 주름끈이 풀려버린 듯이.

승우가 고개를 갸웃거리자 미주는 씨익 웃었다. 찰나였다. 만약 승우가 웃었다거나 섣부른 위로를 했다면 미주는 모욕감을 참지 못했을 것이다. 승우가 당황해하는 사이 미주는 재빨리 스스로 상황을 진압시켰다.

"야아, 기분이 좀 묘하네. 오줌 싸던 6살 때로 돌아간 느낌이야. 그렇게 나쁘지만은 않아."

"축축할 텐데…… 갈아입어야겠다."

승우는 휠체어 손잡이를 밀었다. 서로의 얼굴이 보이지 않았다. 미주는 참혹한 표정이었고 승우는 허탈한 얼굴이었다. 고장나고 있는 것이다. 몸속의 조절 장치가 미주의 의지와 명령에 거역하면서 제멋대로 움직이는 것이다. 그렇지 않다면 미주가 그런 난처한 실수를 저지를 리가 없었다. 두 사람은 한동안 적당한 말을 찾지 못한 채 바퀴 구르는 소리만을 들었다.

갑자기 미주가 밝은 목소리로 앞을 보며 말했다.

"그러고 보니 이거 계시 아냐?"

"응?"

"계시가 틀림없어. 나…… 사실 요 며칠 전부터 몹시 목욕을 하고 싶었거든. 더운물을 적셔서 짠 물수건으로 온몸을 닦아주는 것 말고."

"그랬니? 그럼 애길 해야지!"

"시켜줄 거야?"

"물론이지. 미인 코치의 몸을 씻긴다는 건 선수로선 꿈도 꿀 수 없는 명예이고 황홀이지."

"역시 NBA에서 뛸 유명한 선수는 뭐가 달라도 달라."

"나, 절대 퇴출 안 시킬 거지?"

"그럼. 끝까지 내가 책임지고 널 데리고 다닐게. 안심해도 좋아."

"고마운 말씀! 근데 어째 좀 거꾸로 된 말 같다?"

그제야 눈길이 마주친 두 사람은 킥킥거렸다.

승우는 미주가 왜 병원을 싫어하는지 확연히 알 것 같았다. 병원에서는 이런 대화도, 이런 행동도 절대로 할 수 없을 것이다. 필요시에 요도에 관을 꽂을 테니 오줌을 싸는 일은 없겠지만, 이런 실수를 삶의 아름다움으로 연결시킬 수는 도저히 없을 것이다.

미주가 생각하는 병원은 그랬다. 침울한 표정으로 딱딱한 의료 치료 조치만 받는 곳. 오직 병에 찌들어 몸만 내맡기고 있을 뿐, 웃음도 삶도 없는 곳. 미주는 그런 시간이 너무나 아까웠다. 그렇게 마지막을 맞고 싶지 않았다. 살아 있는 한 끝까지 삶이고 싶었다. 배 속의 아기도 그런 엄마를 응원하리란 것을 미주는 의심치 않았다. 그 어떤 이유로든 삶의 주연에서 조연으로 떨어지는 것, 능동적인 의지에서 수동적인 자세로 바뀌는 것, 그것은 정말로 참기 힘든, 더없이 어리석은 짓이었다.

관사 목욕탕을 쓸 수밖에 없었다. 여름이어서 우물 옆에서 물을 뒤집어쓴다면 얼마나 좋았을까. 승우는 물을 데우고, 혹시라도 미주가 감기에 걸릴까 싶어 기름 난로까지 찾아와서 목욕탕 실내를 따뜻하게 했다. 또 미주가 맨발로 걷다가 타일에서 미끄러질까 봐 바닥에 물에 적신 수건을 징검다리처럼 몇 장 깔았다.

보일러의 급탕 스위치를 눌러 따뜻한 물을 욕조에 충분히 받아놓고, 가스레인지 위에도 물을 받은 커다란 용기를 올려놓고 데웠다. 탱크에 기름이 그리 많이 남진 않아 행여라도 목욕 도중에 보일러가 나갈 것을 우려해서였다.

관사 거실에 있는 오디오 채널을 FM 음악 방송에 맞춰놓고 승우는 이제 준비 다 됐지, 하는 표정으로 둘러본 뒤 기숙사 방에 있는 미주를 데리러 갔다. 승우는 미주를 안아서 가고 싶었지만 소쿠리를 엎어놓은 듯 부푼 배가 조심스러워서 휠체어에 태워 이동시켰다. 현관에서부터는 미주의 양 겨드랑이에 두 손을 끼워 부축해서는 목욕탕 안으로 들어갔다.

"실망하는 거 아니지? 목욕물에 향수나 장미 꽃잎은 못 뿌렸어. 찾아봐도 없더라."

"시골에서 그런 호사까지 바라면 되겠니? 아구…… 구구구…… 너무 기분 좋다. 물 온도를 아주 잘 맞췄네. 매끄럽게 살갗에 딱 달라붙는 기분이야."

미주는 조심스럽게 욕조 속의 물에 몸을 담갔다. 실내는 수증기로 반쯤 찼다. 미주는 그게 다행스러웠다. 몸은 온통 비쩍 마르고 배만 불룩한, 외계인 같은 흉한 몰골을 사랑하는 사람에게 다 드러내지 않아도 되니까.

승우는 욕조에 걸터앉아 앙상하게 드러난 미주의 어깨에

물을 끼얹으며 매만졌다.

"잘 안 보이는걸? 수증기 좀 빼 줄까?"

"괜찮아. 꼭 안개꽃 속에서 목욕하는 것 같은데 뭘."

살아 있다는 게 정말 행복하다고 느끼는 것은, 가끔이지만 이런 순간이 있어서일 것이다. 부드럽고 따스한 물과 물방울, 손가락과 어깨를 타고 내리는 물줄기, 자신의 몸을 어루만지는 사랑하는 사람의 손길, 그 사람의 숨결, 바닥과 벽을 가볍게 치는 듯한 울림. 수증기가 오르면서 혈색이 없던 미주의 뺨과 귓불을 물들였다. 몸을 조금이라도 움직일 때마다 물의 갈래들이 온도에 따라, 힘의 파장 크기에 따라 미묘하게 살아 움직였다.

미주는 어깨와 가슴 밑을 만지다가 살갗을 뚫을 듯 치솟은 뼈가 만져지자 착잡해졌다. 어느 순간 몸에 와 닿는 승우의 손도 부담스러워졌다. 승우는 재빨리 선수를 쳤다.

"아하, 그렇군! 이제야 알았다."

"응? 승우 씨 뭐?"

"미주 씨 살들이 어디로 빠져 달아나나 했더니만 전부 다 배 있는 쪽으로 가서 숨어 있었구나. 남산을 만들려고 말이야."

"쉿!"

"응?"

"그런 일급비밀을 함부로 발설하면 안 되지."

"그런가?"

"나의 살이 모두 배 쪽으로 몰려간 까닭은? '나의 배를 절대로 적들에게 알리지 마라!'는 얘기도 못 들었어? 유명한 얘기들인데. 아무튼 쥐도 새도 몰라야 돼."

"왜?"

"우리 주미가 내 살로 이불을 만들어 쓰고 꿈꾸고 있다는 것을 눈치채면 적들이 이불을 빼앗아 갈지도 모르니까."

"아니, 그럴 수가! 그런 심오한 뜻이?"

"흐응, 생명의 비밀 세계에 있는 초특급 비밀이지."

남들이 보았다면 욕실에서 장난치는 10대들처럼 보였을 것이다. 하지만 더 이상 망가질 수 없을 정도로 변해버린 자신의 몸을 눈으로 확인하고, 사랑하는 남자에게까지 보여줘야 하는 슬픔과 우울함을 기화시키는 데는 그런 농담과 킬킬거림밖에 없다는 것을 미주와 승우는 잘 알고 있었다.

승우는 미주의 머리부터 감겼다. 샴푸로 거품을 내서 머리카락을 비비고 두피를 부드럽게 마사지한 다음 새로 가져온 물로 머리를 헹구었다. 승우의 이마에 땀이 송글송글 맺히고 가볍게 숨도 가빠왔다.

"힘들지?"

"아니. 넌?"

"난 가만히 있기만 하는데 뭘."

"조금이라도 아픈 것 같으면 바로 얘기해."

"응."

미주는 승우에게 등을 맡기면서 저린 코끝을 손가락으로 눌렀다. 아프다는 거. 아프면 사람은 어려지고 싶은 걸까. 부모의 보호를 받던 어린 시절처럼 어리광을 부리고 싶게 되는 걸까. 그 단순함 속에 삶은 슬프고 아늑한 꿈과 순수를 숨겨둔 것일까.

……승우랑 결혼하기로 마음먹었을 때 사실은 내가 이렇게 해주고 싶었는데. 어리광부리는 이 사내를 목욕탕 속에 집어넣고 등을 박박 밀고, 머리도 벅벅 감기고, 갑자기 차가운 물도 확 뒤집어씌우는 장난을 치면서 승우를 깨끗이 씻겨주고 싶었는데. 정작 지금까지 그러지 못했고, 이젠 그렇게 해줄 가능성도 사라져버렸는데, 내가 거꾸로 승우에게 어린 여자처럼 되어버렸다니. 한 남자에게 편안한 잠과 휴식도 주지 못하는, 자신의 몸도 주체하지 못하는 여자.

미주의 눈에서 눈물이 흘렀지만 가득 찬 수증기 때문에 승우는 미처 알아채지 못했다. 승우는 그 사이 비누 거품을 낸 타월로 미주의 어깨를 문지르고 팔 구석구석을 밀었다.

"흐흐잇, 간지러워!"

"그래도 겨드랑이 벌려봐!"

"부…… 부끄럽게 어떻게 겨드랑이를 벌려."

"헛, 또 왜 이러나? 팔을 조금만 위쪽으로…… 이렇게 쳐들면 되지?"

"웃키키!"

"웃키키?"

"자기 아직 몰랐어? 그쪽이 내겐 제일 민감한 성감대야. 자극하지 마."

"오호, 그랬어? 그럼, 더욱 가만둘 수 없지."

"웃캐캐캐…… 캐캐! 제발…… 제발 거긴 가만둬. 내가…… 내가 할게. 승우 씬 잠시 쉬어."

"그러자. 어휴, 네가 물속에서 망둥이처럼 펄쩍거리니까 내 힘이 달린다 달려."

"그렇지? 아직 나 힘세지?"

미주가 발그스레해진 뺨으로 물기 젖은 입술을 쳐들자 갑자기 승우가 깊게 입술을 맞춰왔다. 승우의 혀가 미주의 가지런한 치아를 훑고 혀끝을 감았다. 승우는 자신의 몸속에 담긴 풍부한 시간을 넣으려는 듯 뜨거움을 미주의 입속에 흘려 넣었다. 간절하게.

내 시간을 가져가, 내 시간을 가져가, 하고.

미주는 승우의 목을 깊게 끌어당기며 입술을 받아들였다.

승우는 퍼덕거렸다. 미주를 안고 싶은 건장한 남자의 강한 열망이었다. 그의 근육이 팽팽해졌다. 그들은 몇 개월 동안 관계를 전혀 갖지 않았다. 미주도 그를 안고 싶었다. 사랑하는 남자를 몸 깊이 들이고 다시는 빠져나가지 못하게 가두고 싶었다. 하지만……. 그녀는 아득해졌다.

절망감이 비수처럼 가슴을 찔렀다. 자신이 건강한 여자라면 그를 받아들일 수 있을 것이다. 그의 몸을 뜨겁게 받아들여 그를 편안하고 달콤한 잠으로 끌어들일 수 있을 것이다. 하지만 미주는 그래서는 안 된다는 것을 알고 있었다. 자신에게도 무리가 따르고 아이에게도 돌이킬 수 없는 결과를 낳을 수 있다는 것을.

"그…… 그만둬! 제……제발!"

미주는 와락 승우를 밀쳐내다. 그녀의 눈빛에는 분노 같은 게 스며있었다. 안타까움과 자신을 향해 치밀어오르는 분노였다.

"미안해, 미주야. 미안해……. 네가 너무 예뻐 보여서!"

그 말은 자기가 해야 할 것이다. 미주는 재빨리 바가지에 물을 담아 주르르 머리 위로 쏟아부었다. 눈물이 함께 가슴을 타고 흘러내렸다. 미주는 계속해서 머리 위로 물을 쏟아부었다.

승우는 낭패스런 감정에 휩싸여 자신이 벌인 일을 어떻게 수습할까 전전긍긍하는 표정이었다.

"……말이지!"

"으응?"

"선수가 예쁜 코치를 목욕시켜주는 것도 모자라서 다 가지려고 하는 건 엉큼 씨고 언감생심이야. 쯧, 주제를 알아야지! 무릇 멈춰 설 때를 알아야 한다 그 말씀이야."

"그래…… 그렇지. 바로 그거야."

"반성했으면 얼른 더운물을 날라와, 맑은 물로 한 번 헹구고 목욕 끝낼 거니까."

승우는 허둥지둥 가스레인지 위에 있는 더운물을 가지러 갔다.

사실 미주는 말하는 것도 힘들었다. 하지만 힘든 내색을 해서 승우가 몹시 걱정스러워하는 얼굴을 보는 게 더 힘들고, 병원에 가자고 하는 게 너무나 싫어서 애써 안간힘을 쓰며 맞장구를 계속 쳤다. 그리고…… 일단 그런 기분에 잠기면 바닥없는 늪으로 빠져들게 될까 봐 무서웠다.

미주는 뜨거운 물을 양동이에 옮겨 담는 승우를 향해 애교 있게 으름장을 놓았다.

"다시 또 그랬단 봐라. 당장에 내쫓아버릴 거야!?"

1988년 12월 14일

미주는 직접 만들어서 말려놓은 커피잔 3개와 흙인형을 로켓처럼 세워놓은 고구마통 같은 초벌 통에 넣고 구웠다. 물론 미주는 코트를 입고 모포를 두른 채 휠체어에 앉아 있었고 모든 것은 승우가 다 했다. 삼각 발판이 달린 초벌 통은 내부가 4등분으로 나뉘어 있어, 높이가 각기 다른 인형을 크기별로 넣을 수 있었다.

흠이라면 넣을 게 별로 없다는 거였다. 3개의 커피잔은 2번째 칸에, 인형은 3번째 아래 칸에 넣었다. 엄마 인형, 아빠 인형, 아기 인형. 물론 그건 미주가 배 속의 아이에게 주는 선물이 될 터였다. 승우는 드럼통 위의 뚜껑을 열고 창고에서 왕겨 포대를 가지고 와 통째로 쏟아부었다. 바짝 건조된 왕겨가 밑에서부터 차올랐다. 초벌 통을 다 채우는 데 2포대하고 반이 들었다. 맨 위의 짚 뭉치 1개에 불을 붙여넣고 뚜껑을 닫으면 그걸로 끝이었다.

왕겨는 14시간 정도 위에서 아래로 아주 천천히 타들어 간다고 했다. 아래에 불을 넣으면 삽시간이지만, 빼곡한 왕겨들 사이로 불이 천천히 내려가면서 타는 데는 그렇게 오랜 시간이 걸린다고 주철 선배가 말해주었다.

온도는 500도에서 600도 사이로 오른다. 그 정도의 온도면 인형을 단단히 굽는 데는 충분하다. 미주는 도자기 초벌구이에는 훨씬 더 고열이 필요하다는 정도밖에 몰랐다. 커피잔도 잘 구워지면 분홍빛이나 담홍빛으로 제법 단단할 것이었다. 유약 처리를 하고 재벌을 하지 않아 실제로 커피를 타서 마실 순 없겠지만 그래도 좋았다.

운동장에는 횟가루로 세계 전도가 그려져 있었고, 2개의 나무 책상을 붙여서 식탁처럼 만든 곳이 3군데나 있었다. 미주가 4일 전 지나가는 말로 '세계 여행을 하고 싶었는데!' 하는 소리를 듣고, 그녀가 잠든 사이에 승우가 횟가루로 운동장에 세계지도를 그려놓았다. 오대양과 육대주. 아프리카, 아시아, 유럽, 오세아니아, 아메리카…….

지금 식탁이 차려진 곳은 프랑스 파리와 러시아의 모스크

바, 미국의 뉴욕이었다. 전부 다 대도시였다. 꼭 가보고 싶었는데 못 가본 곳들이었다.

그 나라의 문화와 음악이 풍성한 노천카페에서 커피를 마시고, 연극을 보고, 오페라를 관람하고, 거리의 악사들도 연주도 듣고, 다양한 음식도 맛보고, 고층 빌딩 숲과 눈 덮인 광활한 대지를 보고 싶었다. 이제는 이룰 수 없는 꿈이 되어버렸지만, 미주는 휠체어를 타고 운동장에 있는 세계 여러 나라의 곳곳을 여행했다. 미주가 뮌헨에 멈춰 서면 승우는 해박하게 독일과 그 도시의 역사와 문화를 소개하고 그곳 출신의 예술가에 대해 말해주었다. 그러면 미주는 다리를 꼬고 앉아 커피를 홀짝이는 기분으로 고개를 끄덕였다.

승우는 특히 여러 나라의 민속 음악과 춤에 정통했다. 장화 모양으로 생긴 이탈리아에 도착했을 때는 가곡과 아리아를 부르기도 했고, 아름다운 항구 나폴리가 낳은 작곡가와 팝 가수를 소개했다.

그렇게 미주는 승우가 가보았고 공부하고 익힌 30여 개의 나라를 가볼 수 있었다. 미주가 다닌 곳은 승우가 가슴에 품고 있던 드넓은 세계이고 마음이었다.

11월 마지막 주 토요일에 정란이 다녀갔다. 가지고 온 의약품들을 전달하고 잠시 차 한 잔을 마신 후 정란은 다시 서울로 돌아갔다. 정란은 속으로 기가 막혔다. 말이 입 밖으로 나오지 않았다. 피골이 상접한 미주의 몰골과 한껏 부푼 배. 말라서 더욱 껑충하니 키가 커 보이던 승우. 하지만 그들은 싱글벙글한 표정으로 정란을 맞았다. 지옥의 나날을 보내고 있을 게 분명한데 얼굴이 그렇게 평화스러울 수 있다는 것이 의아했다. 아니 경악스러웠다.

두 사람은, 아니 배 속에 든 아기까지 세 사람은 아주 단단하게 한 몸으로 뭉쳐 있는 것처럼 느껴졌다. 상운 폐교는 두 사람만의 완전한 세계처럼 느껴졌다. 정란은, 어쩌면 미주가 선택한 것이 처음부터 옳았고 정확한 것이었는지도 모른다는 생각을 처음으로 했다.

미주는 자신의 상태가 점점 더 악화되고 있다는 것을 누구보다도 잘 알고 있었다. 그녀는 강력한 모르핀에 의해서만 잠깐 잠들 수 있었다. 잠시 후 깨어나면 공기에 침이 든 것처럼 온몸이 따끔거렸고, 구둣발로 밟아대는 듯이 욱신거렸고, 양철로 속을 긁는 듯 쓰라렸다. 너무나 아파서 하루에 겨우 2시간 눈을 붙이고 나머지는 배 속에 든 아기를 싸안은 채 이를 악물고 버텼다. 승우가 없었다면, 남편이 없었다면 이 혹독하고 외롭고 처참한 전투를 미주가 결코 치러내지 못했으리라는 건 분명했다.

승우는 미주의 분신이었다. 한밤중에 눈을 뜨면 어김없이 승우가 곁에 있었다. 때로는 한없이 깊은 눈으로 자신을 바라보고 있었고, 때로는 옆에서 새우처럼 등을 구부린 채 자고 있었다. 손을 뻗으면 언제나 잡히는 거리에, 만질 수 있는 거리에 승우는 있었다. 참으로 고마운 사람이었다. 단 한마디 불평도 없이 묵묵하게 자신이 선택한 길을 따라 함께 걸어온 사람.

그가 가여웠다. 죽는 건 두렵지 않았지만 그를 세상에 남겨야 한다는, 놓아두어야 한다는 생각은 언제나 미주를 고통스럽게 만들었다. 자신에게 주어진 시간이 얼마 남지 않았다는 사실을 미주는 인정했다. 하루하루가 절박했지만, 시간은 너무나 빨리 지나갔다.

미주가 임신한 사실을 처음 말했던 날 밤, 승우는 자신이 오리온자리를 타고 태어났다는 것을 말했었다.

"오리온자리?"

"응. 별 4개가 바깥에 네모나게 있고 그 네모 속에 3개의 별이 일렬로 반짝이잖아."

"근데?"

"어릴 때부터 난 별이 보이는 곳에 가면 늘 서쪽 하늘에 기울어져 있는 오리온자리를 올려다보곤 했어. 겨울 성좌인지는 모르겠지만 겨울에 항상 봤던 기억이 나고……"

"……?"

"난 참 행복하게 살겠구나, 생각했어. 오리온 좌는 아주 아름다운 집과 가족을 뜻하는 거라고 해석했거든. 그러니까 바깥 사각진 4개의 별은 집이고 3개의 별은 그 집 속에 든 가족이야. 엄마 별, 아빠 별, 아기 별! 오리온자리를 보고 있으면 그렇게 행복할 수가 없었어. 그런데 역시 사람은 운명이 있나 봐. 꼭 그렇게 됐잖아. 우린 집이 있고 미주 당신과 나, 그리고 아기……!"

그 말에 목이 메어 와 고개를 돌렸던 기억이 생생했다. 그의 소박하고 단정한 운명을 자신이 망쳐놓았다는. 그때 미주는 슬며시 이렇게 말했었다.

"그럼, 하늘에 있는 우리 집 주소는 오리온자리구나."

"그렇지."

"그러면 만약…… 누가 먼저 죽으면 나중에 죽는 사람이 오리온자리로 찾아오면 만날 수 있겠네?"

"그렇지. 우리는 하늘에도 집을 정해놓았으니까 죽어서도 서로를 찾지 못해 헤맬 염려는 전혀 없는 거지."

"야아, 정말 생명 보험보다도 더 멋진 거네. 갑자기 나 기분이 아주 좋아지고 힘이 나는 것 같아."

"그렇니? 진작 가르쳐줄 걸 그랬다."

"만약 내가 먼저 가면…… 오리온 집을 예쁘게 단장해놓고 기다릴게. 승우 씬 다른 여자 집 문을 노크하지 말고 곧장 찾아와야 해. 알았지?"

"그러긴 하겠지만…… 어째 기분이 좀 우울해진다. 아기를 가진 여자가 하는 말로선 좀 그래!"

"그런가? 분위기 파악을 못 했네. 나 어쩌다가 감성적일 때가 있잖아."

풀풀풀 웃으며 넘겼던 그 말들이 미주의 가슴을 점점 더 저리게 만들었다. 너무 욕심을 부린 게 아닌가 하고. 자신이 죽고 난 뒤 승우 씨는 겨우 34살이 아닌가. 혼자 살기에는 너무 젊고 살아야 할 길이 너무 멀다. 더군다나 어떻게 혼자서 아기를 키운단 말인가.

요 며칠 동안 수시로 그런 생각이 떠올라 미주는 자꾸만 침울해졌다. 그때 자기가 참 어리석은 말을 했다는. 죽은 뒤에도 사랑하는 남자를 소유하고자 하는 바람이었다는 것이 몹시도 서글프고 비참했다. 하지만 자신이 목숨을 바꾼 아기가 생판 모르는, 낯선 어떤 여자의 손에서 길러진다는 생각을 하면 피가 거꾸로 솟는 기분이었다. ……계모! 계모 밑에서 주미가 자라난다면!

그 생각만 하면 너무나 고통스러워 그 자리에서 그대로 죽고 싶었다. 주미가 어느 낯선 여자에게 빰을 얻어맞고 우는 모습, 머리칼을 쥐어 뜯겨 비명을 지르는 모습, 더러운 양말을 신고 머리도 빗지 않은 초라한 모습, 학교를 마치고 돌아와 열리지 않는 대문 앞에 쪼그리고 앉아 우는 모습…… 이 떠올랐다. 그렇게 되면 10대에는 가출을 할 것이고, 불량소녀가 될 것이고, 몸과 마음을 마구 굴릴 것이고, 술과 담배에 찌들 것이고……. 만약 하늘에서 딸의 그런 모습을 내려다봐야 한다면! 오, 그것보다도 더한 형벌은 없을 것 같았다.

그런 생각은 암이 주는 통증만큼이나 미주를 괴롭혔다. 만에 하나 아이가 겪게 될 고통과 슬픔과 학대를 생각하니, 아기를 낳는다는 게 얼마나 무모하고 철없으며 이기적이고 무책임한 짓인가 싶어 살이 벌벌 떨렸다. 미주는 극에 달하는 육체적 고통과 극에 달하는 마음의 고통, 그 이중의 지옥에 빠져 허덕대는 자신을 발견하고는 거의 미칠 것 같았다.

하지만 승우를 바라보고 있으면 그런 불신이 사라지고 믿음이 가슴에 자리 잡았다.

저 남자는 내가 두려워하거나 싫어하는 일은 절대로 하지 않을 거야. 저 남자는 자기만큼 착하고 아름다운 여자를 얻어 주미의 엄마를 만들어줄 거야. 나보다 주미를 더 사랑할지도 모르지. 그래서 눈부시게 곱고 착한 그녀와 주미, 그리고 저 남자는 정말 지상에 오리온자리 같은 가정을 만들 거야. 난, 승우 씨를 믿어. 승우 씨를 믿지 못한다면 이 세상에 믿을 것은 아무것도, 그래 정말로 아무것도 없지.

그러나 아무리 노력해도 그 불안과 공포는 완전히 뿌리 뽑히지 않았다. 매번 돌아볼 때마다 쑥밭처럼 삽시간에 일어나 목을 조르는 듯했다.

어제 아침에 넣은 불은 다음 날 밤이 되도록 계속해서 탔다. 로켓포 자세인 초벌 통은 왕겨가 일으키는 지독하게 집념 어린 불꽃으로 인해 연분홍색으로 달아 있었다. 벼를 찧고 남은 한낱 쭉정이들이 모여서 내는 놀라운 열기였다. 상식으로는 잘 이해가 되지 않는.

"앞으로 쭉정이란 말을 쓸 때는 가려서 써야겠는데!"

미주를 태운 휠체어를 밀고 온 승우가 손을 내밀어 난롯불을 쬐는 듯한 미주를 내려다보며 말했다.

"내일 아침에야 식겠는걸. 그때나 열어서 당신 작품을 꺼낼 수 있겠어."

"작품은 무슨……. 하긴 각별하긴 해. 내 마음이 담긴 것들이니까."

"그럼. 우리, 집으로 돌아가면 저것들을 거실에서 제일 좋은 위치에 올려놓자. 주미랑 당신이랑 나랑은 그것들을 바라보기만 해도 기분이 좋을 거야."

미주는 이젠 쉽사리 그런 말에 맞장구치지 못했다. 그런 일이 일어나기 힘들다는 것을 미주도 승우 자신도 너무나 잘 알고 있기 때문이었다.

미주는 휠체어를 밀어 달라고 했다. 두 사람은 그네 쪽으로

344

갔다. 미주는 휠체어에 앉고 승우는 그네에 앉았다. 저편에 선 거대한 은행나무는 이미 나뭇잎이 다 떨어진 지 오래였다. 미주는 아담한 교사와 담장, 가마, 창문들, 연못, 농구대, 횟가루로 세계 전도가 그려진 텅 빈 운동장, 그 위에 놓인 몇 개의 걸상과 책상들을 아주 천천히 돌아보았다.

"미주야, 그만 들어가자! 바람이 차다!"

"난 좋은데. 나 봐. 온몸은 담요로 친친 감고 얼굴만 쏙 빼놓았잖아. 거북이 같이. 바람이야…… 겨울바람! 시리긴 시리다. 그런데 너무 기분이 좋아. 시린 바람이니까……."

미주는 뒷말을 잇지 못했다. '다시는 느끼지 못할 시린 바람이니까!' 하는.

"승우 씨, 우리 나중에 여기 다시 와보자."

"물론이지. 주철 선배하고 경희 선배가 돌아오면 아예 기숙사는 우리가 별장으로 쓴다고 말해야겠어. 돈 내라고 하면 돈도 내지 뭐."

"난 주미를 낳고, 주미가 걸음마를 할 정도가 되면 여기로 올 거야. 주미를 보행기에 태우고 은행나무 앞으로 가서 이렇게 말할 거야. '엄마가 너를 배 속에 가졌을 때 이 나무 아래서 아빠랑 엄마랑 멋진 춤을 추었단다' 하고 말이야."

"그래, 그래야지. 노란 은행잎이 원형으로 깔린 멋진 황금빛 무대였으니까."

"그런데 참, 대체 나머지 은행나무는 어디 있지? 난 그게 궁금했었어. 은행나무는 암수가 서로 마주 서 있어야 잎이 열리고 은행이 달리는 거 아닌가? 근데 저 나무 말고는 이 근처에는 없는 것 같던데?"

"보이진 않지만 어딘가에 있겠지. 나무들은 바람으로 포자를 날리고 수정도 하니까. 그건 왜?"

"혼자 서 있는 게 좀 그렇잖아."

"……안 되겠어. 그만 들어가자! 감기 들겠어."

"그래도 어제보다는 덜하다. 어젠 정말 방에서 나오기도 싫었거든. 승우 씨, 근데 오늘 운동 안 했지?"

"응?"

"매일 운동장 3바퀴씩 돈다고 약속했잖아. 내가 부실하면 승우 씨라도 튼튼해야지. 우리 주미를 위해서 말이야. 아빠 되기가 어디 쉬운 줄 알아? 어서 돌아!"

"좀 봐줘라. 낼 아침에 돌게!"

"빨리 돌아! 금방 돌잖아. 내가 여기서 지켜볼게."

승우는 하는 수 없다는 듯 휠체어 손잡이에서 손을 떼고 운동장을 달리기 시작했다. 1바퀴를 돌고 승우는 미주 앞을 지나갔다. 그녀의 박수 세례를 받으면서. 그는 교문 가까운 코너 쪽을 헉헉대며 돌고 있었다.

으읍…… 읍!

그때 불현듯, 거대한 통증이 미주의 몸을 휘감아 왔다.

미주는 배를 움켜쥐었다가 고개를 와락 젖히며 머리를 움켜쥐었다. 손이 파들파들 떨렸다. 젖은 머리카락을 잡아 뜯으며 새하얀, 수증기 같은 가쁜 숨을 내쉬며 눈자위를 파르르 떨었다. 이번엔 비명도 제대로 지르지 못할 만큼의 급습이었다. 머리의 두개골을 무서운 속도로 돌아가는 전기톱의 둥근 톱니로 단번에 절단해버리는 것 같은.

몸속에 잠복해 있던 그림자들이 내장 전체를 휘저어 토막내는 것 같은, 말로는 도저히 표현하기 어려운 무섭고도 끔찍한, 그러면서도 둔중한, 거대하면서도 섬세한 양극의 날을 가진 통증이었다.

흐으읏, 흣……흐읏!

아무것도, 아무것도 보이지 않았다. 모든 게 새하얗게 변했다.

미주는 휠체어의 팔 걸쇠에 놓은 손을 푸드덕거리다가, 눈자위가 뒤집어지며 등받이 쪽으로 쓰러져 까무러쳤다.

마
지
막

초
읽
기

우리는 함께 떠나고 있어

하지만 작별이기도 하지

우린 지구로 돌아올 수도 있을 거야

누가 장담할 수 있겠어

비난받아야 할 사람은 없어

우리는 지구를 떠나고 있어

모든 것들이 예전과 같을 수 있을까

마지막 초읽기야

마지막 초읽기

우리는 금성을 향해가지

그리고 우리는 준비되어 있어

그들이 우리를 발견하면

환영해 줄지도 모르니까

수 광년의 거리를 향해 떠난 그녀를

우리 모두가 그리워하고 있다는 건 확신해

마지막 초읽기야

마지막 초읽기

— ⟨The Final Countdown⟩, Europe

* 미주와 승우가 서울로 돌아가던 차 안에서 흘러나왔던 곡

1998년 12월 29일

"미……주야!"

"으……응? 정란이구나! 언제 왔어?"

"30분 됐어."

"내가 깜박 졸았나 봐. 승우 씬?"

"목욕 좀 하라고 내가 보냈어. 피곤해 보여서. 금
방 샤워만 하고 오겠대."

"으응, 그 사람 그럴 거야. 그래도 네가 오니까
안심이 되는지 자리를 비우네. 금방 올라가야 할
걸 왜 또 왔니?"

"이틀 휴가 냈어. 내일 오후에 올라가면 돼."

"나, 요즘 계속 잠만 자는 것 같아. 잠깐…… 정
신은 돌아오는데 또 잠이 와. 너도 왔고…… 자

면…… 안 되는데……."

"자도 괜찮아. 내가 곁에 있을게."

미주는 고개를 끄덕였다. 그녀는 코에 산소 주입기를 하고 있었다. 줄무늬 환자복이 미주의 목과 손목에 비해 너무 헐렁해 보였다.

승우가 운동장을 돌 때 의식을 잃었던 미주는 승우에 의해 곧장 현대병원으로 실려왔다. 어떤 강한 충격으로 잠시라도 숨이 멎었다면 미주는 물론 태아에게도 치명적이었을 것이다.

승우는 정란에게서 심폐 소생법이란 응급처치법도 배웠다. 목을 젖혀 기도를 열고 큰 숨을 3번 불어넣은 뒤, 명치에서 손가락 2마디 위에 손바닥을 겹쳐 심장에 압박을 가해 심장을 뛰게 하는 것. 하지만 다행스럽게도 미주는 정신만 잃었을 뿐 심장이나 맥박은 뛰고 있었다.

응급실에 도착했을 즈음 미주는 정신이 돌아왔다. 하지만 더 이상 승우와 단둘이만 있을 수 있는 세계를 고집할 수 없었다. 자신의 의지나 인내, 지혜로도 더 이상 어찌해볼 수 없는 한계 상황이 들이닥치고 있다는 것을 깨달았기 때문이다.

미주는 상운 폐교를 포기하고 침대 하나가 있는 작은 병실로 옮겨졌다.

박 선생은 이틀 정도 미주의 상태를 체크하며 지켜보다가, 동통이 3시간 단위로 찾아오자 강한 모르핀을 섞은 링거를 하루 종일 맞게 했다. 미주의 체력이 너무나 소진되어 있고 심리 상태가 몹시 불안하다고 판단했기 때문이다. 차라리 가수면 상태가 눈을 뜬 채로 동통에 시달리는 것보다 환자에게도, 아기에게도 좋다고 판단한 것이다.

미주를 본 박 선생은 더 이상 어쩌할 방도가 없다는 것을 즉각 알아차렸다. 얼굴에 약간 노랗게 황달기가 올라오는 것도 불안했다. 위암이 다른 장기에 전이된 침습성 위암인 것만은 확실했다. 다만 그것이 악성 선종으로 발달하지 않기만을 바랄 뿐이었다.

악성 선종은 암세포들이 폭탄처럼 투하되어 파편처럼 흩어져 각종 장기에 달라붙기 때문에, 순식간에 내부 장기 기관을 쑥대밭으로 만들 수 있는 가장 고약한 거였다. 여태껏 많은 암 환자들을 다루어봤지만, 임신부가 저 상태까지 버틸 수 있다는 게 그저 감탄스럽고 기적 같아 보였다.

미주는, 의사가 고통을 그다지 느끼지 않게 처방해준 것은 고마웠지만, 계속해서 가수면 상태에 빠져있는 것은 못마땅했다. 승우를 봐야 하고, 아기 주미와 이야기해야 하고, 자신과 이야기해야 하는데, 그럴 시간도 별로 남아 있지 않은 것 같은데 의사가 계속해서 잠을 재우는 것이 속상했다.

지난주에 박 선생은 미주의 항의를 받아들였다. 그래서 단계별로 상태를 주시하고 체크하며 수면 수위를 낮추어가겠다고 약속했다. 그래서 그런지 금방이라도 자신을 휩쓸어 끌어들일 것 같은 점액질 같은 잠의 줄기가 자신에게서 손을 떼는 것이 느껴졌다.

미주는 눈을 뜨고 고개를 옆으로 돌렸다. 정란이가 곁에 앉아 자신의 손을 보듬어 쥐고 있었다. 상운 폐교에서 현대병원으로 실려 와 1인실로 옮겼던 2번째 날, 정란은 밤의 시간을 이용해서 다녀갔었다. 하지만 미주는 약 기운에 혼곤하게 빠져 있었기 때문에 다음 날 출근 전에 서울로 돌아가야만 했던 정란을 보지 못하고 승우에게 얘기만을 전해 들었다.

"정……란아!"

"그래, 미주야. 뭐 필요한 거 있어?"

"아니. 우리 아기 어떤 것 같애? 네가 전문가잖아?"

"그렇지 않아도 이 병원 산부인과 의사도 만나보고, 내가 직접 몇 가지 체크해보기도 했는데, 괜찮아. 아기는 정상적으로 잘 크고 있어. 산부인과 담당의가 진작 너를 알았다면 완전히 임상 사례 감이래. 학계에 논문 발표도 가능한. 몹시 아까워하더라."

"쿠쿠쿠, 그랬니? 까딱하면 내가 모르모트 될 뻔했구나."

"반드시 나쁜 것만은 아냐. 너처럼 임신과 암을 동시에 가진 여자들을 치료해야 하는 의사들에겐 좋은 임상 사례가 될 수 있지. 물론 그게 환자 당사자들에게 선택의 여지를 넓혀주는 자료가 된다는 점에서 말이야."

정란은 미주의 손등을 토닥이며 말을 이었다.

"아무튼 너 장해. 사실 난 네가 여기까지 상황을 끌고 오리라고는 생각하지 못했어. 절대로 그럴 수 없을 거라고 여겼지. 내가 틀렸어."

"어째, 칭찬으로 안 들린다. 나보고 지독한 년이라고 하는 거 같은데?"

"인간 승리! 아니, 미주 승리!"

"아냐, 승우 씨가 앞에 있지 않았다면 난 벌써 목표를 잃고 고꾸라진 지 오래됐을 거야. 지금껏 승우 씨만을 보고 달려온 느낌이거든."

"그래, 승우 씨도 대단해."

귓바퀴를 넘어온 미주의 머리카락이 눈을 가리자 정란은 천천히 머리카락을 뒤로 쓸어 넘겼다.

"나 어때? 아프리카 난민 아이들 같지? 뼈에 살가죽만 덮이고 배만 터질 듯이 부른……."

"아냐, 예뻐. 예쁜 네 눈코입이 얼굴에서 달아난 것도 아닌데 뭐. 얼굴 크기가 소녀 같아지고…… 흐웅, 섹시하기만 하다 뭐."

"뭐? 섹시? ……야, 그 말에 왜 내 귀가 번쩍 뜨이니? 가슴도 화들짝 놀라고!"

"어이구, 됐네요. 그만해."

찬찬히 서로를 보며 웃었다. 정란이 미주를 혼내주려는 듯 갑자기 노려보는 체했다.

"왜? 그러다 사시 될라."

"이제껏 너 고집부리는 꼴 다 봐주느라 내 속이 얼마나 썩었는지 모를 거다. 이젠 너도 내 말 들어줄 거지?"

"얘가, 무슨 얘기하려고 이러냐?"

"부탁인데, 1월 되면 우리 병원으로 와. 내가 병원 응급차 보내줄 테니까."

"서울? 싫어. 여기 병원도 시설 괜찮은 것 같던데? 깨끗하고 주위가 산으로 둘러싸여 있어 공기도 좋고."

"봐, 또 딴소리할 줄 알았어. 지난번에 내가 얘기했잖아. 너 아기 낳을 때는 전문가 여럿이서 달라붙어야 해. 여기 병원은 크지만 너한테 필요한 전문가는 없어. 또 누가 나처럼 널 챙겨줄 수 있겠니? 내가 아기 잘 받아줄게. 그러고 싶어."

그 말에 미주는 침묵했다. 정란의 말은 맞았다. 하지만 마지막 말은 틀렸다. 순산은 어려울 것이다. 걸어 다닐 힘도 없는, 침대에서 몸을 일으킬 때도 부축을 받아야 하는 자신이 어떻게 아기를 자연 분만할 수 있겠는가. 그다음 장면은 생각하고 싶지도 않았다.

미주는 손을 보듬어 잡고 보채는 투로 확답을 듣고 싶어 하는 정란에게 고개를 끄덕여주었다. 그것만으로도 정란의 얼굴은 환해졌다.

"정란아! 나 서울에 없는 동안 생긴 일 없니?"

"일? 뭐? 뭐 말이야?"

"전에 네가 너네 병원 성형외과 닥터, 41살의 독신 닥터가 있다고 했잖아."

"그랬지. 근데 그게 뭐 어쨌다구?"

"지금도 그 사람 혼자야?"

"어이구, 이제야 무슨 말 하는지 알겠네. 너, 그 남자 실제로 보지 못해서 지금 쓸데없는 얘기를 하는 거야. 독신이고 뭐고 간에 그 사람 탱크 됐어."

"탱크?"

"몸에 살이 붙어서…… 그 사람이 걸어 다니면 그 튼튼한 시멘트 복도가 쿵쿵 울린다. 몸무게가 130kg이라지 아마? 이건 완전히 씨름 선수가 아니라 스모 선수야 스모선수. 너 누구 죽일 일 있니?

"후후후, 그 의사 여자 압사시키지 않으려고 혼자 사는 거구나. ……난 또. 그냥 난 세련된 성형 전문의인 줄 알았지. 에구, 그럼 글렀구나. 네가 그 사람하고 잘 되면 콧대 좀 무료로 높여보려고 했더니만."

"뭐야? 이게 가만 보자보자 하니까 승우 씨 같은 남자 가졌다고 뻐겨도 너무 뻐기네! 흐응, 저 거만한 표정 좀 봐. 눈꼴시려 못 보겠다. 그 턱 좀 쳐들지 마, 제발!"

"사실 뭐 승우 씨 같은 남자 없잖아?"

"그럼. 성격, 외모, 실력, 거의 완벽한 남자지 뭐."

"그렇지?"

"그렇고말고. ……근데 얘, ……얘! 너…… 지금 대체 무슨 생각하는 거야?"

정란은 아연실색했다. 미주의 눈빛에서 여자만이 알아챌 수 있는 절망감과 질투심을 읽은 것이다.

미주는 절친한 친구인 정란이가 자신의 자리에 있어주면 어떨까, 하는 생각을 부지불식간에 해왔다. 승우의 새로운 여자, 그리고 주미의 엄마 자리. 미주는 정란이가 대학 때부터 승우를 좋은 사람이라고 생각한다는 것을 잘 알고 있었다. 정란이가 원하는 남자가 바로 승우 타입일 거라는.

미주가 구체적으로 정란을 승우와 연결시키게 된 계기는 아기 때문이었다. 정란이라면 자신의 목숨과 맞바꾸다시피 한 더없이 소중한 딸을 맡겨도 되지 않을까 하는. 정란은 그렇게 할 것이다. 아이를 꼭 가져보고 싶고 키워보고 싶다고 했던 그녀였다. 정란의 차분하고 품위 있는 성격을 잘 아는 미주로서는 정란이가 아기를 키워준다고 생각하면 마음이 한결 편안해졌다.

하지만……. 딸의 엄마로서는 정란이 더없이 안성맞춤이고 고맙기까지 했지만, 승우의 여자가 된다는 생각은 미주로 하여금 입술을 질끈 깨물게 했다. 부탁해서라도 아기를 맡기고 싶었지만, 승우를 친구에게 넘겨주는, 빼앗기는, 아니, 정란이가 승우의 여자가 되는 것은 정말 싫었다. 이기적이고 욕심 많은 생각이라고 자신을 타박하면서도, 불현듯 마음에 찬 바람 불고 앵돌아 눕는 자신을 스스로도 어쩌지 못하는 심정이었다.

정란은 미주의 눈빛에서 그런 마음을 읽었다. 미주는 고개를 반쪽으로 돌리고 있었다. 정란은 마음이 씁쓰레했다.

승우는 사랑할 만한 남자였다. 자기뿐만 아니라 정신이 올바로 박힌 사람이라면 누구라도 그렇게 생각할 것이다. 진실과 순수함에서 참으로 드문 사람이기 때문이다. 정란은 그 정도였다. 솔직 담백하게 승우가 우려내는 향기를 느낄 줄 아는. 하지만 친구의 남자를 빼앗고 싶다는 생각은 한 번도 해본 적이 없었다. 그게 어디 가당키나 한 소린가.

절친한 친구가 죽어가는 마당에 친구의 남자를 남자로 생각한다는 것은 있을 수 없는 일이다. 천벌을 받아도 마땅한 고약한 마음 아닌가. 정란은 환자들이 얼마나 마음이 약해지는지, 하루 종일 눕거나 앉아서 얼마나 많은 잡생각을 하는지 잘 알고 있고 또 그런 상황을 잘 이해했지만, 그래도 못내 서운한 심정이 드는 건 어쩔 수 없었다.

미주라는 존재가 처음부터 없었다고 해도 정란의 입장에서 확신할 수 있는 건 하나도 없었다. 괜찮고 좋은 남자라고 해서 자신이 그와 결혼하고 싶어 했을까. 승우 역시 정란 자신을 좋은 선배라고는 생각하겠지만 좋아하는 여자나 사랑하는 여자로는 생각하지 않을 것이다. 단지 좋고 괜찮다는 것과 같이 잠자고 같이 사는 것과는 사람에 따라 하늘과 땅만큼의 차이가 날 수가 있는 것이다.

미주가 고개를 돌리고 있는 동안, 정란은 착잡한 미소를 머금은 채 고개를 설레설레 흔들었다.

"……정란아! 바깥에 눈 아니니?"

"그래, 눈이다."

병실 창밖으로 희끗희끗 눈발이 날리고 있었다. 병원의 환자들이 귤을 까먹고 모두 창밖 하늘로 던진 것일까? 하늘은 부황난 귤빛이었고 껍질처럼 점들이 무수히 하늘에 박혀 있는 것 같았다.

"서울에는 눈이 몇 번 내렸지?"

"그래. 하지만 금방 녹아서 눈 같지도 않았어. 어째, 좀 눈이 퍼부을 것 같은걸?"

"여긴 한번 오면 최소한 발목에서 무릎 사이까지는 오는 것 같아. 너, 내일 좀 일찍 출발해야겠다."

"그래야겠네. 난 그저 차바퀴에 체인이나 치지 않기를 바랄 뿐이야. 늘 서울에서만 살아서 채울 줄도 모르거든."

"승우 씨가 잘 쳐. 걱정 마."

"……."

미주는 정란을 돌아보며 환하게 웃었다. 정란은 손을 뻗어 그녀의 뺨에 묻어나는 미소를 만졌다.

이해되었다. 모든 게 다. 같은 여자로서. 몸도 마음도 얼마나 약해져 있겠는가. 몸이 마음을 괴롭히고 마음이 몸을 괴롭히고. 자신의 것인데도 어느 것 하나 자기 편을 들어주지 않을 때 느끼는 고립무원의 슬픔과 고통.

미주가 자신의 뺨에 닿은 정란의 손을 덮으며 말했다.

"벌써 한 해가 다 간다."

"그러네."

"지금 우리가 몇 살이지?"

"37살!"

"에구구, 불쌍한 우리 정란이! 쯧쯧……."

"뭐야? 혀는 왜 차니?"

"같은 여자로서 가엾어서 그렇지!"

"뭐라구? 사돈 남 말 하시네!"

"나야 뭐 찐한 사랑도 해봤지, 결혼도 해봤지, 애도 뱄지, 낳을 거지, 뭐 아쉬운 게 있겠니? 하지만 넌 하나도 제대로 못

해봤잖아. 남의 애나 받아내는 뒷수발이나 지금껏 하면서."

"으……."

"노처녀인 널 구제해줘야 하는데…… 내가 이렇게 누워있으니 도무지 시간을 못 내내. 어쩌나? 그래도 제일 친한 친군데 모른 척할 수도 없고……. 마냥 딱하기만 하네!"

"여러 가지 하고 있네. 정말 날 챙겨주려면 고집부리지 말고 내 말이나 잘 들어!"

미주가 정란의 손을 끌어당기자 정란은 허리를 숙여 미주를 살포시 안았다. 서로가 서로의 등과 어깨를 두드리며 가볍게 키득거렸다. 서로 안쓰럽다며 조금씩 더 세게 두드리다가 결국은 정란이 지고 말았다. 약해질 대로 약해진 환자를 퍽, 퍽, 소리 나게 칠 수는 없는 일 아닌가.

창밖은 설국으로 빠르게 변하고 있었다. 푸른 솔잎들이 저마다 조그만 솜사탕을 만들어 쥐고 있었다. 미주와 정란은 눈꽃 날리는 창밖을 한참 동안 바라보았다.

그들은 자매처럼 다정해 보였다.

1999년 3월 13일

오전 10시 55분. 온갖 종류의 수술을 집도하여 그 방면의 전문가로 인정받는 2명의 의사와 정란은 허둥대고 있었다. 수직으로 복부 절개를 한 의사 옆에서 수간호사는 황급히 석션으로 분출하는 피를 빨아들이고, 또 한 간호사는 솜뭉치로 절개면을 물들이는 붉은 피를 닦아냈다.

"안 되겠어! 수혈 더 해!"

은테 안경이 간호사에게 소리쳤다. 간호사는 황급히 미주의 다른 팔에 대기시킨 혈액 바늘을 꽂아넣었다. 환자의 양팔에 동시에 수혈하는 것은 매우 드문 경우였다.

정란은 미주의 심장 박동을 나타내는 심전도 그

래프를 쳐다보고, 마취 상태에 빠진 채 입과 코에 산소 공급 튜브를 끼우고 있는 미주의 얼굴을 바라보았다

박동 그래프가 느리고 완만하게 뛰고 있었다.

"괘…… 괜찮겠어요?"

"다른 방법이 없잖아."

커다란 거즈로 위에 있는 내장들을 밀어서 막고 있는 의사와 수간호사는 벌써 이마에 땀을 흘리고 있었다.

"석션 준비해!"

이처럼 숨 가쁜 상황이 처음인 간호사가 허둥거리자 정란은 흡기를 넘겨받았다. 2명이 내장을 가슴 쪽으로 밀어 막고 있는 동안 은테 안경이 메스로 아기집을 절개했다. 정란은 재빨리 양수를 빨아들이는 석션 기구를 갖다 댔다. 양수와 피가 범벅이 되어 빠르게 빨려 들어갔다.

석션을 수간호사에게 재빨리 넘긴 정란은 미주의 아기집 속으로 손을 집어넣었다. 아기가 만져졌다. 위로 손목을 회전시켜 아기의 발을 잡았다. 피가 샘물처럼 정란의 손목 부위에서 솟고 있었다. 석션기를 갖다 대어 빨아들여도 금방 고여 올랐다. 미주의 심장 박동 그래프 화면은 위기 신호를 알렸다. 남은 쪽 발이 잡히지 않았다. 그렇다고 아기의 한쪽 발만 잡아당겨서는 다리가 부러질 수도 있었다.

제발…… 제발 이 녀석아!

정란은 다시 한번 손목을 돌려 따로 놓고 있는 나머지 발을 찾고 이번에는 능숙하게 한 손으로 2개 다 낚아챘다. 아기의 배치 상태를 파악한 정란은 허리와 팔을 비틀면서 절개한 면에서 아기를 노련하게 뽑아냈다. 아기만을 따로 처치하는 전문 간호사가 뒤에 대기하고 섰다가 피와 양수, 이물질로 범벅된 아기를 재빨리 받아 들었다.

"허 선생, 서둘러! 잘못하면 그대로 보내겠어!"

"네……."

정란은 가쁜 숨을 쉬며 빠르게 탯줄을 감듯 잡아당겼다. 태반이 달려 나왔다. 그 사이에 장과 위를 둑처럼 막은 두껍고 커다란 거즈는 붉은 수건처럼 물들었고 장 한쪽이 비집고 쏟아졌다. 한 의사가 욱여넣는 사이 은테 안경은 놀라울 정도로 빠르게 절개한 아기집을 꿰매기 시작했다. 뒤에서 아기 엉덩이를 때리고 가위로 탯줄을 자르는 소리가 들렸다. 아기가 울음을 터뜨리는 반가운 소리가 들렸다. 환희의 소리였다.

그러나 정란은 그것을 느낄 틈도 없었다. 정란은 석션으로 연신 고이는 피를 빨아들였다. 1차로 아기집을 꿰맨 의사는 그 사이 주르르 쏟아진 장을 절개면 속으로 어렵사리 다시 욱여넣었다.

"석션!"

"잡아! 너무 누르지 말고."

수간호사와 정란이 내장이 터지지 않도록 잡고 있는 동안 의사들이 배의 절개면을 양 끝에서 각각 빠르게 꿰매기 시작했다. 그래도 더뎠다. 계속해서 피가 분출되었기 때문이었다.

미주의 내장 기관은 그야말로 엉망이었다. 화상 자국 같은 암의 흔적이 장기 곳곳에 있었다. 미주가 지금까지 살아 있다는 것, 아기가 무사히 살아 있다는 것이 기적같이 느껴졌다. 암세포는 비정상적인 혈관 덩어리라고 할 수 있다. 그 부위에 칼을 대면 도저히 피가 멎지 않는 상태가 되는 것이다. 지금 3명의 노련한 의사가 달라붙어 쩔쩔매고 있는 것도 그 때문이었다.

의사들은 필사적이었다. 절개면 가까이에도 암세포가 들러붙어 기생했는지 꿰매도 실밥이 살갗에서 그냥 북 터졌다. 도저히 안 되겠군. 어쩔 수 없이 마치 얼기설기 꿰매는 것처럼 X자로 크게 살갗을 기워 졸라맸다. 서로의 눈을 보는 의사들의 눈빛은 당혹 그 자체였다.

이들이 숙련되고 노련한 전문가가 아니었다면 이중으로 절개하고 아기를 꺼내 들었을 때 미주는 이미 죽었을 것이다. 하지만 정란을 포함한 3명의 의사는 어쨌든 수습할 길이 없어 보였던 절개면을 꿰매어 봉합시켰다. 그리고 피의 분출과 내장의 압력을 막기 위해서 두꺼운 거즈를 대고 압박 붕대로 미주의 배와 허리를 친친 동여 감았다.

그들이 땀을 비 오듯 흘리며 고군분투하는 것은 산모를 살리기 위해서가 아니었다. 최소한 산모가 목숨을 다해 키운 생명인 아기를 볼 수 있는 시간을 벌기 위해 지금 최선을 다하고 있는 것이었다.

간호사 2명이 다시 수혈 주머니를 바꿔 끼웠다. 정란은 피의 유입 속도를 최대한 열어 빠르게 미주의 몸속으로 흐르도록 조치했다. 심장에 무리가 간다고 해도 어쩔 수 없었다. 피가 압박 붕대 바깥으로 그대로 배어 나왔다. 마치 붉은 잉크를 물 위에 한 방울 떨어뜨린 듯이 빠르게 젖어 갔다. 수혈 주머니를 1개만 조처했더라면 미주는 혈액 과다 소모로 또한 살아 있지 못했을 것이다.

자연분만이 불가능하다는 것은 미주도, 승우도, 정란도 알고 있었다. 그렇다면 방법은 제왕절개뿐이다. 하지만 장기 곳곳에 암세포가 퍼진 사람의 살갗을 절개했을 때는 지혈 작용이 안 된다는 것을 의사들은 익히 잘 알고 있었다. 아무리 피를 몸 안으로 쏟아부어도 깨진 독에 물 붓기식으로 절개면을 통하여 어떤 식으로든 빠르게 다 빠져나가 버리는 것이다.

두 의사는 이마에 맺힌 송글송글한 땀을 닦으며 미주의 양팔에 빗줄기처럼 떨어지는 수혈 피와 압박 붕대에서 물컥물컥 나오는 피를 보고 고개를 설레설레 흔들었다.

그들로서는 최선을 다한 것이다. 은테 안경은 손목시계를 들여다본 뒤 정란에게 말했다.

"어쨌든 마취 시간 전까진 해냈군. 지금 진통 주사를 놓아 줘야 할 거요. 환부 주변과 손등 혈관에도 여러 대 놓아줘요."

"그러면 깨어나지 못할 수도 있잖아요. 의식이 없는 상태가 바로 정지 상태로 연결될 수도……."

"그렇진 않을 거요. 레지던트로 미국에 있을 때 이와 유사한 환자를 봤어요. 고통이 너무 심한지 강력한 진통 주사도 상쇄시키고 의식이 깨어나더라고!"

"허 선생! 어차피 그래야 할 거요. 그냥 깨어난다고 해도 지독한 통증에 그대로 정신을 잃을 거요. 더군다나 피가 줄줄 새는 이 상황에서는 그렇게 오래 못 버텨요. 삽시간에 혼수상태로 빠지고 바로 정지 상태로 넘어갈 확률도 많아요."

그들은 미주의 심장 박동 그래프를 불안하게 흘끗 본 다음 수술용 장갑과 마스크를 벗었다. 그리고 미주가 사투를 벌이며 키워낸 아기를 들여다보았다. 아기는 건강했다. 물론 정확한 진단을 내리려면 최소한 몇 달 동안은 지켜봐야겠지만, 어쨌든 현재로는 믿기지 않을 만큼 건강한 여자 아기였다.

은테 안경은 고개를 끄덕이며 아기를 향해 말했다.

"이 녀석아! 넌 정말 대단한 엄마를 두었어!"

할 일을 마친 두 의사는 수술실에서 빠져나갔다. 심장 박동 그래프가 불안하게 떨어지고 있었다. 마취에서 깨어나려는지 미주는 숨을 가쁘게 쉬었고 갑자기 빨라졌다. 정란은 수간호사와 간호사에게 모르핀과 데메롤을 환부 근처와 혈관에 주사하라고 지시했다.

정란은 눈물을 글썽거리며 미주의 뺨 가까이에 입술을 갖다 대었다.

"미주야! 넌 해냈어! 힘을 내! 네가 낳은 아기를 봐야지! 제발 힘을 내서 정신을 차려!"

정란의 지시를 받은 간호사가 승우를 수술실 안으로 불러들였다. 아기는 간호사의 품에 안겨 있었다. 승우는 황망한 걸음걸이로 아직도 의식이 없는 미주에게 다가갔다.

"미주야, 미주야! 서…… 선배, 어떻게 된 거예요?"

"……글쎄."

정란이 손목시계를 들여다보며 말을 이었다.

"마취에서 깨어날 시간이 5분 정도 지났어. 강한 진통제가 어떻게 작용할지 나도 모르겠어. 이런 경우가 처음이라서."

"미주야! 미주야! 눈을 떠 봐! 주미를, 주미를 한 번이라도 봐야지. 응? 눈을 떠 봐! 제발!"

그 사이에 간호사가 또 수혈 주머니 2개를 갈아 끼웠다. 정란은 승우의 반대편으로 가서 미주의 손과 팔을 손으로 쓸었다.

어서, 깨어나! 미주야…… 미주야! 지금 깨어나지 않으면 너는 아기를 못 봐. 승우 씨도 못 보고. 나도 못 보고. 그냥 무정하게 이렇게 떠나면 안 돼. 우리…… 우리에게도 너에게 인사할 시간을 줘야 하잖니? 왜냐하면 너만큼 우리도 널 사랑하니까. 나도 널 그냥은 보내지 않을 거야. 절대로! 다시는 못 만나는 곳으로 아내와 절친한 친구를 보내면서 한마디도 못한다면 우리 심정이 어떻겠니? 나보다도 네가 사랑하는, 널 너무너무 사랑하는 승우 씨가 못 견딜 거야. 승우 씨를 위해서라도 네가 눈을 떠줘야 해. 미주야…… 미주야…… 내 말 들리니?

천천히…… 아주 천천히 미주가 눈을 떴다. 처음에는 눈꺼풀을 까물거렸고, 곧 애써 힘을 주어 초점 없는 눈자위를 고정시키려고 하는 것 같았다.

"미주야! 미주야! 나야! 보이니?"

미주는 승우가 보이지 않는 모양이었다. 눈동자가 슬쩍 비켜가서는 다시 흐려졌다.

"미주야! 이러면 안 돼! 아기를 봐야지! 엄마가 아기를 안 보면 어떻게 하니? 우리 주미가 얼마나 예쁜지 너도 너무너무 궁금해했잖아!"

승우는 서둘러 아기를 안으러 갔다. 하지만 흥분 상태인 승우가 오자 간호사는 몸을 돌려 아기를 보호하면서 의사 정란을 보았다. 어떻게 해요, 하는 표정이었다.

"김 간호사! 안겨드려!"

승우는 포대기로 단단히 감싼 아기를 안고 부리나케 미주에게로 가 눈앞에 바싹 들이밀었다.

"미주야! 미주 씨! 봐봐! 당신 애기야! 당신 애기가 바로 눈앞에 있어. 어서 정신을 차려!"

그 순간이었다. 안개가 덮인 듯이 몽롱했던 미주의 눈동자에 촘촘히 초점이 모이기 시작했다. 미주가 아기를…… 아기를 본 것이었다. 입과 코에 꽂은 튜브 때문에 뭐라고 말을 할 수는 없었지만 하얗게 탈색된 미주의 입술은 분명히 미소를 짓듯 입꼬리가 올라갔다. 미주는 삶과 죽음의 경계선 가까이에 서 있었다. 입술도 달싹거릴 힘이 없었다. 이미 몸은 자기것이 아닌 듯했다. 단지 불꽃같은 간절한 의식이 남아, 아기를 올려다보고 희미한 미소를 짓는 것이었다.

"그래그래, 봤구나. 우리 주미를 본 거야. 이젠, 이젠 당신만 건강해지면 돼. 우리 주미를 안고 퇴원해서 집으로 가야지! 그지, 그치? 미주야!"

승우의 말을 알아들은 듯 미주는 다시 미소를 지었다. 고개까지 약간 끄덕였다. 미주의 눈에 물기가 한 겹 뿌옇게 쳐지더니 뺨을 타고 흘러내렸다.

승우 씨…… 주미가 참 예쁘다. 당신 닮았어. 이마와 섬세한 입술, 주미는 코만 나를 닮았어. 크면 참 예쁠 것 같다. ……하지만 어쩌지? 난 집으로 돌아가지 못할 것 같아. 미안해, 승우 씨……. 그동안…… 미운 나를 사랑해주고…… 함께 살아주어서 정말로 고맙고, 감사해. 내겐 정말 과분한 사랑이었어. 그 빚을 어떻게든 갚아보려고 했는데…… 이렇게 돼버렸어. 나, 너무 미워하는 거 아니지? ……내가 당신 얼마나 사랑하는지 알지? 당신이 혹시라도 날 따라올까 봐 내가 주미를 낳았다는 거 모르지? 주미는…… 당신의 사랑에 대한 내 선물이야. 주미는 국화 향 말고 머리칼에서 재스민 향이나 프리지어 향이 날지도 모르지. ……내가 주미 머리를 빗겨주면서 그 냄새를 꼭 확인해보려고 했었는데……. 나, 언젠가 당신이 말한 우리 하늘 집, 오리온자리로 먼저 가 있을게. 그곳에서 당신이 좋아하는 된장국 끓여놓고 우리 주미가 좋아할 계란말이를 해놓고 기다리고 있을게……. 잊지 말고 꼭 찾아와. 별로 된 우리 집을 내가 얼마나 예쁘게 꾸몄는지 당신과 주미에게 꼭 보여주고 싶어.

당신…… 눈앞에 보여도 이토록 그리운 승우 씨…… 나, 절대로 당신 잊지 않을게. 당신의 눈과 코, 입술이며 목소리, 그리고 냄새, 당신과 보낸 날들을 잊지 않고 나, 내 영혼에 모두 담아 갈게. 당신…… 잘 살아야 돼. 나 없다고 울지 말고……. 이젠 겨울도 지났잖아. 봄이야……. 우리 주미가…… 봄을 가져온 거야.

죽음이 임박한 순간에 살아온 생애 전체를 본다고 했던가.

미주는 몇 번의 눈 깜박거림과 흐릿한 미소 속에서 승우가 맨처음 지하철에 앉아 책에 빠져 있던 모습, 소품을 구하기 위해 허둥지둥 뛰어다니던 모습, 캐나다 영화제에서 유창하게 통역을 하던 모습, 그리고 어느 날 갑자기 나타난 복권을 우스꽝스럽게 긁던 모습이 주마등처럼 스쳐 지나가는 것을 느꼈다.

정란은 자신의 입을 틀어막고 서 있다가 미주가 고개를 돌릴 힘도 없다는 것을 알자 조심스럽게 승우 뒤에 가서 섰다.

"미주야…… 나 보이니?"

미주의 눈망울이 더 크게 부풀었다가 제자리로 돌아왔다.

으응…… 그래, ……정란이구나. 나의 가장 친한 친구…….
내가 승우 씨만큼이나 좋아했던 내 친구……. 정란아…… 울지 마. 난 내가 이룰 것을 이뤘잖아? 내 속에서, 그냥 죽어 갈 내 속에서, 별처럼 예쁜 주미를 키워낼 수 있게 만든 사람이 정란이 바로 너야. 네 힘이 컸어. 고마워. 네가 그 검사를 받게 하지 않았다면 난 미처 준비를…… 하지 못했을 거야. 내가 죽는다는 공포에서 헤어나지 못했을 거야. 그리고 이렇게 기쁘게 떠나지 못했을 거야. ……정란아, 나 너만 믿고 떠날 거야. 우리 주미…… 아이 같은 우리 승우 씨…… 네가 잘 보살펴줘. 남자는 여자가 필요하고 아기도 엄마가 꼭 필요해…….
진심이야……. 난 네가 주미의 엄마와 승우 씨의 아내가 되기

371

를 바라. 이런 내 마음 넌 알 거야. 눈빛만으로도……. 주미와 승우 씨를 위한 하늘의 집을 내가 지킬 테니까…… 너는 주미와 승우 씨를 위해 지상의 집을 맡아줘……. 그 정도로 우리 타협 보자. 응? 그래야 나, 편히 눈감고 돌아갈 것 같아. 그렇게 해주는 거지?

미주는 마치 하늘 한쪽을 들어 올리는 것처럼 턱을 쳐들었다. 아기를 향해서. 눈물로 얼굴이 범벅이 된 승우는 주미를 미주의 얼굴에 바싹 붙였다. 승우와 정란이가 뭐라고 계속해서 소리치고 있었지만, 미주의 귀에는 잘 들리지 않았다. 미주의 눈에는 아기만 보였다. 평화롭게 쌔근쌔근 잠자는 아기가.

미주의 마음을 읽은 승우가 그녀의 입술에 아기의 뺨을 붙여주었다.

꺼멓게 타들어 간 미주의 갈라진 입술이 꽃결같이 부드러운 주미의 볼에 닿았다. 미주는 미소를 지었다. 환희의 눈물을 유성처럼 뺨에 그으며 주미의 눈에 눈빛을 맞추었다. 그 직전이었을 것이다. 미주는 하늘의 무수한 별들을 보았다. 푸른 하늘에 4개의 별로 벽을 이루고 3개의 가족별이 든 오리온자리도. 지구를 혼자 떠나는 우주 미아의 고독한 마음은 아니었다. 주미……. 딸을 지상에 남겼으므로 이룰 것은 다 이룬 평화로운 마음이었다.

미주의 눈동자 속에서 파르르 퍼런 불꽃이 다시 한번 살풋 일더니 완전히 고요한 수면을 이루었다.

모든 게 일시에 하얀색으로 탈색되었다.

미
소

1999년 5월 3일

승우는 상운 폐교 운동장에 있었다. 미주가 즐겨
탔던 그네에 그는 쪽빛 개량 한복을 입고 혼자 앉
아 있었다. 5월의 하늘은 눈부시게 파랬고 아이들
이 유치원에서 그린 듯한 흰 뭉게구름들이 여기저
기 둥둥 떠 있었다.

승우가 미주를 위해 횟가루로 그린 세계 전도는
비로 인해 이미 지워지고 없었다.

나무들은 신록의 계절을 뽐냈고, 미주와 함께 춤
을 추었던 황금의 거대한 은행나무는 앙상한 가지
에서 푸른 잎들을 수없이 달고 연못 앞에 서 있었
다. 그리고 20m 떨어진 곳에서 정란이 유모차 안
에서 잠들었다가 깬 주미를 가슴에 안고 있었다.

승우가 다시 상운 폐교에 내려온 것은 주철 선배의 전화 때문이었다.

"기숙사에 너희 물건 많던데 안 가져갈 거냐? 그냥 잘 모셔둘까? 참, 초벌 통에 든 것들 누가 만든 거냐? 미주 솜씨겠지? 인형하고 커피잔 3개 잘 구워졌더라. 시간 내서 미주하고 같이 내려와라. 참, 미주 순산했냐?"

호쾌한 목소리였다. 주철 선배는 경희 선배와 아들과 함께 2월 말에 일본에서 돌아왔다. 그들은 미주가 이 세상 사람이 아닌 것을 알지 못했다. 알리지 않았기 때문에. 그럴 만한 마음적 여유나 여력도 전혀 없었고. 승우는 간단하게 미주가 예쁜 딸을 낳았다고, 조만간 물건들을 가지러 내려가겠다는 말과 함께 전화를 끊었다.

아기와 함께 강원도로 내려오려고 소독한 젖병 5개와 분유통, 보온 물통과 아기 옷, 기저귀를 가방에 챙기는데 정란으로부터 전화가 왔다.

비번이라 쉬는 날인데 아기가 보고 싶다고, 공원으로 산책을 겸해 나오지 않겠느냐고 물었다. 가져올 게 있어서 강원도 상운 폐교로 내려간다고 했더니, 그럼 같이 따라나서도 되겠느냐고 해서 정란은 따라왔다.

승우는 혼자 오고 싶었다. 미주와 함께 사투를 벌이던, 그러나 참으로 아름다웠던 둘만의 세계가 돼주었던 공간이었기에. 그러나 정란도 가장 절친한 친구를 잃고 무척 힘든 시간을 보내고 있다는 것을 아는 승우로서는 박절하게 거절할 수가 없었다. 정란도 미주에 대해서는 일정 부분 마음을 공유할 권리가 있었다.

주철 선배와 경희 선배는 미주가 이 세상 사람이 아니라는 얘기를 듣고 할 말을 잃었다. 어떤 말로도 승우를 위로할 수 없다는 것을 잘 알고 있었고, 그들도 미어지게 가슴이 아팠다.

경희 선배가 종이 박스에 넣어 둔 초벌된 인형들과 잔들을 승우에게 건네주었다. 모두 다 터지거나 갈라지지 않고 분홍빛으로 잘 구워졌다.

인형 3개는 랩으로 만 사이다병과 우유병, 박카스병을 안에 넣고 그 크기의 틀을 잡았다가 빼내어 말린 것인데 처음 만들 때보다 작았다. 불에 구우면 20% 정도 키가 작아지고 넓이도 오그라든다는 것이다. 하지만 키와 형태로 남자와 여자, 아이는 확연하게 구별되었다.

승우는 미주일 여자 인형을 들어 살짝 입을 맞추었다. 그리고 박스에 놓인 손잡이 달린 잔들도 하나씩 들어 살폈다. 미주는 잔 밑바닥에 못 같은 것으로 각기 이름을 써놓았다. 승우, 주미, 그리고…… '정란'이라고 씌어 있었다.

그것을 본 승우와 정란은 모두 다 같이 놀랐다. 당연히 미주의 이름이 씌어 있을 거라고 생각했던 것이다.

"애…… 애가, 정말…… 이상한 생각까지 다 했네?"

정란은 가슴이 덜컥 내려앉으며 난처한 표정이 되었다.

승우는 그냥 스산하게 웃었다. 안타까웠다. 나를 두고 먼저 세상을 떠나며 그렇게도 갈등이 깊었구나 싶었다. '정란'이란 글씨가, 자기가 없으면 승우도 주미도 힘들고 불행할 거라 생각한 가슴의 상처 같아서 승우는 가슴이 아프게 저려왔다.

푸른 하늘이 아파 보였다. 크나큰 슬픔은 저렇게 청아한 빛깔일 것이리라. 하늘이 저토록 푸른 것은 지상에 사랑하는 이들을 두고 떠나는 사람들이 저 하늘에 너무 많아서일 것이다. 그는 현대병원에 있을 때 미주가 불현듯 했던 말이 떠올랐다.

한 번 위기를 크게 넘긴 다음 날 밤 미주는 제법 심각한, 파리한 표정으로 승우를 침대 옆 의자에 불러 앉혔다.

"도저히 안 되겠어. 우린 성인들이니까 이쯤 해서 한번 진지하게 고민해봐."

"뭘?"

"현실을 직시해 보잔 말이야. 우리 솔직하게 현재와 앞으로 올 상황을 받아들이고…… 그래, 우리 상의해보잔 말이지."

"글쎄 뭘? 나중에 하자. 뭔진 모르겠지만 네가 건강해지고 난 뒤 얘기해도 늦지 않아."

"그러지 말고!"

승우가 일어서려 하자 미주는 날카롭게 소리쳤다. 자기도 고민 끝에 겨우 말하려고 하는데 승우가 뒤로 물러서는 것이 화가 난 듯했다. 대체 뭘 고민해보잔 말인가? 안 그래도 네가…… 네가 어디론가 가버릴까 봐, 그날이 올까 싶어 무섭고 슬퍼 죽을 지경인 나보고.

승우는 한껏 신경이 곤두서는 기분이었지만 미주가 정색하고 놓아주지 않자 다시 슬그머니 의자에 주저앉았다.

"나도 좋아서 이러는 거 아냐. 잘 알잖아?"

"그래…… 좋아. 얘기하고 싶은 게 뭔데?"

"승우 씨…… 이제 앞으로 어떻게 살아?"

"……?"

"누가 밥해주고 빨래해주고 하냐고."

"지금 이런 판에 겨우 그딴 게 신경 쓰이니? 대답 듣고 싶어? 말하지. 전기솥 군과 세탁기 양이야. 내가 밥 잘하고 찌개 잘 끓이고 빨래 잘하는 거 너도 잘 알잖아?"

"아기는 어떻게 기를 건데?"

"……아기?"

"승우 씬 전혀 경험이 없잖아."

"누군 경험이 있어서 아기 기르냐? 방법은 있게 마련이야. 환자가 뭐 그런 것까지 신경 써? 빙빙 돌리지 말고 말해. 정확하게 하고 싶은 얘기가 뭐야?"

"좋아. 승우 씨, 정란이 어떻게 생각해?"

"너…… 너……. 지금 그걸 말이라고 하고 있니? 나, 지금 무지 화나 있어."

"안 무서워! 승우 씨도 정란이 좋게 생각하잖아. 정란이도 승우 씨를 좋은 사람이라고 생각하고."

"정말 미치겠네. 너, 왜 이렇게 못됐니? 왜 이렇게 사람 괴롭히는 거야? 내가 너한테 한 번이라도 이런 말 하는 거 들은 적 있니? 근데 왜 나를 이토록 비참하게 만드는 거야!"

미주의 마음을 이해는 하면서도 자기의 중심, 자기가 미주를 얼마나 깊이 사랑하는가를 몰라주는 것에 승우는 서운했고 분노를 터뜨렸다.

죽음의 문턱을 한 번 넘기면 그만큼 절박하고, 어떤 면에서는 표독스런 면도 띠게 되는 걸까. 미주는 머리를 손바닥으로 싸쥐고 있는 승우를 아무렇지 않다는 듯 바라보며 말했다.

"내가 말하는 방식이 지혜롭지 못하다는 거 나도 알아. 하지만 난 승우 씨 마음을 헤아려줄 여유가 없어. 내가 보기에 승우 씨와 정란이는 잘 어울려. 그만큼 잘 어울리는 사람들도 없을 거야."

승우는, 이 지점에서부터는 이해가 되지 않았다. 목구멍까지 울컥 화가 치밀었다. 미주를 만난 뒤 처음으로 그녀가 미웠고 모질어지는 심정이었다.

"대체 왜 이래? 그건 살아 있는 사람들의 몫이야. 네가 이래라저래라할 권리는 없어. 그렇게 뭔가를 결정하고 싶으면 네가 건강해져야 돼."

"있어!"

"왜?"

"애기 때문에! 주미 때문에!"

"주미는 내가 잘 알아서 키울 거야. 그 걱정 때문이었어?"

"그래. 난 주미가 궁상맞게 자라는 거 정말 싫어. 언제나 찰랑거리게 머리를 빗고 예쁜 리본도 매주고 분홍색 레이스 달린 원피스도 입히고…… 그렇게 하기를 바라서야."

"미주야…… 내가 해. 내가 그럴 수 있어. 제발 그만하자. 나…… 네가 조금도 걱정하지 않게 주미 잘 키울 수 있어. 너…… 정말 나를 몰라서 이렇게 내 맘을 아프게 하는 거니?"

미주는 눈물을 주룩 흘렸다.

"난…… 당신보다 아기를 더 사랑해. 주미를 더 사랑해. 주미를 생각하면 하루에도 수십 번씩 천국과 지옥을 왔다 갔다 해. 너무나 고통스러워. 몸이 아픈 것보다도 마음이 곱절로 더 아파!"

승우는 미주를 와락 껴안았다.

"그래그래…… 내가 네 마음 아프지 않게 할게. 나…… 약속하면 꼭 지키는 거 알지? 당신이 목숨을 준 우리 주미, 내가 목숨을 걸고 누구보다도 예쁘고 밝고 착하게 키울게!"

"아…… 안 돼. 그래도…… 도저히…… 안심이 안 돼. 승우 씨, 제발 약속해줘. 결혼한다면…… 만약 결혼한다면 꼭 정란 이에게 프러포즈하겠다고. 응?"

"……"

"응? 제발! 제발…… 부탁할게."

"그래…… 그래. 그럼 그럴게."

"고마워. 나…… 정말 이기적이지? 내 마음 아프지 않게 하려고 당신 마음을 이토록 아프게 하다니."

그 기억은 승우의 눈빛을 허허롭고 쓸쓸하게 만들었다. 그러나 그것은 불가능한 요구였다. 세상에 태어나 미친 듯이 사랑한 것은 한 번으로 충분했다.

먼저 간 여자는 하늘에 살고, 남자는 그 하늘을 올려다보거나 머리에 인 채 땅에 살고. 게다가 그녀가 목숨을 바꾼 생명인 주미가 있지 않은가. 문득 외로울 때면 하늘을 올려다보고 미주를 향해 얘기하거나 고개를 젖혀 입을 맞추면 될 일이었다.

사람의 생애가 뭐 그리 길겠는가. 주미만 공들여 키워도 수십 년이 후딱 지나갈 텐데. 그리고 홀가분하게 미주가 있는 하늘로 날아오르면 될 터였다. 오리온 집으로.

그런 승우의 마음을 정란 또한 잘 아는지, 미주를 양지바른 곳에 묻고 오던 날 정란은 승우에게 이렇게 말했다.

"승우 씨, 앞으로 주미에게 엄마가 필요하면 언제든지 날 불러. 유치원에 입학하는 날, 초등학교 입학식, 생일날 등등 말이야."

"……."

"승우 씨 맘 잘 알아. 미주는 내 친구야. 미주는 아내와 엄마라는 자리를 비웠지만, 난 내가 할 수 있는 일이 주미의 엄마 역할뿐이라는 것을 너무도 잘 알아. 언뜻 보면 승우 씨에게 여자의 자리가 빈 듯하지만, 하늘이 갑자기 사라지지 않는 한 승우 씨의 미주 자리도 꽉 차 있다는 거 말이야. 미주도 지금쯤은 그 사실을 잘 알게 됐을 거야!"

정란은 주미를 안은 채 잠을 재우고 있었다. 주미는 방긋방긋 웃다가 행복하게 잠든 듯했다. 주미는 건강했고 예뻤다. 주미는 슬프거나 불행하지 않을 것이다. 아빠는 땅을 지키고 엄마는 하늘을 지켜서 주미는 땅과 하늘을 다 가졌으니까.

승우는 지난 늦가을 미주와 함께 춤을 추었던 거대한 은행나무를 향해 걸어갔다. 이제야 한 그루라는 것이 새삼스러웠다. 저 은행나무의 짝도 하늘나라에 서 있는 것일까. 짝인 은행나무는 미주의 말대로 근처 어디에서도 찾을 수 없었다. 그런데도 참으로 굳건하게 지상에 뿌리박아 거대하게 잘 자라났구나. 자신의 처지 때문이었을까. 승우는 문득 은행나무가 수컷 나무 같다는 생각이 들었다.

한 아름이나 되는 큰 은행나무를 빙 돌아보다가 승우는 연 못을 뒤로하고 우뚝 멈춰 섰다. 흠칫 놀란 눈이었다. 그쪽에 서 본 은행나무의 아래 둥치에 그림과 글씨가 깊게 새겨져 있 었던 것이다.

오리온자리처럼 네모진 모양 안에 '승우' '주미' '미주'가 일 렬로 나란히 새겨져 있었다. ……언제 이걸 팠던 것일까? 몹 시 힘들었을 텐데. 우리는 잠시도 떨어져 있지 않았는데! 승 우는 놀라움이 가득 찬 눈으로 그것을 들여다보고 손으로 조 심스럽게 '미주'란 이름을 천천히 매만졌다. 물기가 두 눈에 고여 올랐다.

푸르른 하늘에서 불현듯 거대한 은행나무 잎들을 흔드는 한 줄기 바람이 휙, 하고 불어왔다. 승우의 앞 머리칼을 바람 이 흩뜨렸다. 그리고 그 바람 줄기 속에서 문득 국화 향기가 났다. 싸하고 달콤하며 연한 국화 향……. 국화 향이었다.

승우는 눈을 크게 끔벅였다. 도자기를 만들 때 미주가 했던 말……. 승우는 미주를 떠올리며 거대한 은행나무를 향해, 사 방을 향해 코를 큼큼거렸다.

아…… 이건…… 이건……. 분명히 국화 향이었다. 또렷이. 바람결 끝이 완연한. 미주의 머릿결에서 나던 그 국화 향기 말이다.

느낄 수 있었다. 슬픔이 퍼뜨리는 사랑의 향기를.

수만 개의 작은 손바닥을 흔드는 것 같은 은행나무 가지를 올려다보며 승우는 두 눈을 감았다. 그리고 바람에 흔들리는 가지를 향해 떨리는 흰 손을 뻗으며 눈부신 미소를 머금었다.

　미주야…… 너…… 너니? 너 거기 올라앉아 있는 거니? 하늘로 날아오르기 전에 수많은 은행잎으로 안녕…… 안녕이라고 지금 내게 말하고……있는 거니?

Fin.

국화꽃 향기 개정판을 내며

소설 국화꽃 향기가 세상에 나온 지 어언 20여 년 세월이 흘렀습니다.

그럼에도 불구하고 지금도 남녀노소 가리지 않고 꾸준히 사랑을 받고 있다는 것에 대하여 원작자로서 깊은 고마움을 느낍니다.

그만큼 남녀 간의 사랑은 소중하며 삶을 행복하게 하는 밑 거름이자 소망의 등대가 아닐까 싶습니다.

나 아닌 다른 사람이 나만큼 귀하게 여겨진다는 건 사랑만 이 허락하는 기적입니다.

독자님들께서도 사랑한 만큼 삶이 풍요로워지고 세상이 아름다워지기를 진심으로 바랍니다.

좋은 일들로만 가득 찬 나날들이 되시길 바랍니다.

2022년 5월 21일

강원도 고성 자작도 해변 집필실에서

김하인 드림.

작가의 말

　이 글을 쓰는 내내 그리웠습니다. 아마도 나는 뒤늦게서야 삶의 절절함에 눈을 드는 청맹과니인가 봅니다. 자신이 거느린 풀잎과 꽃과 나무가 어느 날 떠나갔음을 알고 목 놓아 우는 어린아이처럼, 나는 이제야 삶이 주는 폐허의 무게를 견디고 있습니다.

　사람이 가슴을 지니고 사는 것만큼 무섭고 아름다운 일이 또 어디 있을까요. 그 속에는 눈동자가 살아 있고 빛나는 몸짓들이 뛰어다니고 깔깔거리는 웃음소리가 있습니다. 그것들이 사금파리처럼 가슴 깊이 상처가 되어 나의 밤을 하얗게 탈색시키고, 불면의 바다에서 허우적거리게 만듭니다.

　그동안 여러 편의 소설을 썼지만 이렇게 가슴으로 쓴 글은 처음입니다. 이 글은 누군가가 나를 지나간 발자국입니다. 그

발자국은 내 마음속 푸른 집으로 느지막이 걸어와 실로폰을 두드리듯 나를 깨웁니다.

사람 마음속에는 계절이 들어 있습니다. 자신이 살아온 만큼의 봄과 겨울, 가을과 여름이 나이테처럼 살아 있습니다. 잎사귀를 들추듯 지난 시간을 들춰보면 그 밑에는 늘 뾰루지 같은 슬픔의 알들이 붙어 있고, 곧 어여쁜 자벌레가 되어 날개를 달아줄 사람을 찾아 헤맵니다. 그들은 이미 하늘에 가 있거나 보이지 않는 어두운 집에 낙엽처럼 스산하게 몸을 뒤척이고 있습니다.

오늘, 이 밤바다의 별들은 자맥질하고 물고기들은 지상의 나무들을 그리워하여 등비늘로 뭍에 신호를 보냅니다. 그렇듯이 오리온자리에서 보내는 전언을 나는 읽습니다.

언젠가는 돌아가야 하겠지요. 오리온자리에 문패를 달 그 사람이 지상에서 한 아기가 잠들어 있는 유모차를 밀며 내 옆을 지나는 것을 어제도 오늘도 보았습니다. 그는 내가 사는 아파트 607호에서 귀여운 딸과 함께 혼자 삽니다. 때론 내가 그인 것도 같아 나는 요즘 지독한 불면을 앓고 있습니다.

이 글은 새벽이 올 때까지 내내 쓴 것들입니다.

사람을 사랑한다는 것은 얼마나 두려운 것인지요? 하지만 사랑 없이 산다는 것 또한 얼마나 두려운 것인지요? 그 사이에서 나는 우두커니 오리온자리가 보내오는 전언을 매일 밤

기록했습니다. 그 2가지 두려움은 하늘이고 땅이어서 우리는 어쩔 수 없이 그 사이에서 누군가를 기다리고 기다리는 모양입니다.

이번 주말에는 나도 시간을 내어 향기 가진 사람들이 머물렀던 강원도 '상운 폐교'에 내려갈까 합니다. 나무와 별이 된 사람이 살았던, 내 마음이 사랑하는 곳이니까요.

그리운 것들이 바람 되어 우체통으로 날아갑니다.

내내 안녕하시길 바랍니다. 따스한 커피잔과 나뭇잎을 책갈피에 넣어 킥킥거리며 밤과 계절을 함께할 수 있는 사람을 이 해거름 녘에 만날 수 있게 되기를 빕니다.

두서없는 별의 암호 같은 간단한 서신을 이제…… 접습니다. 나는 지금도 향기 나는 사람이 그립습니다.

안녕히…….

2000년 5월 21일
김하인 드림